Amare oltre le apparenze

di Helen Helain

È cosa risaputa che gli adagi sono la verità e la saggezza dei popoli e quello più idoneo alla storia che sto per raccontarvi è "la libertà non ha prezzo"; man mano che leggerete capirete.

Ci siamo mai soffermati a pensare quanto sia importante la libertà di pensiero, di parola, di movimento? Forse raramente, dando per scontato che tutto ciò sia ovvio.

Leggendo questa appassionante e complicata storia d'amore, contornata da colpi di scena impensabili e da intense emozioni, molte donne si rispecchieranno, magari traendone consigli e pillole di saggezza, il mio intento è proprio questo.

~

Il mio nome è Mariaviola ma da sempre tutti mi chiamano Mavi; assieme ai miei fratelli, Claudio, il più grande e Andrea il più piccolo, con i quali c'è sempre stato un forte legame, sono cresciuta in un ambiente familiare caratterizzato da grande apertura mentale, amore e rispetto.

Mio papà Massimiliano è farmacista (una passione ereditata dal padre, anch'egli farmacista da generazioni) mentre mia mamma Marta è veterinaria; quando eravamo piccoli aveva accantonato questa sua passione per dedicarsi a noi ma una volta cresciuti aveva deciso di ritornare al suo lavoro aprendo un negozio vicino la farmacia di papà. I miei genitori sono una bella coppia, si conoscono fin da quando erano piccoli; papà ci ha sempre insegnato che gli ingredienti necessari per far funzionare un matrimonio sono tre: amore, fiducia e rispetto. Quanta verità in queste parole.

Ma ora vorrei iniziare ad approfondire la storia che mi riguarda.

~

Quando arrivava l'estate e le scuole chiudevano, il pomeriggio mia madre portava me e i miei fratelli dai nonni, un po' da quelli paterni e un po' da quelli materni (tranne il periodo in cui partivamo tutti assieme per le vacanze al mare; purtroppo però quell'anno - anno in cui la mia vita verrà stravolta da innumerevoli eventi - sarebbero saltate per via degli importanti problemi di cuore che mio nonno Biagio aveva avuto pochi mesi prima), dovendo lei andare nel suo negozio che apriva solo il pomeriggio.

È proprio dai nonni materni che conobbi il ragazzo che avrebbe sconvolto la mia vita.

Ma andiamo per ordine.

I miei nonni hanno una piccola azienda agricola (ecco spiegata la passione che mamma ha sempre avuto per gli animali e la natura) con alcuni dipendenti, tra questi c'era Alessandro, il più giovane; un ragazzo molto schivo, partito dalla sua città per trovare lavoro e poter così aiutare la sua famiglia (infatti ogni mese spediva loro buona parte del suo stipendio o perlomeno così si vociferava).

Non so se sarà stato per quel suo fare così misterioso o per quel suo aspetto niente male che cominciai a provare per lui una forte attrazione.

Ogni volta che andavo dai nonni facevo il possibile per farmi notare, tanto che un giorno, esagerando più del solito, mio fratello Andrea mi evidenziò quanto fossi stata ridicola; che vergogna! Quell'aneddoto non potrò mai scordarlo, la sincerità eccessiva di mio fratello, tipica dei bambini di quell' età che non hanno filtri, mi fece sprofondare nel totale imbarazzo; ricordo che scappai in casa, uscii solo quando papà e mamma ci vennero a prendere. Dopo quella magra figura con che faccia sarei andata alla cascina? La fortuna mi aiutò perché la settimana seguente saremmo stati con i nonni paterni e quindi avrei avuto tutto il tempo per smaltire il disagio.

Anche andare da nonna Adele e nonno Biagio era divertente: nonna Adele aveva la passione per la pittura e quando entravamo nel suo studio, cominciavamo a imbrattare tutti i fogli che vedevamo; con nonno Biagio invece, tra alambicchi, provette e robe varie, diventavamo dei piccoli chimici! I problemi giungevano quando i nonni, credendo di avere a che fare con ragazzi giudiziosi, (almeno io e Claudio avremmo dovuto dare il buon esempio) ci lasciavano un po' soli ed è lì che succedevano i guai; nello studio di nonna, certi ormai di essere padroni dell'arte, e non accontentandoci dei semplici fogli, cominciavamo a pitturare sulle tele e una volta, ahimè, per disattenzione facemmo cadere un barattolo di pittura su un quadro che la nonna aveva da poco terminato; da nonno invece, sicuri che la chimica per noi non avesse più segreti, facevamo esperimenti di ogni genere, mischiando miscele e polveri di cui non sapevamo proprio le proprietà; un giorno mia nonna, chissà, forse ispirata dall'alto, tornò prima del previsto e riuscì così ad evitare che la sua casa andasse in fumo (compresi i nipoti!).

È vero che eravamo dei grandi incoscienti però passavamo delle splendide giornate, ci mettevamo al pari di Andrea, lui che con la sua dolcezza riusciva ad ottenere tutto, anche a farci comportare infantilmente; peccato che ce ne rendiamo conto solo quando tutto è ormai troppo lontano, ma questa è una delle caratteristiche negative dell'essere umano, l'accorgersi delle cose e delle belle persone solo quando non le abbiamo più vicino.

Erano solo pochi giorni che non andavo alla cascina e già mi ero resa conto di quanto Alessandro fosse presente nei miei pensieri, dovevo cominciare a preoccuparmi? Ora, con il senno di poi, dico di sì, anche se non avrei mai immaginato che… ma andiamo avanti.

Quando arrivò il momento di tornare da nonna Gina e nonno Bartolomeo ero meno entusiasta del solito e mio papà la sera prima, mentre eravamo a cena, se ne accorse:

«Mavi che hai? Non sei euforica come le altre volte nell'andare dai nonni».

A questa constatazione che fece arrossii e mentre stavo cercando di tirare fuori qualche parola dalla bocca per dare una benché minima spiegazione, Andrea mi precedette:

«Mavi non è euforica come le altre volte perché si vergogna della brutta figura che ha fatto».

«Ma che dici! Cosa ti viene in mente?», gli dissi tirandogli dietro il tovagliolo.

«La vuoi finire? La vuoi lasciare in pace?», disse Claudio che, oltre ad essere il più grande, era anche il più saggio di tutti e tre.

«Bene bene, qui c'è qualcosa che dovremmo sapere», disse allegramente incuriosita mia mamma mentre stava portando a tavola la crostata appena sfornata.

«Ma no, non c'è nulla da sapere, non darete ascolto ad Andrea che fa il cretino come al solito, vero?», dissi rivolta ai miei e dando un'occhiata di fuoco a mio fratello.

Mio padre allora, facendo un occhiolino di intesa con mia madre, disse:

«Non ti ronzerà mica intorno qualche giovanotto?».

«Beh, cosa ci sarebbe di male? Ha diciassette anni, è normale che possa piacerle qualcuno, ti sei dimenticato a quanti anni hai cominciato ad 'infastidirmi'?», rispose pronta mia mamma.

«Ma cosa avrò detto mai!», disse mio padre ridendo e, rivolto ai miei fratelli, continuò «sarà meglio chiudere qui il discorso altrimenti le donne di casa si innervosiscono ancora di più e rischiamo di fare una brutta fine!».

Ci mettemmo tutti a ridere e la serata proseguì con la serenità e l'allegria di sempre.

~

La mattina dopo mi preparai con molta cura, cosa insolita per me che amavo vestirmi in maniera semplice, talmente semplice da essere soprannominata il "maschiaccio" di casa; viceversa quel giorno, invece dei soliti pantaloni misi una gonna e sciolsi i capelli, cosa anche quella insolita perché abitualmente erano raccolti; quando scesi in cucina per fare colazione tutti si accorsero (ed era ovvio) del mio nuovo look e Andrea, dopo aver fatto un fischio di ammirazione, disse scherzosamente:

«Ma come siamo belle, da quando in qua per andare in campagna ci si veste così eleganti?».

E io, di pronta risposta:

«E tu quand'è che comincerai a pensare un po' agli affari tuoi?».

«Ma voi due la volete smettere di azzuffarvi come cane e gatto? E tu Andrea perché invece di dare noia a tua sorella non pensi a vestirti che ci fai fare tardi?», disse mamma severamente.

Andrea senza dire una parola finì di bere il latte e andò in camera a vestirsi; nel frattempo Claudio, che aveva ascoltato il nostro battibecco, mi venne vicino e mettendomi la mano sulla spalla disse:

«Sorellina non arrabbiarti, sai com'è nostro fratello, gli piace scherzare, fare il burlone, però devo ammettere che anch' io sono rimasto del tuo nuovo abbigliamento, stai veramente bene, sembri un'altra».

«Grazie Claudio, sono contenta che ti piaccio, ma forse ho esagerato, sono ridicola?».

«Assolutamente no, stai crescendo, è normale che ci tieni di più, non crearti problemi inutili».

«Ok fratellone».

Dopodiché, insieme con mamma e i miei fratelli, ce ne andammo in cascina dai nonni.

Il cuore batteva a mille, era inutile nasconderlo, il pensiero di rivedere Alessandro mi provocava una forte emozione.

Dopo aver salutato i nonni me ne andai a spasso per la cascina, speranzosa di vederlo; girai, girai, ma di lui neanche l'ombra, quando d'improvviso mi sentii chiamare, era Claudio:

«Che ci fai qui tutta sola?».

Alla domanda arrossii imbarazzata, non mi aveva chiesto nulla di trascendentale ma era come se stessi facendo qualcosa di sbagliato:

«Sto rimirando le bellezze della natura», risposi in modo forzatamente disinvolto, tentando di mascherare l'imbarazzo.

«Mavi, credo di conoscerti abbastanza bene e so che quando arrossisci, nel bene o nel male, c'è qualcosa sotto, o sbaglio?», disse lui con un sorriso malizioso.

«È vero… ma non preoccuparti, adesso andiamo che è ora di pranzo».

La giornata scorse tranquillamente e al momento di andarcene vidi arrivare il camion che mio nonno usava per trasportare i prodotti dell'azienda, accanto al guidatore c'era Alessandro, ecco spiegato il motivo della sua assenza.

~

I giorni a venire passarono tranquillamente fino al momento in cui lui mi fermò.

Mi trovavo nella cascina, avevamo da poco finito di pranzare e, dopo aver aiutato nonna e Brigida a sparecchiare la tavola, sarei uscita per mia solita passeggiata, senonché Brigida mi fermò:

«Sei molto bella con questo nuovo stile, complimenti, però sei bella anche quando ti vesti alla "maschiaccio", tu sei sempre bella, qualsiasi cosa indossi».

«Grazie Brigida, sei sempre molto cara».

«Ma figurati, per me te e i tuoi fratelli siete come dei figli e per questo vorrei darti un consiglio, posso?».

«Ma certo, dimmi pure».

«Oltre che bella sei anche molto buona, sei cresciuta in un ambiente sano e sereno, ora hai un'età che è una via di mezzo tra l'essere ragazzina e l'essere donna, fai sì che niente e nessuno possa cambiarti, resta sempre così come sei».

«Ma certo Brigida, certo che resterò così, perché mi dici questo? Hai visto qualcosa in me di diverso che non ti è piaciuto? Non sarà il mio nuovo modo di vestire? Io sono sempre la stessa!».

«No cara, non c'è nulla di te che non mi piace o che non mi sia piaciuto, volevo solo metterti un po' in guardia verso il mondo esterno e nel mio piccolo ho voluto dare un contributo d'affetto, sai non è facile vedere ragazzi della vostra età (riferito anche a mio fratello Claudio) che passano ancora insieme le giornate dai nonni anziché con gli amici».

L'abbracciai e le diedi un bacio, le sue parole mi avevano colpito, era un modo per proteggermi da quello che poi mi sarebbe accaduto. Ma nessuno ancora lo avrebbe immaginato.

Tutti noi siamo sempre stati molto legati a Brigida, l'abbiamo sempre considerata una di famiglia, è la figlia dei guardiani dell'azienda, nata e cresciuta proprio in cascina, purtroppo una malattia avuta da bambina le aveva provocato un grave problema di deambulazione; tutto ciò ha reso difficile il suo rapporto con il mondo esterno, quand'era bambina non riusciva a socializzare con i compagni di scuola, vuoi per il suo carattere timido e riservato e vuoi anche perché, come al solito, c'era sempre qualcuno che la prendeva in giro per il suo handicap e lei, essendo fragile, si chiudeva ancora di più nel suo mondo composto dalla sua famiglia e da quella di mia mamma e proprio mia mamma era la sua unica grande amica. Era una bella persona e per tutti noi era un punto di riferimento, una spalla su cui appoggiarsi in ogni momento.

Ora però torno a parlarvi di quel giorno che fu per me l'inizio del totale cambiamento.

La giornata era meravigliosa, si sentiva nell'aria l'inizio dell'estate.

Stavo andando a far visita ai nuovi nati nella stalla quando sentii una voce:

«Oggi hai preferito i vitellini a me?».

Mi voltai di scatto e vidi Alessandro.

Con tutta prontezza, anche se il mio cuore palpitava come un tamburo, risposi con tranquillità:

«E tu chi sei?».

«È inutile che fai finta di non conoscermi, è da un po' di tempo che mi giri intorno o sbaglio?».

Nell'udire quelle parole sentii il mio viso diventare sempre più caldo, il rosso della vergogna lo stava pervadendo, ebbi appena il tempo di sibilare alcune frasi sconnesse che scappai via piangendo; come avevo potuto farmi umiliare in quel modo cadendo così in basso?

Nel correre non mi accorsi di un sasso e caddi, mi rialzai tutta dolorante e vidi che, oltre alle ginocchia sbucciate, si erano sporcati anche i vestiti.

Entrai subito in casa, non c'era nessuno, o così pensavo, presi allora un panno per pulirmi quando all'improvviso sentii un rumore, mi voltai, era Brigida:

«Ma che fai? Cosa ti è successo?», disse vedendo i miei vestiti sporchi e il mio volto gonfio di rabbia, dolore e tanto altro.

«Nulla, sono inciampata su un sasso e mi sono imbrattata, sono proprio un'imbranata», dissi omettendo il penoso incontro avuto poco prima.

«Tu non ti sei solo sporcata i vestiti, hai anche delle bei graffi sulle ginocchia, penso che più che essere inciampata su un sasso, sei andata a sbattere contro una montagna!», continuò sorridendo.

Alla battuta di Brigida feci un leggero cenno di sorriso, in un'altra occasione ci avrei riso sopra, lei se ne accorse ma fece finta di nulla.

Quando mia madre venne a prendermi notò come ero malconcia e anche a lei diedi la stessa versione che diedi a Brigida.

La sera a cena mangiai pochissimo e parlai altrettanto meno e in casa si notò, ma io sviai il tutto dicendo di avere un forte mal di testa e mi ritirai nella mia stanza; nel mio letto continuavo a voltarmi, non trovavo pace, ma cosa mi stava succedendo? Perché d'improvviso era svanita la spensieratezza e l'allegria, perché? In quel momento la risposta non arrivò, ma l'avrei avuta molto presto.

~

Le vacanze stavano per terminare, iniziava un nuovo anno scolastico, un anno molto importante perché sarebbe stato l'ultimo e avrei dovuto affrontare i fatidici esami di maturità.

Una mattina Claudio mi chiese se volevo andare con lui in città, lì per lì dissi di no, ero giù di morale, ma Claudio insistette:

«Dai sorellina, ti faccio vedere l'università dove andrò quest'anno e se ti comporti bene ti offro un gelato in una delle pasticcerie più "in"».

«E già che ci siete», intervenne mamma «comprate i libri scolastici che servono a te (rivolta a me) e ad Andrea».

«Allora vieni?», disse Claudio «ti ho convinta?».

«Ok».

La mattina scorse allegramente, Claudio mi aveva fatto conoscere alcuni dei suoi amici con i quali avrebbe affrontato il lungo percorso universitario, devo dire che erano tutti molto simpatici e anch' io feci loro una bella impressione tanto che una ragazza del gruppo, Marina, disse:

«Claudio, perché quando usciamo tutti assieme non inviti anche Mavi?».

«Ma certo, che ne dici sorellina, ti andrebbe?».

«Molto volentieri».

Nel momento del commiato Emanuele, un caro amico di Claudio, si avvicinò:

«Mi ha fatto molto piacere conoscerti, non sapevo che Claudio avesse una sorella così piacevole, spero di rivederti presto».

«Grazie, spero anch' io di rivedervi presto, ha fatto piacere anche a me, sono stata molto bene».

Durante il ritorno a casa io e Claudio parlammo molto della giornata trascorsa e mi chiese il giudizio che avevo tratto riguardo i suoi amici:

«Sono tutti molto simpatici, hai una bella comitiva, sono stati molto carini con me, grazie fratellone, mi hai fatto passare una giornata bellissima!».

«E di Marina cosa ne pensi?», mi chiese con un sorriso birichino.

«Ora sento puzza di bruciato, se mi chiedi di una persona in particolare è segno che ti interessa, o sbaglio?».

«Dai smettila, domandavo così, tanto per…».

«Sicuro? Se è così allora non entrerò nello specifico e ti dico che è simpatica come tutto il resto della comitiva, va bene?».

«Certo che sei proprio tremenda, e va bene lei è qualcosa di più… stiamo insieme da qualche mese, contenta ora?».

«Ora sì, dunque, che dirti, è molto carina e a primo impatto è anche simpatica, per quel poco che ho potuto carpire mi è parsa molto presa da te, l'ho notato da come ti guardava, e ora che mi hai detto come stanno le cose tra voi due ecco spiegati quei sguardi, comunque se avrò modo di conoscerla meglio ti saprò dire di più», risposi con aria ironica.

Claudio sorrise e mi diede un pizzicotto sulla guancia. Arrivammo a casa che era quasi sera e, dato che ancora non era arrivato nessuno, mi propose di raggiungere Andrea dai nonni:

«Ma…non ho molta voglia, vai tu».

«Ma dai, sono gli ultimi giorni, poi comincia la scuola, chi avrà più il tempo di andare».

Il pensiero di vedere Alessandro mi faceva sentire male, feci finta di nulla sperando che Claudio lasciasse perdere, invece…

«Tu non me la racconti giusta, prima eri sempre contenta di andare a trovare i nonni, ora invece fai del tutto per evitare, si può sapere cos' hai?».

«Ma cosa dici, sono solo stanca, però su, andiamo, così ti tolgo ogni dubbio».

Andai con molta agitazione.

Arrivati alla cascina trovammo Andrea furente:

«Mavi, puoi mettere al corrente anche noi riguardo questo Alessandro o vuoi continuare a farti prendere in giro?».

«Andrea ma che modi sono questi di parlare a tua sorella! E poi chi è questo Alessandro?», disse mio nonno che nel frattempo era sopraggiunto.

«Ma nulla nonno, Andrea mi sta solo prendendo in giro», dissi io sperando che la cosa finisse lì.

«Nulla un corno!», ribatté Andrea «domandalo a Brigida se sto dicendo una sciocchezza!».

Brigida, sentendosi presa in causa, rispose:

«Signor Bartolomeo, sono cose tra ragazzi e secondo me è bene che se le risolvano tra di loro, noi non faremmo altro che peggiorare la situazione».

«Brigida ha ragione», rispose il nonno «è giusto che certe questioni ve le sbrighiate da soli».

«Ma nonno non è giusto che non posso raccontare ciò che mi è successo!», replicò Andrea.

«Infatti non ti abbiamo detto di non raccontare l'accaduto anzi, ma essendo una questione che riguarda solo voi non è necessario rendere partecipi noi adulti e poi ecco, è arrivata la mamma, ora andate a casa e parlatene a tavola tutti quanti assieme».

«Di cosa dobbiamo parlare?», domandò mia madre.

«Nulla Marta, te lo spiegheranno dopo i ragazzi».

Come si può ben dedurre mio nonno era un tipo di poche parole, aveva un aspetto e un modo di fare molto autoritario, ma sapeva anche essere dolcissimo.

In macchina fortunatamente non riaprimmo il discorso ma una volta a casa, Claudio, approfittando del fatto che mamma si era assentata, rivolto a me e ad Andrea disse a bassa voce:

«Ci puoi dire Andrea cos'è successo oggi?».

«Oggi pomeriggio sono andato con Daniele (un suo caro amico) a comperare dei quaderni, dopodiché lui è voluto venire con me in cascina, non l'aveva mai vista ed era curioso di vedere gli animali; arrivati davanti alla stalla ci viene incontro un ragazzo che, senza neanche salutarmi, si avvicina chiedendomi di dirti di smetterla di girargli intorno perché oltre che sembrare sciocca gli dai anche noia, poi mi ha dato uno schiaffetto sulla guancia come cenno di intesa e se ne è andato, ecco, questo è quanto, ho ragione ora ad essere incavolato per la brutta figura fatta davanti al mio amico?».

Né io né Claudio rispondemmo, ero a dir poco imbarazzata, Claudio continuava a fissarmi senza tirar fuori una parola:

«Ehi, ma ci siete? Volevate tanto sapere cos'era successo e ora… neanche parlate, allora, Claudio, Mavi mi rispondete?», insisteva Andrea con la curiosità propria dei ragazzini.

«Credo che qui l'unica a dover rispondere e darci delle spiegazioni sia Mavi, non è vero?», disse Claudio che continuò in modo sempre più deciso «ripeto, vorrei delle spiegazioni!».

Messa alle strette scoppiai a piangere, un pianto dettato da tante cose, dalla rabbia, dall'essermi sentita così umiliata e derisa, quel pianto era una liberazione, finalmente potevo parlare di ciò che mi stava accadendo.

Mi sbarazzai finalmente di quel senso di oppressione confessando ad Andrea e Claudio tutte le emozioni che provavo verso quel ragazzo:

«Ma perché non me ne hai parlato prima? Di cosa avevi timore?», chiese Claudio.

«Non avevo timore di nulla, semplicemente non capivo neanch' io cosa mi stesse accadendo, sto provando sensazioni che non avevo mai avuto prima».

«Mavi stai crescendo! Te l'ho già detto un'altra volta, c'è poco da capire».

Diventare grandi comportava tutto questo? Dispiaceri, pensieri, angosce, perlomeno nel mio caso era così, no e poi no, io non volevo crescere.

«Ma proprio per uno come quello dovevi provare le tue prime emozioni? Ma hai idea di che brutta nomina abbia?», continuò mio fratello.

«No, non ne so nulla…», risposi cadendo dalle nuvole.

«Beh, non se ne parla molto bene in giro, io ho avuto modo di sentirlo al bar di Gigio, sembra che frequenti brutta gente».

Mentre stavamo parlando mia mamma ci chiamò per andare a tavola:

«Mi raccomando», dissi rivolta ai miei fratelli «nessuna parola con papà e mamma, non vorrei farli preoccupare».

«No, stai tranquilla, non uscirà nulla di quanto è stato detto», rispose Claudio rivolgendo un'occhiata fulminante ma esaustiva ad Andrea «tu però», continuò «gira alla larga da quel ragazzo e se accadrà qualcosa promettimi che me lo dirai».

Feci un cenno di promessa e tutti e tre andammo a cenare.

~

Nei giorni a venire tutto filò nella tranquillità più assoluta, facevo del tutto per non incontrarlo, ero talmente arrabbiata che non riuscivo nemmeno a chiamarlo con il suo nome, di umano non aveva nulla, almeno per quel poco che avevo conosciuto.

Claudio, dopo lo sfogo di quella sera, cercava di distrarmi coinvolgendomi con la sua comitiva che io, giorno dopo giorno, apprezzavo sempre di più:

«Sai», esordì una sera Claudio «credo che tu piaccia molto a Emanuele».

«Ah sì!? E da cosa lo hai dedotto?».

«Mah, lo conosco da sempre e poche volte l'ho visto così attento verso una ragazza».

«Ma dai! È stato solo molto gentile nei confronti della sorella del suo più caro amico! Che doveva fare!».

«Ma che sorella modesta che ho, dai miss modestina muoviamoci che dobbiamo raggiungere papà, mamma e Andrea dai nonni (paterni) ti sei scordata che oggi è il compleanno della nonna?».

«Uh è vero! Ma dove ce l'ho la testa!».

«Spero non dove vorrei che non andasse più», rispose lui piccato.

Avevo capito che si riferiva ad Alessandro ma non risposi anche perché spesso i miei pensieri erano rivolti proprio a lui e il non avere una risposta da me fu per Claudio molto eloquente.

Ci preparammo e raggiungemmo i nostri genitori e Andrea; durante il percorso (a piedi perché la loro casa non era molto distante dalla nostra) non parlammo, ma prima di arrivare Claudio mi mise una mano sulla spalla, con quel gesto mi fece capire tutto, lui c'era, e questo mi rasserenò.

Passammo una serata in grande allegria, tutta la famiglia era riunita, c'erano i miei zii, mia cugina, non mancava proprio nessuno, tranne zia Sonia, lei purtroppo era da molto che non presenziava più ad ogni evento.

Zia Sonia era la sorella minore di mio padre, era sempre stata considerata la pecora nera della famiglia, dopo una vita di ribellione nei confronti di tutto e tutti, all'età di vent'anni decise di andarsene via di casa e dall' Italia; ogni tanto dava notizia di sé con qualche cartolina, raramente faceva una telefonata, per i miei nonni era considerata una figlia perduta e ciò arrecava loro tanto dolore.

Io avevo sempre provato nei confronti di questa zia tanta curiosità, non l'avevo mai conosciuta, quando lei se ne andò non ero ancora nata.

Qualche volta avevo provato a fare delle domande a mio padre, ma lui cercava sempre di sviare, si capiva che era un discorso poco piacevole da affrontare, sicuramente c'erano cose che non sapevo e di sicuro poco gradevoli.

Chiudo questa parentesi per tornare alla festa di compleanno della nonna. Mentre la serata volgeva al termine e ci stavamo salutando il nonno si avvicinò a tutti noi e, rivolto in particolare a mio papà e all'altra figlia Lara (la più grande dei figli), disse:

«Ci avete fatto passare una serata meravigliosa, io e vostra madre siamo stati benissimo, ora c'è una cosa sola che desidero, avere la possibilità di riabbracciare Sonia per l'ultima volta».

Ci fu un gelido silenzio, furono attimi che sembravano ore, mio padre allora, capendo che quel silenzio era doloroso per i suoi genitori, disse allegramente:

«Ogni tuo desiderio è un ordine, prima o poi sarà esaudito».

Mio nonno lo abbracciò e zia Lara, soltanto con lo sguardo, fece altrettanto.

~

Il ritorno a scuola dopo tanti giorni di vacanze estive era sempre un po' traumatico o almeno lo era per me; quell'anno lo sarebbe stato ancora di più e sicuramente molto era dovuto al fatto che ci sarebbe stato l'esame di maturità.

La maggior parte delle ragazze erano contente di rivedersi mentre a me non interessava nulla, anzi… ognuna di loro aveva da raccontare le varie conquiste fatte in vacanza tranne io… ero forse un'aliena? Non lo so, so soltanto che per una volta che mi ero interessata ad un ragazzo avevo fatto una figura che ancora mi bruciava, però cercavo di non pensarci, molto mi aiutava lo studio e mio fratello Claudio, ormai mi aveva reso parte integrante della suo gruppo e ciò mi faceva molto piacere, erano tutti ragazzi molto semplici e simpatici, con Marina specialmente avevo instaurato un bel rapporto.

È vero, qualche volta pensavo ad Alessandro però, o per mia volontà o con l'aiuto casuale dei miei, riuscivo immediatamente a rimuoverlo dalla mente. Tutto quindi sembrava essere tornato alla normalità, ma così non era. Un giorno, infatti, uscendo da scuola, mentre stavo tornando a casa, mi accorsi che una macchina mi stava seguendo, cominciai allora ad allungare il passo, mi sarei voluta girare per vedere chi fosse ma non lo feci, ero nel panico, iniziai così a correre e mi voltai solo quando giunsi sotto casa, dove feci appena in tempo a vedere una macchina grigia un po' mal ridotta che se ne andò via di corsa. La cosa mi turbò ma non ne parlai con nessuno.

~

La domenica seguente, andando a pranzo dai nonni materni venni a conoscenza di un fatto spiacevole.

Nel pomeriggio vennero a trovarci Brigida e i suoi genitori; mentre stavamo bevendo il caffè il signor Luigi (papà di Brigida) disse:

«Poi Bartolomeo, cosa ha deciso di fare con quel suo dipendente?».

«Non ho potuto fare altro che mandarlo via, non me la sentivo di tenerlo dopo quello che è accaduto».

«Perché, cos'è accaduto?», domandò mia madre.

«Ma come, non sai nulla?», disse Brigida.

«No, come al solito papà mi tiene sempre all'oscuro di tutto», disse mia madre un po' scocciata.

«Non è vero che ti teniamo all'oscuro, è solo che certe cose non le riteniamo importanti da raccontare», disse mia nonna.

«E voi come potete sapere cosa per me sia importante o meno, tutto ciò che riguarda la mia famiglia è importante, dalle piccole alle grandi cose e ora detto questo dimmi tu Brigida quello che è successo, perché se aspetto loro...», rispose mia madre ancora più indispettita.

Brigida allora cominciò a raccontare:

«Tuo papà da un po' di tempo si era accorto che c'erano degli ammanchi sulle vendite, aveva il sospetto su una persona ma non ne aveva le prove, poi l'arrivo in cascina dei carabinieri gli ha tolto ogni dubbio».

«I carabinieri qui?!», chiese mio padre «e perché?».

«Ricordate che l'altro giorno c'è stata una rapina nella tabaccheria di Fausto?», disse il papà di Brigida

«Sì certo, poverino se l'è vista proprio brutta», disse mio padre.

«Beh», continuò il signor Luigi «sapete che Fausto, dopo essere stato ferito alla gamba con un colpo di pistola, ha reagito ed è riuscito a ferire uno dei rapitori con un tagliacarte».

«Sì, sappiamo come sono andati i fatti e anche che i rapinatori sono riusciti a scappare, ma cosa c'entra tutto questo con noi?», domandò mia madre preoccupata.

«Ora arrivo al dunque», disse mio nonno prendendo la parola e facendo un cenno al signor Luigi come per dire: "ora parlo io così la quieto" «sembra che Fausto abbia riconosciuto uno dei due rapinatori».

«Bene», disse Claudio «allora li hanno presi?».

«No purtroppo, perché non se l'è sentita di dare il nome di colui che aveva ferito, anche perché quei delinquenti indossavano berretti e occhiali scuri; per tale motivo i carabinieri, non avendo certezze, non hanno potuto fermare nessuno», disse il nonno.

«Sì ma ribadisco, che legame c'è in tutto questo con i carabinieri che sono venuti qui?», chiese spazientita mia madre.

«C'è il sospetto che uno dei rapinatori sia un mio dipendente, lo stesso su cui nutrivo alcuni dubbi; quando i carabinieri sono venuti a chiedere informazioni e a interrogarlo lui non ha fornito nessun alibi e nel momento in cui, avendo notato che zoppicava, hanno chiesto cosa avesse fatto e di poter controllare, lui si è rifiutato dicendo che non era nulla e che si era ferito durante l'orario di lavoro, capite che io, dopo tutto questo, ho preferito allontanarlo, non mi fidavo più di averlo nella cascina anche perché, come ho detto prima, era da un po' che diffidavo della sua onestà».

«Non parliamo poi di quanto era attaccabrighe», disse il signor Luigi «non c'è stato un dipendente con cui non abbia litigato, ha fatto perdere le staffe persino a me».

«Se è riuscito a fare innervosire lei, signor Luigi, è tutto dire ma, a proposito, noi lo conosciamo?», chiese la mamma.

«Ma, non so, era il più giovane dei miei dipendenti, era l'ultimo degli arrivati, un tipo molto introverso, se ne stava sempre da solo, non parlava mai con nessuno e se lo faceva era solo per cercare la lite, è stato meglio che se ne sia andato, mi dispiace soltanto di essermi reso conto di tutto ciò dopo quello che è accaduto a Fausto», concluse mio nonno.

Ero pervasa da uno stato di ansia e inquietudine, avevo il terrore di sentire pronunciare il nome di quell' individuo, anche se tutto faceva presupporre alla persona che avevo in mente.

Approfittai così di un momento in cui Brigida si era allontanata dagli altri per avvicinarla:

«Brigida posso chiederti una cosa?».

«Certo cara, ma già immagino cosa tu voglia sapere e ti dico subito che è lui, è Alessandro la persona di cui poc'anzi stavamo parlando».

L'ansia che fino a quel momento era stata padrona del mio corpo, aveva lasciato il posto a un tremolio e a un senso di angoscia che mi stava facendo mancare il respiro, Brigida se ne accorse e mi diede un po' d'acqua:

«Quando ho avuto notizia di questi fatti il primo pensiero è stato per te, a come avresti reagito, avevo capito che questo ragazzo ti piaceva, ma non osavo chiederti nulla, mi sembrava indiscreto; ti senti meglio ora?».

«Sì», risposi con un filo di voce «sto meglio».

Nel frattempo Claudio non vedendomi, mi raggiunse e, avendo capito il perché del mio allontanamento, disse:

«Ora che hai saputo la verità riguardo Alessandro, spero accantonerai ogni pensiero nei suoi confronti».

A quelle parole non riuscii a rispondere, capii che, anche se non mi aveva più chiesto nulla e io non ne avevo più parlato, aveva intuito che quella persona era spesso nei miei pensieri.

Tornando a casa tutti commentarono ciò che era accaduto tranne io, e mia madre se ne accorse:

«Che hai Mavi? Perché sei così silenziosa, c'è qualcosa che non va?».

«No mamma, non ho nulla, non so cosa dire».

«Strano», continuò lei «in genere a te piace commentare ciò che accade, ma tu questo ragazzo lo avevi mai visto?».

Che domanda mi aveva fatto! Cosa risponderle?

«Mavi ti ho fatto una domanda perché non rispondi?».

«Ehm… no mamma, non lo avevo mai visto», risposi con enorme imbarazzo.

«Comunque tesoro mio ti vedo un po' strana, se c'è qualcosa che non va non devi fare altro che parlarne».

Non riuscivo proprio a rispondere e con lo sguardo asserii.

La sera nel mio letto mi giravo e rigiravo, non riuscivo ad addormentarmi, mille domande varcavano la mia mente, ma tra tutte una primeggiava: perché continuavo a pensarlo? E perché sempre in maniera ossessiva?

~

Mi alzai la mattina dopo che ero uno straccio, fortuna che sia i miei genitori che i miei fratelli, distratti dai propri impegni lavorativi e scolastici, non si accorsero del mio stato.

A scuola, quando arrivò l'ora della ricreazione, mentre stavo assorta nei miei pensieri, Virginia, una mia compagna di classe, si avvicinò:

«Hai visto cos'è successo al papà di Roberto, fortuna che non lo hanno ferito gravemente (si riferiva a Fausto il tabaccaio, il papà di Roberto che stava nella nostra scuola), ma è vero che uno dei rapinatori lavorava nella ditta di tuo nonno?».

Rimasi allibita da quella domanda, è pur vero che abitare in un piccolo centro comporta che qualsiasi cosa accada si venga subito a sapere, ma così presto non lo avrei mai immaginato.

Feci finta che la cosa non mi riguardasse e le risposi:

«Non è certo che sia un dipendente di mio nonno, anche i carabinieri non hanno prove al riguardo».

«Non è vero, se fosse per loro già lo avrebbero arrestato ma il signor Fausto non ha dato certezza sui fatti per paura di eventuali ritorsioni; tu comunque lo hai mai visto?».

«No», risposi con aria indifferente.

«Dicono che sia un bel ragazzo, un po' misterioso, so anche che alcune ragazze si sono invaghite di lui… peccato che tu non lo abbia mai notato, ci avresti potuto raccontare qualcosa di più dettagliato».

«E invece non ho proprio nulla da dire», dissi con aria scocciata girandomi dall'altra parte.

Virginia era una delle ragazze più pettegole della classe e non solo, se mi fosse sfuggito qualcosa lo avrebbe saputo tutta la cittadina.

La campanella suonò la fine della ricreazione e per me fu una liberazione, entrai in aula e, non curante della professoressa che stava spiegando, mi rituffai nuovamente nel vortice dei miei pensieri:

«Mariaviola potresti ripetere tutto quello che ho detto fin ora?», mi chiese d'improvviso l'insegnante.

«Ma…veramente…non so», dissi balbettando e diventando rosso fuoco.

«Bene, vedo che hai seguito con molta attenzione la mia spiegazione, si può sapere dove hai la testa?».

«Mi scusi, non accadrà più».

«Lo spero vivamente».

Finalmente le lezioni erano terminate e all'uscita dalla scuola ebbi la sorpresa di trovare mia madre ad aspettarmi:

«Mamma come mai sei venuta a prendermi?».

«Dispiaciuta?».

«Niente affatto, ma era da un po' che non accadeva».

«Lo so, però oggi avevo voglia di stare un po' con te, è da tempo che non parliamo più come prima, vuoi per una cosa, vuoi per un'altra, e in più sono un po' di giorni che ti vedo cambiata, sbaglio?».

«No mamma, sono sempre la stessa».

«Mah, sarà, però ho come l'impressione che ci siano dei pensieri che non ti rendono serena».

Come mi conosceva bene mia madre, aveva centrato in pieno il punto, in quell'istante avrei voluto raccontarle tutto quello che annebbiava la mia mente, ma non era il caso, l'avrei fatta impensierire per qualcosa che non aveva ancora nulla di fondato.

«Mavi, Mavi ci sei, sei ancora nel nostro pianeta? Vedi che ho ragione? Si può sapere a cosa stai pensando?».

«Scusa mamma, hai ragione, stavo pensando ai compiti che devo fare per domani, sono talmente tanti che non so da dove iniziare».

Mia madre mangiò la foglia:

«Proverò a credere a ciò che hai detto, però ricordati sempre che di qualsiasi cosa avrai bisogno, anche un semplice sfogo o consiglio, io ci sarò e un'ultima cosa, non imbarazzarti mai di esternare i tuoi pensieri solo perché sono tua mamma, prima di essere genitore sono una donna».

Detto questo mi abbracciò e, dopo aver comprato alcune cose, andammo a casa.

Parlare con lei era sempre un piacere, non c'erano consigli migliori se non quelli di una mamma.

~

Un sabato pomeriggio Claudio mi propose di uscire insieme a Marina, Emanuele e altri suoi amici, l'appuntamento era nel bar della piazzetta, da Gigio. Mentre eravamo seduti ad aspettare, sentii alcune persone parlare ad alta voce, mi girai e vidi Alessandro assieme a due facce poco raccomandabili.

Claudio, accortosi della sua presenza, mi fece cenno di andar via ma non avemmo il tempo di farlo che Alessandro ci venne incontro:

«Che fai scappi? Hai paura che posso far del male alla tua sorellina solo con lo sguardo?».

«Non ci penso nemmeno e poi non so neanche chi tu sia», rispose nervosamente Claudio.

«Ma non dire idiozie, mi sono reso molto famoso ultimamente sai? In paese molti parlano di me e delle mie ipotetiche azioni».

«Mavi andiamo, qui c'è un aria irrespirabile».

«Scappate, scappate, tanto prima o poi ci rincontreremo, non è vero Mavi?», disse perfidamente Alessandro.

Claudio a quella istigazione stava per andare alle mani quando fortunatamente alcuni amici della comitiva, che intanto erano sopraggiunti, lo calmarono evitando il peggio.

Sentirsi frenare quella voglia che avrebbe avuto di sferrargli un pugno in piena faccia lo rese ancora più nervoso, così lo affrontò verbalmente:

«Stai attento a come parli, se oserai solo rivolgere lo sguardo verso mia sorella dovrai vedertela con me e la prossima volta non ci saranno i miei amici a mantenermi».

Alessandro lo guardò con un sorriso beffardo, fece un cenno ai suoi amici e se ne andò, non prima però di guardarmi; quel suo sguardo mi aveva raggelato.

Ciò che era accaduto incise molto su come trascorremmo il pomeriggio, anche se né io né mio fratello volevamo far pesare nulla, la tensione era evidente:

«Dai Claudio non pensarci più, non dare importanza a uno così», disse Emanuele cercando di calmarlo.

«Ma come si può non dare importanza a una persona che ti sfida toccando persone a te care, ora però smettiamo di parlarne, mi dispiace solo di aver rovinato, anche se involontariamente, questa giornata».

Detto questo Claudio si avvicinò e mi disse:

«Mavi stai tranquilla, nessuno ti darà fastidio, ora che dici se ce ne andiamo a casa?».

Con un cenno della testa annuii, ero stanca, sapevo che se Claudio aveva reagito così pesantemente era per tutto quello che io gli avevo raccontato precedentemente.

~

Il giorno dopo a scuola alcune mie compagne di classe, sapendo di quanto fosse accaduto il pomeriggio precedente, mi vennero vicino per saperne di più:

«Allora Mavi, ieri sei stata la protagonista della piazzetta? È vero che quel tipo ti ha messo gli occhi addosso…dai su, raccontaci!».

Le domande delle mie compagne erano a raffica, una dopo l'altra, io non avevo voglia di rispondere ma loro continuavano insistentemente:

«Dai dicci qualcosa!».

«Basta, smettetela! Ma di quale ragazzo state parlando?».

«Ma è ovvio», disse una di loro a mo' di presa in giro «del ragazzo per cui tuo fratello stava per fare a botte, quell'ex dipendente di tuo nonno, ricordi? Il nostro è un piccolo paesino, le cose si vengono subito a sapere, dovresti immaginarlo…».

Eccome se me ne ricordavo, avevo capito di chi stavano parlando e volevo fare in modo di eludere, ma con loro era impossibile:

«Non è successo nulla di particolare, mio fratello ha solamente reagito ad un comportamento insolente; tutto qui».

«Però devi ammettere che per quanto sia stato insolente è un gran bel ragazzo e non credo che tu non lo abbia notato!», disse Virginia ammiccando.

«Sarà anche un bel ragazzo ma, per quanto mi riguarda, quando a una persona mancano certi valori, tutto diventa invisibile».

«Non sembra sia proprio così dal momento che si vocifera che sia stata proprio tu a mettere gli occhi su di lui già da quando lavorava in cascina», rispose Rebecca (grande amica e pettegola come lei di Virginia).

«Sentite, pensatela come vi pare, io ho detto la verità e se non ci credete non mi interessa, di certo non devo rendere conto a voi», detto questo voltai le spalle e me ne andai.

Chissà quanto avrebbero ancora spettegolato, avevano trovato pane per i loro denti, tuttavia a me non interessava, tanto si sa, anche se fai bene tutto, la gente trova sempre un motivo per malignare.

Il pomeriggio decisi di andare a trovare mia madre in negozio, avevo fatto più di metà strada quando si avvicina una macchina:

«Ehi, ti puoi fermare un attimo, vorrei un'informazione».

Mi voltai e vidi Alessandro.

Ebbi un sussulto, mi voltai di nuovo e cominciai a camminare con passo svelto. Lui continuò a seguirmi con la macchina fino a quando la fermò, scese e con un braccio mi bloccò:

«Ma cosa vuoi, come osi fermarmi?», dissi con voce tremante.

«E perché non dovrei, ti ho forse detto o fatto qualcosa?».

«Sì, ora, mi stai infastidendo, leva questa mano e fammi passare».

«Perché mi tratti così, eppure quando lavoravo da tuo nonno non mi sembravi così ostile anzi… tutt'altro, cos'è successo? Forse ti sei fatta influenzare dalle chiacchiere che circolano ultimamente?», chiese lui diventando improvvisamente dolce, non aveva più la voce beffarda e ironica di sempre e io, sentendolo così non gli risposi, restai ferma a guardarlo, era bello, decisamente bello, in quel momento non aveva più l'aria di chi è contro tutto e tutti, ma al contrario sembrava un cucciolo alla ricerca di un padrone da cui farsi volere bene.

«Allora, perché mi stai fissando così? Non credo di averti detto qualcosa di male». Non ebbi neanche il tempo di replicare che mi tirò a sé e dopo avermi guardato, mi baciò. Fu un bacio lungo e appassionato.

Passati quegli attimi di estasi che il bacio mi aveva lasciato, cercai subito di uscire da quell'abbraccio che mi stava avvinghiando, cominciai così a correre, avevo il cuore in gola, lui per un po' mi seguì ma poi tornò indietro, salì in macchina e se ne andò.

Nel correre non mi ero resa conto di aver superato il negozio di mia madre; mi sedetti allora su una panchina di un giardinetto dove c'erano alcuni bambini che giocavano e fu proprio nel vedere loro così felici che mi misi a piangere: ma cosa avevo fatto? Avevo dato il mio primo bacio a un ragazzo di cui non sapevo nulla e quel poco che sapevo era tremendo; ma la cosa che ancor più mi infastidiva era provare rabbia e piacere nello stesso tempo.

Sì, mi era piaciuto baciarlo; inconsciamente lo avevo sempre desiderato e forse anche provocato? Forse sì, ma chi ero? La mia mente era una voragine di contorsione.

Mentre ero assorta in quei pensieri arzigogolati e subdoli, un pallone rimbalzò vicino la mia panchina:

«Signorina ce lo può tirare!», mi chiese un bimbo con il visetto birbo.

«Ma certo, tieni».

Il bimbo mi ringraziò e tornò a giocare con i suoi amichetti.

Erano passati pochi anni da quando anch'io giocavo così felice con i miei fratelli, è possibile che in poco tempo la propria vita possa cambiare in modo così radicale? Guardai ancora un po' i bimbi giocare, poi mi alzai e, anziché andare al negozio di mia madre, me ne tornai a casa dove trovai Andrea euforico:

«Sorellina hai idea di che grande evento ci sarà tra pochi giorni?».

Prendendomi alla sprovvista risposi:

«No, non ne ho idea, cosa ci sarà?».

«Ma dai, possibile che non ti ricordi una cosa così importante? Ma sei sempre con la testa tra le nuvole? Con la testa tra le nuvole e il viso sempre imbronciato…».

«Senti non mi scocciare, qualsiasi evento sia non mi interessa», mi tolsi il cappotto e me ne andai in camera mia.

Avevo esagerato, con il senno di poi so che avrei dovuto essere più dolce, amorevole e assecondare la sua gioia e quello fu uno dei miei tanti rimorsi; ma proseguiamo.

«Mavi posso entrare?», chiese Claudio bussando alla porta della mia camera.

«Sì entra».

«Ho sentito come hai risposto ad Andrea, perché sei stata così antipatica? In fondo ti aveva solo fatto una semplice domanda».

«Lo so, ho esagerato, ma ha cominciato a dire che sono sempre nervosa, sulle nuvole e via dicendo».

«E non pensi che abbia ragione, non è il solo ad essersi accorto del tuo cambiamento; ti va di parlarne?».

«No, ho un gran mal di testa, però stai tranquillo, non ho nulla, sono solo un po' stanca, sai la scuola…».

Claudio non mi fece nemmeno finire di parlare che si alzò dalla poltrona e con un viso infastidito disse:

«Fai come vuoi, non ti chiederò più nulla, quando ne avrai voglia verrai tu da me, sappi solo che chi ti sta intorno non è stupido», stava per andarsene quando si voltò e con voce tesa continuò «dimenticavo di dirti che se Andrea è così allegro è perché dopodomani è il suo compleanno».

Sbatté la porta e andò via.

Mi sentivo un vero schifo. Perché stavo reagendo così? Possibile che Alessandro aveva così tanta padronanza su di me? Sì, in quel momento l'aveva.

La sera papà ci raccontò di un fatto accadutogli nel pomeriggio in farmacia:

«Oggi, mentre io e Mirko (suo collega) stavamo controllando alcuni medicinali che ci avevano portato dei rappresentanti, sono entrati due brutti ceffi, uno ha chiesto se potevamo dargli qualcosa per il mal di testa, ma si capiva palesemente che era una scusa, mentre l'altro continuava a guardare con attenzione il negozio, quando sono usciti sono andato fuori e ho visto che c'era una terza persona che li aspettava in macchina».

«A che ora è successo tutto questo?», domandò mia mamma.

«Mah, sarà stato poco prima della chiusura».

«Papà per caso hai visto che macchina avevano?», chiesi.

«Sì, una macchina grigio metallizzata un po' vecchia, comunque bisogna stare attenti, ultimamente si stanno verificando molti fatti per nulla piacevoli, ieri ho incontrato Fausto e devo dire che l'ho trovato molto giù, non riesce ancora ad andare in tabaccheria».

«Ora però non parliamo più di queste cose altrimenti ci rattristiamo, già vedo Mavi un po' crucciata», disse mamma.

Era vero, ero sconvolta e non solo per quanto era accaduto in farmacia, ma soprattutto perché la macchina descritta da papà era simile a quella che aveva Alessandro il pomeriggio. Casualità? Forse, ma questo lo avrei saputo solo con il tempo.

«Ehi, ma perché ora non parliamo di qualcosa di più allegro, tipo l'avvenimento che ci sarà dopodomani?», domandò Andrea.

«Hai ragione, parliamo d'altro, ma scusa cosa accadrà?», chiese mia madre che, vedendolo rattristato da quella domanda, continuò ridendo «no piccolino, non avvilirti, stavo scherzando, tutti noi sappiamo che dopodomani si festeggerà il tuo compleanno, come potevamo dimenticarci di una cosa così bella?».

Sentito questo Andrea si infervorò nuovamente e cominciò ad elencare tutti i regali che avrebbe voluto.

La serata, che era iniziata parlando di cose molto serie e che purtroppo mi toccavano da vicino, finì nel modo più allegro e spensierato, classico di come era sempre stata la mia famiglia.

~

Il pomeriggio dopo mio fratello Claudio e io decidemmo (a dire il vero fece tutto lui) di andare assieme a comperare il regalo per Andrea; dopo più di due ore che giravamo alla ricerca di qualcosa, finalmente trovammo ciò che a lui avrebbe fatto piacere; Claudio gli comprò la costruzione Lego, e io un maglione con il cappellino originale della sua squadra preferita di baseball.

Sia all'andata che al ritorno io e Claudio non parlammo, eravamo eccessivamente silenziosi e a me questo dava molto fastidio, avrei voluto iniziare un discorso ma non ne avevo il coraggio, con la coda dell'occhio notavo che lui ogni tanto mi guardava, ma senza dire nulla; probabilmente era deluso da me.

Arrivati a casa, approfittando che Andrea non c'era, nascondemmo subito i regali e, prima che Claudio andasse nella sua stanza, stanca di questo gelo che c'era tra noi, lo affrontai:

«Senti, io non ce la faccio più a vederti così, se ho fatto o detto qualcosa che ti ha ferito preferirei che me lo dicessi».

«Io non ho più niente da dirti, forse sei tu ad aver qualcosa da dire, e comunque se hai fatto qualcosa che può avermi ferito, solo tu puoi saperlo», rispose Claudio in modo lapidario.

A quelle parole così fredde e distaccate non riuscii a replicare, andai allora nella mia stanza e rimasi lì fino a quando non arrivarono i miei genitori.

Dopo cena papà ricevette una telefonata e chiese a mia madre di passargliela nel suo studio; ciò era molto strano, papà era solito parlare tranquillamente al telefono davanti a tutti noi a meno che non fossero telefonate di lavoro e quella non sembrava esserlo, vuoi per l'orario e vuoi per il tono di voce triste di papà.

Tornò da noi senza dire una parola, si vedeva che era molto nervoso; mamma non gli chiese nulla, forse perché sapeva chi era l'interlocutore, io avrei voluto domandargli chi fosse ma non era il momento, Andrea invece, senza pensarci due volte e nel modo più semplice, glielo domandò:

«Papà chi era al telefono? ».

Quel modo così puro che Andrea ebbe nel fargli la domanda fece tornare mio padre sereno e, dandogli una carezza sui capelli, rispose:

«È una persona che mi ricorda un passato triste, per questo ogni volta che la sento cambio umore, però vi prometto che prima o poi ve ne parlerò».

Capii subito, l'unica persona ad avere un tale effetto su mio padre era sua sorella Sonia, ma non dissi nulla, tutto questo però alimentava sempre di più la mia curiosità nei suoi confronti, avrei voluto fargli un'infinità di domande ma sapevo che non era il caso e che prima o poi quel momento sarebbe arrivato.

Mio padre era rimasto turbato dalla telefonata e infatti dopo poco se ne andò a letto; Claudio andò nella sua stanza a studiare mentre Andrea si mise a leggere i suoi giornalini preferiti; anche io, dopo aver aiutato a sistemare la cucina, sarei andata nella mia camera, quando mia mamma mi chiamò:

«Mavi, ti andrebbe domani di aiutarmi a preparare una festa a sorpresa per Andrea?».

«Ma certo mamma, mi fa molto piacere».

«Bene, sono contenta, domattina ti spiego tutto il da farsi, ora andiamo a riposare, buonanotte piccola mia», e mi diede un bacio sulla fronte.

Era giusto che mia madre continuasse a trattarmi con quella dolcezza? Lo meritavo? Ero sempre la sua piccola? Quante domande a cui non sapevo dare una risposta... meglio allora andare a dormire, o almeno provarci.

~

L'indomani io e la mamma, grazie anche alla complicità di papà e Claudio, ci organizzammo per preparare una splendida serata per la festa di compleanno di Andrea.

La festa si svolse nella casa dei nonni materni perché, oltre ad essere molto grande, era anche immersa nel verde così, essendo le giornate ancora miti, apparecchiammo una ricca tavolata sotto un gazebo.

Quel giorno Andrea era di una felicità immensa, rimase esterrefatto della grande festa che gli avevamo preparato e non perché gli altri compleanni fossero passati inosservati, ma in genere li festeggiavamo fra di noi, quella volta invece i miei genitori, oltre a tutti i parenti, invitarono anche gli amici e i compagni di scuola del mio fratellino.

Quando arrivò il momento di scartare i regali, Andrea non riuscì a contenere la sua euforia, rimase molto contento, ma il regalo di mamma e papà lo lasciò letteralmente senza parole, da loro aveva ricevuto uno splendido orologio dietro il quale avevano fatto incidere una dedica:

"Ad Andrea, con amore mamma e papà"

Andrea era al settimo cielo, dopo aver riempito papà e mamma di baci, prese l'orologio e se lo mise al polso, per tutta la serata non fece altro che guardarselo e farlo vedere a tutti; ora con quell'orologio anche lui si sentiva grande.

Passammo tutti quanti una serata meravigliosa, purtroppo però per tutti noi quel bellissimo evento sarebbe stato solo fonte di strazianti ricordi.

~

Un pomeriggio, Marina, dopo aver studiato insieme a Claudio, approfittando del fatto che lui ne avrebbe avuto ancora per un po', mi chiese se volevo andare con lei in centro a fare delle spese.

Accettai subito, mi faceva piacere stare in sua compagnia, era una ragazza molto dolce e, anche se aveva solo un anno in più di me, era molto matura, d'altronde, per stare insieme a mio fratello che è la saggezza fatta persona, non poteva essere altrimenti:

«Claudio, io e Mavi usciamo, ci vediamo dopo», disse Marina.

«Sì, a più tardi», rispose Claudio dando un bacio a Marina, poi si voltò e mi guardò senza dire nulla, io feci un timido cenno di saluto e uscimmo.

Girammo molti negozi, Marina però non trovò quello che desiderava, camminammo così tanto che i piedi cominciavano a farsi sentire:

«Ti va se ci sediamo e prendiamo qualcosa?».

«Sì, volentieri».

Ci sedemmo così ad un tavolino e ordinammo una tazza di cioccolata.

«Mavi potrei farti una domanda?».

«Ma certo, di che si tratta?».

«Claudio mi ha sempre detto di avere con te uno splendido rapporto, ricco di dialogo e complicità e anche io, fin dal primo momento in cui ti ho conosciuta, ho notato questa vostra sintonia, ultimamente però vi vedo molto cambiati, siete distanti, come mai?».

Abbassai gli occhi, provavo disagio, allora Marina continuò:

«Non ti devi sentire in dovere di rispondere e se non lo farai ti capirò, ma volendo molto bene a Claudio e sapendo quanto lui tenga a te ho sentito il bisogno di chiedertelo, scusami se sono stata invadente».

«Non devi scusarti affatto, è normale che tu voglia sapere ciò che è evidente stia accadendo, è vero, con Claudio ci sono stati dei problemi per colpa mia, sono io che ho sbagliato nei suoi confronti, ora però non mi sento di parlarne, non prenderla come una mancanza di fiducia, ma in questo momento non so neanche io cosa mi stia capitando».

«Non preoccuparti, capisco, sappi che se avrai bisogno di qualcuno con cui sfogarti, io ci sarò».

Ci abbracciammo, dopodiché Marina esordì:

«Uh, che sbadata! Mia mamma mi ha chiesto, prima di tornare a casa, di comperare alcune cose al supermercato e io me ne stavo completamente dimenticando, sarà meglio sbrigarci altrimenti non trovo più nulla, però prima ti accompagno a casa».

«Ma neanche per sogno, ti faccio compagnia e poi vado a casa da sola, in fondo casa tua è a soli due isolati dalla mia».

Marina acconsentì e arrivati davanti al negozio di alimentari entrammo; c'era un po' di fila.

Nel frattempo entrarono due ragazzi con giacconi, bavero alzato e una sciarpa che copriva parte del viso, solo gli occhi erano scoperti, avevano un fare molto strano e ciò lo feci notare anche a Marina:

«È vero, hanno un aspetto poco rassicurante, speriamo che si sbrighino così ce ne andiamo».

«Speriamo, il problema è che siamo le ultime».

Eravamo finalmente arrivate alla cassa per pagare quando uno dei due ceffi diede alla cassiera uno zainetto e, puntandole la pistola alla tempia, le ordinò di mettere dentro tutto l'incasso della giornata e rivolgendosi a tutti noi clienti ci obbligò a toglierci di dosso tutto quello che di prezioso avevamo se volevamo ritornare a casa vivi.

Tutti noi ci guardammo con il terrore negli occhi, il Signor Teodoro (il proprietario del negozio) seguito da uno dei due rapinatori prese tutti i soldi che aveva nella cassa del bancone e altrettanto fece la cassiera, poi toccò a noi clienti, quello che prima era alla cassa si avvicinò prendendo dalle nostre borse tutto quello che avevamo.

Fortunatamente né io né Marina avevamo oggetti importanti, purtroppo la signora accanto a noi, di una certa età, indossava una catenina con una medaglietta di cui non se ne voleva assolutamente separare, il delinquente allora, vista la sua reticenza, gliela strappò ferendola al collo; la poverina d'istinto reagì e fu allora che l'abietto le sparò.

Alla vista di tutto questo lanciai un urlo, l'altro allora si avvicinò, mi prese per un braccio e mi fissò con uno sguardo glaciale e crudele, poi fece un cenno al suo amico e se ne andarono.

Immediatamente il signor Teodoro telefonò ai carabinieri, mentre io, Marina e la commessa prestammo i primi soccorsi all'anziana signora.

Quando i carabinieri arrivarono, seguiti dall'autoambulanza, cominciarono a farci delle domande sperando di poter arrivare ai rapinatori, ma lì per lì nessuno ebbe indizi utili da fornire.

Solo quando la cassiera fece loro presente di aver notato al rapinatore che si trovava vicino alla cassa una bruciatura tra il collo e l'orecchio, allora mi resi conto di aver visto anche io quel particolare, ma non dissi nulla:

«La ringrazio signorina, la sua testimonianza ci potrà essere utile», disse il maresciallo dei carabinieri «quanto a voi», proseguì «se vi dovesse venire in mente qualcosa fatecelo sapere, anche un minimo dettaglio per noi è importante».

«Stia tranquillo maresciallo se ci verrà in mente qualcosa, sarà nostro dovere informarvi», disse il signor Teodoro che continuò «ci sono notizie della signora che hanno portato via in ambulanza?».

«Sì, purtroppo sembra che il proiettile le abbia perforato un polmone, le sue condizioni sono gravi, speriamo bene; ora potete andare (disse il carabiniere rivolgendosi anche a me e Marina), se avremmo bisogno di voi ve lo faremo sapere».

Uscimmo dal negozio che eravamo stravolte, molte persone erano in strada per vedere cosa era successo e tra queste anche la mamma di Marina la quale, come la vide, le corse incontro abbracciandola:

«Tesoro mio, come stai? Ti hanno fatto del male?».

«No mamma, fortunatamente né a me né a Mavi (che nel frattempo ci eravamo presentate) ci hanno fatto qualcosa, abbiamo avuto solo molta paura, purtroppo ad una signora le hanno sparato solo perché non voleva dargli una catenina, speriamo se la cavi».

«Me lo auguro», disse la mamma di Marina «quando l'ambulanza l'ha portata via non mi sembrava in buone condizioni, io poi la conosco e credo anche tu».

«In effetti mi sembrava un viso conosciuto, ma in quei momenti non ho avuto il tempo di soffermarmi; chi è?».

«È la signora Erminia, fino a poco tempo fa aveva una merceria nella traversa accanto, povera donna, da poco le è morto anche il marito, ha sofferto tantissimo e, non avendo figli, è stata costretta a chiudere il negozio, vivevano l'uno per l'altra, che disgrazia».

«Ma sì che me la ricordo», disse Marina «speriamo che i carabinieri riescano a prendere quei disonesti e dargli la lezione che si meritano».

Marina e la madre mi accompagnarono a casa, dove trovammo Claudio che, vedendo anche la mamma di Marina, chiese come mai stesse con noi; la signora Emma gli raccontò quanto era accaduto; Claudio rimase allibito, si avvicinò a me e Marina e ci abbracciò.

Nel frattempo arrivarono a casa anche papà, mamma e Andrea che, non curante di nulla, disse:

«Ehi, sapete che poco fa nel negozio vicino casa c'è stata una rapina?».

«Andrea», disse mia mamma «vuoi salutare prima?».

Andrea salutò, dopodiché continuò:

«Sembra che ci sia stata anche una sparatoria».

«Sì è vero», disse papà «tornando a casa siamo passati lì davanti, c'erano i carabinieri e abbiamo domandato, sembra che una persona sia rimasta gravemente ferita».

«Mamma», intervenne Claudio «dei è la mamma di Marina, ha accompagnato Mavi fino a casa perché… è meglio che te lo racconti lei».

«Signora, piacere sono Emma, mi spiace conoscerci in questo modo, ma sfortunatamente nel negozio durante la rapina c'erano anche le nostre figlie», e le raccontò tutto.

Sentendo queste parole i miei genitori rimasero di sasso:

«Oh, cosa mi sta dicendo!», disse mia madre avvicinandosi a me e Marina mentre mio padre, ancora incredulo, si sedeva in poltrona chiedendo i particolari alla signora Emma.

«Il peggio è passato e fortunatamente siamo qui a parlarne, speriamo solo che la signora ferita riesca a salvarsi», disse la signora Emma, dopodiché si avvicinò alla figlia facendole capire che era ora di andare a casa.

Dopo esserci salutati io me ne stavo andando in camera mia quando i miei genitori mi chiamarono:

«Mavi», disse mio padre «perché stai andando in camera tua? Non hai voglia di parlare un po' con noi dell'accaduto?».

«Non c'è più nulla da dire, è stato già detto tutto».

«Hai notato qualcosa nei rapinatori che può aiutare i carabinieri a trovarli?», domandò mia madre.

«No, ho già raccontato tutto e ho detto loro che se dovesse venirmi in mente qualcosa sarà mio dovere farglielo presente».

Parlavo in maniera distaccata e assente, mio padre se ne accorse e sbottò:

«Senti Mavi capisco che per te sia stata una brutta giornata ma io ti vedo strana, sei cambiata e non me ne accorgo solo ora, è da un po' che ti osservo, non sei più la Mavi di sempre, sei triste, distratta, cerchi sempre di isolarti, come stavi facendo poc'anzi, e tutto questo non mi piace; siamo stati sempre una famiglia unita e qualsiasi cosa succedesse ci siamo sempre confrontati, tu in particolar modo, ora invece noto il contrario, scusa se proprio dopo una giornata come questa mi sto sfogando, ma non riuscivo più a tenerlo dentro».

Sentire mio padre con così fervore mi stupì, e non solo a me, rarissime volte mio papà si era rivoltato nei miei confronti in quel modo; mi dispiacque molto ma non riuscii a tirar fuori una parola.

«È stata una giornata particolare per tutti, sarà meglio finire qui la discussione, ora ceniamo e vedrete che la notte calmerà ogni pensiero», disse mia madre facendo finta di essere calma, ma si capiva che c'era qualcosa che non le faceva piacere, sicuramente il discorso di papà l'aveva colpita, era come confermare quello che anche lei ultimamente pensava su di me.

La notte, al contrario di come sperava mia madre, non calmò nessun pensiero, tutt'altro, continuava a venirmi in mente tutto quello che era accaduto nel pomeriggio, era come un film, ma c'era una cosa in particolare che avevo sempre davanti agli occhi: lo sguardo di uno dei due rapinatori, quegli occhi ero sicura di chi fossero, li avrei riconosciuti tra mille, erano di Alessandro; ma come potevo dirlo se ero io la prima a non volerci credere? Volevo sperare di aver sbagliato, che a forza di pensare a lui vedevo i suoi occhi dappertutto, ma era un'illusione, quello sguardo senz'anima era il suo.

Dall'ultima volta che lo avevo visto e che mi aveva baciato era scomparso, si era volatizzato nel nulla.

~

Erano passati alcuni giorni da quel terribile pomeriggio della rapina, quando una sera, mentre eravamo seduti a tavola, suonarono alla porta: erano i carabinieri; vederli provocò in tutti noi un senso di agitazione, non perché avessimo qualcosa da nascondere, anzi… ma si sa, le loro visite sono quasi sempre fonte di cattive notizie e infatti fu così; ci comunicarono la morte della povera signora Erminia, vittima della rapina.

La situazione a questo punto si aggravò, quei delinquenti adesso erano anche degli assassini, ed essendo io una delle testimoni dell'accaduto, gli agenti auspicavano che ricordassi qualche particolare che potesse essere loro d'aiuto:

«So che chiederle questo è doloroso e le fa ricordare ciò che vorrebbe dimenticare», disse l'agente rivolto a me e guardando anche i miei genitori «tuttavia per noi è molto importante, siamo andati anche dalle altre persone che erano lì quel giorno e, tranne la commessa che ha notato quel particolare su uno dei due rapinatori, anche gli altri non hanno saputo fornirci ulteriori indicazioni».

Io guardavo il carabiniere inebetita, allora mio padre vedendomi così intervenne:

«Mia figlia, come noterà, è ancora scioccata dall'accaduto, comunque non si preoccupi, se dovesse venirle in mente qualcosa, sarà nostro dovere informarvi, anche noi non vediamo l'ora che certa gente non stia più in giro a seminare terrore». Detto questo gli agenti ci salutarono e se ne andarono.

«Quanto mi dispiace per la signora Erminia, aveva lavorato tutta una vita, e ora che poteva godersi un po' di tranquillità… prima c'è stata la morte del marito e poi questa fine orrenda, speriamo che prima o poi prendano questi criminali e mi raccomando Mavi se ti dovesse venire in mente anche il più piccolo dettaglio riferiscilo subito ai carabinieri».

«Ma certo mamma, sto continuando a pensare ma non riesco a ricordare nulla».

«Forse la cosa migliore è non pensarci, altrimenti si finisce solo con il confondersi le idee», disse mio padre.

In effetti papà aveva ragione, a furia di pensare a quel giorno della rapina, avevo le idee sempre più confuse o meglio, avevo visto anche io quella bruciatura ma non so per quale motivo non dicevo nulla, per non parlare poi degli occhi di quel rapinatore di cui ero convinta ciecamente di chi fossero.

Ammettere di aver riconosciuto uno dei rapinatori mi rendeva complice, e di un omicidio per giunta; ma come potevo denunciare lui, Alessandro? Perché lo proteggevo così? Il perché era presto detto, perché purtroppo me ne ero innamorata, con estremo dolore avevo dovuto ammetterlo, perlomeno a me stessa.

~

Nei giorni a venire si parlò molto dell'accaduto, persino a scuola; le chiacchiere, come si sa, hanno le ali e anche la pettegola Virginia sapeva che in quella rapina io ero stata una degli ostaggi:

«Certo che te la devi essere vista brutta quel giorno, che effetto fa stare faccia a faccia con un delinquente?», domandò con aria stupidamente emozionata.

«Direi pauroso, tu che dici?», le risposi con fredda ironia.

«Beh, sei stata protagonista di un accaduto di cui tutti parlano», disse Virginia con un fare da oca giuliva.

«Se a te basta essere protagonista e per di più di un fatto così triste per sentirti importante, beh mi dispiace, ma per me non è così», replicai sempre mantenendo quel filo di acida ironia.

Come si sarà capito per Virginia provavo una forte antipatia, non perché tra noi ci fossero stati dei precedenti, ma per come si comportava e ragionava, era la classica figlia di papà e il benessere lo ostentava in maniera negativa, sfoggiandolo in modo sciocco e senza senso, specialmente con chi, al contrario di lei, non poteva permetterselo, non era una persona decisamente modesta e a me persone così non erano mai piaciute.

«Hai più visto quel ragazzo? Sembra sia sparito dalla circolazione, tu sai qualcosa?», continuò lei.

«Non so a chi ti stia riferendo», risposi fingendo di non aver capito.

«Ma come? All'ex operaio di tuo nonno, non mi dire che non ci avevi fatto un pensierino?».

Stanca delle sue continue insinuazioni persi la pazienza:

«Senti Virginia, ora mi hai stancato, la devi smettere di domandarmi di quel tizio, come ti ho già detto un'altra volta, a me persone di quel genere non interessano, se invece a te piacciono, come penso che sia, allora vai a cercarlo», detto ciò voltai le spalle e rientrai in aula, lasciandola con lo sguardo rincretinito.

Non capivo perché si era così impuntata su me e Alessandro, non c'era mai stata confidenza tra noi e non eravamo mai andate oltre il saluto, tutt'a un tratto, invece, non aspettava altro che vedermi per punzecchiarmi.

All'uscita della scuola Veronica (un'altra mia compagna di classe) si avvicinò:

«Hai fatto bene a risponderle così, sei riuscita a colpirla, vedrai che per un po' ti starà alla larga».

«Lo spero proprio, non la sopporto più, con lei non ho mai avuto nessun tipo di rapporto e non capisco come mai ora continui a scocciarmi».

«Ma tu non sai nulla?».

«No, cosa dovrei sapere?».

«Quel ragazzo di cui lei ti domanda sempre, un po' di tempo fa ha lavorato per un'impresa edile, e quando i genitori di Virginia ristrutturarono casa, lui faceva parte della squadra di operai che l'impresa mandò».

«Ma allora Virginia lo ha conosciuto?».

«Ma certo e anche bene, sembra che lei avesse preso una bella sbandata e che lui all'inizio le avesse fatto credere di essere a sua volta coinvolto fino a quando un pomeriggio, e qui arriva il bello, dopo averle fatto fare un giro in macchina e non so cos' altro, le diede il ben servito».

«Cioè?», chiesi con il cuore a mille.

«Le ha detto di averla accontentata e che non doveva farsi più vedere, perché lui di ragazzine così non sapeva cosa farne».

«E lei, come l'ha presa?».

«Malissimo, da allora non l'ha più visto perché il farabutto ha pensato bene di dirle tutto questo dopo che i lavori da fare a casa sua erano terminati».

«Ora capisco il motivo di tutto questo interesse, ma non concepisco il suo atteggiamento nei miei riguardi».

«Da quando le sono giunte voci che anche tu sembravi interessata a lui, lei vede in te una rivale, è gelosa e secondo me la cotta per quello non le è ancora passata».
Detto ciò mi salutò raccomandandomi di non dire nulla di quanto mi avesse detto, io feci un cenno di promessa e me ne andai.
Ma che bella notizia che avevo saputo! Mi sentivo un'emerita stupida.
Dovevo dimenticarlo.

~

Arrivarono finalmente le tanto agognate vacanze natalizie e devo dire che mi divagai moltissimo assieme a mio fratello e i suoi amici; tuttavia, l'unica nota dolente era proprio lui, mio fratello; dall'ultima discussione aveva alzato un muro nei miei confronti e anche se cercava di far finta di nulla il suo risentimento era lapalissiano.

Un pomeriggio allora, approfittando del fatto che eravamo usciti solo noi due per acquistare i regali di Natale, presi coraggio e lo affrontai:

«Claudio, ora che abbiamo finito di fare le compere, ci fermiamo un attimo e parliamo un po'?», chiesi io cercando di essere il più carina possibile.

«E di cosa dobbiamo parlare?».

«Il tuo comportamento ti sembra normale? È come prima? Credi che non mi sia accorta della tua diplomatica freddezza?».

«So di essere cambiato e se sono arrivato a questo punto non è colpa mia, fai un esame su te stessa, puoi rigirarti papà e mamma ma non me, e poi ne abbiamo già parlato un'altra volta, quindi basta».

«Che vuoi dire con questo?».

«Voglio dire che da quando hai conosciuto quel ragazzo sei cambiata, sei assente, percepisco che ci sono ancora tante cose non dette e, se proprio devo essere sincero, anche quando c'è stata la rapina ti ho visto subdola, come se volessi nascondere qualcosa o qualcuno, non eri la Mavi di sempre, leale e trasparente; dopo tutto questo come puoi pretendere che io sia come prima?».

«Hai ragione Claudio, è vero, per colpa di quel ragazzo ero cambiata ma ora, credimi, ce la sto mettendo tutta per tornare ad essere quella di un tempo e sento già di aver fatto dei miglioramenti».

«Ah sì? E che mi dici del fatto che io invece ho sempre l'impressione che tu mi stia nascondendo qualcosa?», chiese di nuovo lui con voce severa.

A questa domanda non sapevo cosa rispondere, stetti in silenzio e mi girai dall'altra parte, non riuscivo a guardarlo negli occhi, preferivo tacere piuttosto che raccontargli un'ennesima bugia, ma quel silenzio fu per lui la conferma dei suoi dubbi; allora, girandomi verso sé, mi disse:

«Ricordati che con questo modo di fare, oltre a far del male a chi ti vuole bene, ancora di più lo fai a te stessa e per favore non chiedermi più perché sono cambiato, sappi che solo quando rivedrò la Mavi di un tempo tornerò come prima, adesso sono così perché è questo ciò che meriti».

Claudio aveva ragione, erano ancora tante le cose che non riuscivo a dire.

~

Arrivò il Natale e lo passammo nel migliore dei modi riunendoci tutti a casa dei nonni materni; l'ultimo dell'anno e capodanno invece andammo dai nonni paterni e proprio qui ricevemmo una notizia inaspettata.

Erano da poco passate le quindici, eravamo ancora tutti allegramente intorno alla tavola per il pranzo di capodanno, quando una telefonata spense l'armonia.

Andò a rispondere al telefono mio nonno il quale, dopo aver detto "pronto" e bisbigliato qualche parola, smise di parlare, silenzio totale:

«Biagio, ma chi è?», domandò mia nonna.

Mio nonno la guardò annichilito e, rivolto a mio padre, disse:

«Massimiliano vieni tu al telefono, io non sto capendo nulla, stanno chiamando dall'ospedale dove dicono ci sia una donna che chiede della nostra famiglia».

Mio padre prese il telefono e, dopo aver ascoltato ciò che l'interlocutore diceva, salutò e tornò a tavola:

«Hai pensato anche tu la stessa cosa?», chiese mio nonno rivolto al figlio.

Mio padre fece cenno di sì.

«Ma insomma, possiamo sapere anche noi cosa sta avvenendo?», chiese preoccupata nonna Adele.

«Mamma ha ragione, chi era al telefono? E perché queste facce sconvolte?», domandò zia Lara.

«Hanno telefonato dall'ospedale dicendo che è stata ricoverata una donna in stato confusionale e senza alcun documento di riconoscimento, ma solo una lettera dove c'è scritto l'indirizzo di papà e mamma, io, come credo anche papà, la prima persona a cui ho pensato è stata Sonia».

«Sonia?», chiese mia nonna letteralmente incredula.

«Sì Adele, non mi voglio e né vi voglio illudere ma penso si tratti di nostra figlia, o perlomeno lo spero».

«E allora? Cosa stiamo aspettando, andiamo subito in ospedale», disse mia nonna.

«Sì mamma ora andiamo però, come ha detto prima papà, è meglio non illudersi», disse mio padre.

«Oh, ma smettetela, non mi sto illudendo, sto solo sperando», rispose contrariata mia nonna «vogliamo andare?».

«Sì», rispose mia mamma «però i ragazzi sarà meglio che restino a casa».

Una volta soli, io, i miei fratelli e mia cugina Elettra (la figlia di zia Lara) cominciammo a parlare di questa zia, dal passato a noi sconosciuto e ciò non faceva altro che alimentare la nostra fantasia:

«Chissà perché non ci hanno mai raccontato nulla di questa sorella anzi, a me alle volte è capitato di fare qualche domanda ma mia madre ha sempre cercato di sviare il discorso, so solo che è molto bella», disse Elettra.

«Anche con noi papà ha sempre agito così, penso ci sia stato qualcosa nel passato di zia Sonia molto doloroso, che solo a parlarne fa male; una cosa però è certa, se è vero che è lei la donna in ospedale, ora dovranno darci delle spiegazioni», disse Claudio.

«Ragazzi ora cambiamo decisamente discorso e parliamo un po' di noi, cosa mi raccontate di bello? Siete fidanzati?», chiese Elettra.

«Io sì», rispose tranquillamente Claudio.

«Oh bene, è da molto tempo?», domandò Elettra.

«No, da qualche mese e tu?».

«Mah, ho avuto una storia importante con un compagno di università un po' più grande di me, è durata due anni ma ora ci siamo presi la famosa pausa di riflessione».

«Ne sei ancora innamorata?», domandò Claudio.

«Sì e anche tanto, ogni volta che lo vedo o anche al solo pensiero il cuore mi batte fortissimo, ti chiederai allora perché e da chi è dipesa questa pausa beh, l'abbiamo voluta entrambi, lui mi ha chiesto di sposarlo e trasferirmi in un'altra città qualora fosse stato necessario; sai, lui ha fatto vari concorsi e non tutti qui; lì per lì non mi sono sentita pronta per una decisione così importante, e da allora è nata l'attuale pausa di riflessione. Ma basta parlare di me; tu Mavi non hai detto ancora nulla, che ci dici?».

È vero, io ero stata zitta tutto il tempo e dire che prima quando io Elettra ci incontravamo non facevamo altro che parlare e spettegolare; con lei sono sempre stata bene, è un tipo molto allegro, estroverso e solare, è difficile annoiarsi in sua compagnia, ma in quel momento di parlare non ne avevo proprio voglia:

«Allora Mavi che ti succede? Hai perso la lingua? Claudio, mi sa tanto che è inutile domandarle se ha il ragazzo, perché dal comportamento sembra proprio che sia all'inizio di un innamoramento, dove si sta sempre con la testa tra le nuvole, o meglio, si pensa sempre al nostro lui», disse allegramente lei.

«No, non ho nessun ragazzo, se sono così taciturna è perché stavo riflettendo su tutto quello che è successo oggi».

Mia cugina credette alle mie parole, ma di certo non mio fratello Claudio che mi scrutava con aria sempre più sospettosa.

«Ma papà e mamma quando tornano?», chiese Andrea che fino a quel momento era nella stanza accanto a vedere la televisione.

«Mah, speriamo presto e con qualche buona notizia», rispose Claudio.

«Che ne dite se ci facciamo una cioccolata calda?», domandò Elettra.

«Ottima idea, così forse riusciremo a svegliare qualcuno», disse Claudio riferendosi ovviamente a me.

Ci eravamo appena messi in salotto quando finalmente arrivarono papà, mamma e gli zii; subito li tempestammo di domande ma loro, altrettanto velocemente, ci placarono:

«Ragazzi calmi, oggi la giornata è stata abbastanza piena, le spiegazioni arriveranno», disse zia Lara.

«Ma i nonni dove sono?», chiesi.

«I nonni sono rimasti lì perché la donna che hanno ricoverato è zia Sonia», disse mio padre.

Tutti noi rimanemmo senza parole, solo Elettra, dopo un po', con voce decisa, insistette:

«Immagino quanto la giornata possa essere stata ricolma di eventi, ma ciò non toglie il fatto che è arrivato il momento di farci sapere qualcosa anche a noi riguardo questa zia».

«Sì, hai ragione e come ho detto poc'anzi è giusto che anche voi veniate a conoscenza di ogni cosa, quando torniamo a casa sia io che Massimiliano vi racconteremo tutto», disse zia Lara.

Giunti a casa la voglia di fare domande era tanta ma nessuno di noi osava farle, tuttavia papà comprese la nostra curiosità e ci riunì in salotto:

«Non è mai stato facile per me parlare di mia sorella Sonia perché per lei tutta la mia famiglia ha vissuto tanto dolore ma, come ha detto anche zia Lara, con il suo ritorno è giusto che voi sappiate tutto. Sonia era una ragazza meravigliosa, bella, piena di vita, dove c'era lei c'era allegria, era la più sensibile di tutti noi, molto emotiva, studiava con molto profitto, frequentava l'università, ed è proprio qui che ha incontrato le persone che l'avrebbero portata alla totale distruzione e al cambiamento di se stessa. Si era innamorata perdutamente di un ragazzo dalla vita bruciata ancor prima di conoscerla, veniva da una famiglia sballata senza regole e moralità e per di più faceva uso di droga e per averla non si creava problemi, all'inizio con piccoli furti, poi sempre di più, fino a vendere se stesso. Abbiamo fatto tutto il possibile per distogliere Sonia da questa persona, ma lei era convinta che con il suo amore sarebbe cambiato, non sapendo che invece l'avrebbe fatta entrare nel suo vortice infernale. Se ne andò così di casa, cominciò anche lei a fare uso di stupefacenti, all'inizio andava continuamente da papà e mamma a chiedere soldi, dopodiché intraprese la strada anche lei dei piccoli furti e poi quella della prostituzione».

Le parole di mio padre ci fecero rabbrividire:

«Papà, ma perché non l'avete mandata in qualche comunità?», chiese Claudio.

«Lo abbiamo fatto ma, dopo un po' di tempo, con l'aiuto di Fabio, il suo compagno, riuscì a scappare, peggiorando sempre di più, ogni tanto, nei rari momenti di lucidità, si faceva vedere fino a quando scomparve del tutto».

«E perché scomparve?», chiese Andrea.

«Una mattina fecero una rapina in un'oreficeria del centro, ci fu una sparatoria tra i rapinatori e i carabinieri, uno dei delinquenti rimase ucciso, e quel delinquente era proprio Fabio; Sonia, quando lo venne a sapere, impazzì dal dolore, ed è stato proprio in quell'occasione che scoprimmo che da quel ragazzo aspettava un figlio». Quest'ultima cosa ci sconvolse.
Io percepivo che nel discorso che aveva fatto su zia Sonia c'era qualche cosa che mi rappresentava, vedevo in lei una somiglianza e ciò mi terrorizzava:

«E il bambino papà, che fine ha fatto?», domandai.

«Portò avanti la gravidanza fino all'ultimo, imbottendosi di droga e quant'altro, ma purtroppo il bimbo, era un maschietto, dopo pochi giorni dalla nascita morì e questo dette il colpo finale a Sonia che se ne andò con quelle stesse persone che l'avevano aiutata ad annientarsi. Ogni tanto avevamo notizia di lei o perché ci telefonava o dai carabinieri, ma non l'avevamo più vista fino ad oggi».

«E ora come sta?», chiese Claudio.

«È irriconoscibile, di lei non c'è più traccia, nessuno sa come e con chi sia arrivata qui, non abbiamo neanche potuto parlarci perché era sotto l'effetto dei sedativi», rispose mamma.

«Ora avete capito perché non ve ne ho mai parlato, era ed è un dolore grande, inaccettabile, però adesso che sapete tutto, spero che questa storia, e lo dico specialmente a te Mavi, vi sia di insegnamento, non si può far diventare tondo ciò che è nato quadrato».
Le parole di papà mi entrarono come lame roventi, nella sua buona fede aveva colto nel segno; scappai a piangere e me ne andai in camera mia lasciando tutti stupiti:

«Ho detto forse qualcosa di male inavvertitamente?», chiese mio padre.

«No affatto, ma sai com'è fatta Mavi, è molto sensibile, questa storia l'ha veramente scossa, lei è stata sempre molto curiosa a riguardo, non si sarebbe mai aspettata una vicenda così», disse mia madre.

«Sì, lo so, mi dispiace avervi dovuto raccontare questi tristi eventi, ma oramai non era più possibile nasconderveli», disse mio padre.

«Papà non dispiacertene, tu hai fatto del tutto per tenerci fuori da questa storia, però, come hai detto poc'anzi certi fatti ci aiutano a crescere», rispose Claudio.

Io intanto nella mia stanza mi tormentavo, c'era un evidente analogia tra me e zia Sonia, anche io come lei mi ero innamorata di un ragazzo sbandato; ma ce ne era solo una di analogia o tante altre? Ero pervasa da un forte senso di inquietudine.

Nel frattempo bussarono alla mia porta, erano mamma e papà:

«Piccola, va un po' meglio?», chiese papà, mentre mamma ci osservava amorevolmente.

«Sì, un po' meglio».

«Su dai, allora scendi, che preparo una ricca cenetta visto che oggi purtroppo il pranzo è saltato».

«È vero, e il mio stomaco ne risente», rispose papà.

«D'accordo ora vengo», risposi forzando un sorriso.

Che belli che erano i miei genitori, anche nei momenti tristi riuscivano a tirar fuori allegria ed emanarla.

Non appena scesi, Andrea cominciò subito a prendermi in giro, dicendo che lui si era dimostrato molto più maturo di me, non versando nemmeno una lacrima; tenero il mio fratellino, aveva solo dodici anni ma ci teneva ad essere considerato un ometto.

Dopo cena i miei genitori con Andrea andarono dai nonni per sapere se c'erano altre novità, essendosi loro trattenuti in ospedale mentre i miei e gli zii erano andati via.

Una volta rimasti soli, Claudio si avvicinò:

«Ho notato che questa storia ti ha molto colpita ma, al di là di questo, penso che ci sia qualcosa interiormente che ti fa soffrire, vogliamo sotterrare l'ascia di guerra e parlarne un po'?».

Lo guardai e lo abbracciai forte, era tanto che aspettavo quel momento, mio fratello mi era mancato moltissimo.

Con non poco imbarazzo gli raccontai ogni cosa, del bacio che c'era stato con Alessandro fino alla rapina:

«Ma sei impazzita? Ti rendi conto che ammettendo di aver riconosciuto uno dei due malviventi senza denunciarlo, ti sei resa loro complice?», disse lui molto agitato.

«Dai, ora non fare così, mi fai pentire di aver parlato».

«Pure! Ma cosa stai dicendo? Stai farneticando! Con quello che mi hai detto pretendi che io sia calmo e per di più ti stai anche pentendo di esserti confidata? Io mi domando invece come hai fatto a stare con questo segreto per tutti questi giorni, vorrei ricordarti che in quella rapina ha perso la vita una persona e tu stai coprendo il complice di un omicida. Perché lo hai nascosto ai carabinieri, perché?!».

«Perché non sono poi così sicura che sia lui!», risposi sapendo di mentire.

«Ma cosa ci trovi in quel ragazzo, e quando lo avresti baciato?».

«Un po' di tempo fa, adesso è parecchio che non lo vedo».

«Sicuramente dal giorno della rapina, vero?», chiese ironicamente Claudio che proseguì «ora che ci penso è così, sembra sparito dalla circolazione, probabilmente starà seminando guai da qualche altra parte».

Le parole di Claudio erano provocatorie ma giuste, evitai di rispondergli, se l'avessi fatto avrei solo creato un'ennesima discussione, preferii così chiudere il discorso andandomene in camera mia.

Era sera tardi quando ritornarono a casa i miei:

«Avete saputo qualcosa?» domandò Claudio.

«Hanno parlato con i medici, ma non hanno potuto dire molto se non constatare il forte deperimento già evidente a tutti noi, ora dovranno farle tutti gli esami e accertamenti di ogni genere, l'unica cosa certa è che quando è arrivata in ospedale era sotto l'effetto della droga, in uno stato confusionale», disse papà.

«Ma i nonni sono riusciti a parlarci?», domandai.

«No purtroppo, fino a quando sono stati lì non si è mai svegliata», rispose la mamma.

«Domani andrò a trovarla, speriamo di avere qualche buona notizia», disse papà.

«Papà possiamo venire anche noi?», chiesi.

«Avrei preferito non farvela conoscere in questo stato, però sì, è giusto che la vediate anche così, vi farà capire ancora di più quanto bisogna stare attenti nella vita ed evitare incontri sbagliati, ora vi lascio, ho bisogno di riposare un po', la giornata è stata abbastanza pesante, buonanotte ragazzi miei».

Papà ci salutò, dopodiché tutti noi andammo a dormire.

Il letto per me non era più simbolo di riposo, anziché dormire o riposare non facevo altro che pensare e ripensare.

Mio padre non sapeva nulla di quanto mi stesse accadendo eppure, con il suo parlare onesto che lo distingueva, riusciva involontariamente a centrare nel segno.

~

Il giorno dopo pranzammo a casa nostra in modo fugace perché, nel primo pomeriggio, saremmo dovuti andare da zia Sonia, prima però accompagnammo Andrea in cascina dai nonni, essendo ancora piccolo per entrare in ospedale e assorbire un'atmosfera così triste; sia io che Claudio eravamo molto impazienti di conoscere questa zia, così piena di misteri e tanto pensata con immenso interesse.

Arrivati in ospedale trovammo i nonni, e mio padre chiese loro se avessero visto Sonia e parlato con qualche medico:

«Quando siamo arrivati pensavamo che dormisse poi, mentre io e tuo padre stavamo parlando, ha aperto gli occhi, ma è stato solo un attimo di illusione; abbiamo parlato con i dottori ma sono stati molto vaghi, dobbiamo aspettare i risultati di tutti gli accertamenti che le stanno facendo, e poi questi sono giorni di festa, il personale è ridotto, le cose vanno a rilento», disse mio nonno.

«Ragazzi siete venuti a vedere la zia?», chiese amorevolmente nonna.

«Sì, non vedo l'ora di entrare», risposi.

«Allora su, entrate», disse mio papà rimanendo fuori a parlare con i genitori.

Entrò per primo Claudio, io lo seguii, ero agitatissima; Claudio si avvicinò al letto le prese la mano e le fece una carezza, tutto questo senza far trasparire nessuna emozione, io, invece, come la vidi, rimasi scioccata, di fronte a me non c'era una donna bensì un essere umano che conteneva ossa, era veramente solo uno scheletro.

Presi una sedia e mi sedetti accanto a lei cominciando ad osservarla attentamente. Nella sua magrezza si riusciva comunque ad intravedere quanto un tempo fosse stata bella, una bellezza delicata, eterea, era un misto tra papà e zia Lara, le presi così la mano rimanendo incantata a guardarla e a pensare.

Che vita tremenda e chissà che terribili esperienze, oltre a quelle che ci aveva raccontato mio padre, aveva avuto.

Nel frattempo entrarono i miei genitori con i nonni; mio padre si avvicinò alla sorella accarezzandole il viso:

«Allora pigrona, ti vuoi svegliare? È da un po' che dormi».

«È da molto che non vediamo quegli occhioni così belli, cosa aspetti ad aprirli?», disse mia nonna tenendole la mano.

Rimanemmo ancora un po' accanto alla zia in silenzio, nessuno di noi riusciva a tirar fuori una parola quando d'improvviso sentimmo una flebile voce pronunciare la parola mamma, più che una voce era un lamento, ma sentirlo arrecò a tutti noi tanta gioia:

«Sonia, piccola mia, sono qui», disse nonna.

«E a me non mi chiami birbante? Lo sai che poi sono geloso», disse mio nonno con gli occhi lucidi dall'emozione.

Noi tutti ci scansammo per dare il posto ai nonni, sapevamo che era da tempo che desideravano quel momento.

Zia Sonia aveva aperto gli occhi e stava fissando il soffitto, mio nonno allora, per attirare il suo sguardo, la chiamò nuovamente:

«Birbante, noi siamo qui».

Zia si voltò verso mio nonno e cominciò a fissarlo, poi lentamente guardò tutti noi e quando vide la nonna la chiamò di nuovo allungando la mano verso la sua; mia nonna le strinse la mano e cominciò a riempirgliela di baci; ai miei nonni non sembrava vero vivere quei momenti, solo io e Claudio eravamo più distaccati emotivamente e non perché avessimo meno sensibilità degli altri ma solo per il fatto che con Sonia non avevamo mai condiviso nulla, era per noi quasi una sconosciuta; fino a quel momento, infatti, c'era stata solamente una forte curiosità dettata dalle poche parole frammentate che venivano dette in famiglia. Non era semplice quella situazione, ci sentivamo come pesci fuor d'acqua, due estranei che non sapevano cosa dire e fare, fin quando Zia Sonia volse lo sguardo verso noi; mio padre lo notò e disse:

«Cara sorellina, tu non lo sai, ma in questo lungo periodo di lontananza sei diventata zia, loro sono i miei figli, Mariaviola e Claudio, però ne manca un altro, il più piccolo che si chiama Andrea».

«Siete bellissimi», disse zia Sonia con voce flebile rivolgendosi a noi.

Io e Claudio sembravamo due salami, fortuna che mia madre, avendo compreso il nostro imbarazzo, per toglierci da quel torpore di deficienza che ci aveva colpito, con un cenno ci suggerì di andarle vicino e così facemmo, io le presi la mano e lei, con le poche forze che aveva, me la strinse; le sue mani, oltre che magre, erano tutte rovinate e le unghie mangiucchiate, ogni cosa di lei faceva immaginare quale vita potesse aver condotto.

«Ora sarà meglio andare, lasciamo riposare Sonia un po', per oggi le emozioni sono state sufficienti, ci vediamo domani», disse mio padre che le diede un bacio sulla fronte, le accarezzò il viso e rivolgendosi a lei disse «sono sicuro che quando verrò domani ti troverò meglio, metticela tutta sorellina».

Zia fece un cenno di assenso con la testa, anche noi la salutammo e ce ne andammo, i nonni invece rimasero, di lì a poco sarebbe arrivata anche zia Lara.

In macchina nessuno disse una parola, quando arrivammo alla cascina per prendere

Andrea, i nonni domandarono della zia e ci chiesero di restare a cena, Claudio invece andò via perché doveva incontrarsi con Marina.

«Immagino come si sentano i tuoi genitori, felici per aver trovato una figlia smarrita e preoccupati per come è ridotta», disse nonno Bartolomeo.

«Sì, è proprio così che si sentono, c'è tanta gioia in tutti noi per averla ritrovata, ma c'è anche tanta apprensione per la sua salute, speriamo bene, ma ho tanti dubbi», disse mio padre.

Tutti avevano avuto qualcosa da dire, un augurio, un consiglio, qualsiasi cosa, tranne me, da quando zia Sonia era riapparsa nella nostra famiglia dalla mia bocca non era uscita una parola e non perché non lo volessi anzi, ma era successo tutto così in fretta che non ne avevo avuto il tempo e poi non nego che ad influire sul mio atteggiamento erano i miei pensieri negativi e tortuosi, gli unici a tenermi sempre compagnia; i miei genitori, come era scontato che fosse, notarono tale mio comportamento e non tardò molto che me lo dissero.

Eravamo rientrati a casa da poco, ero andata in camera mia per spogliarmi, quando mamma mi raggiunse:

«Mavi, possiamo parlare un attimo?».

«Certo, mi metto il pigiama e scendo».

«No, vorrei parlarti da sola».

Ci sedemmo entrambe sul letto.

«Senti Mavi, è da un po' che ti osservo e più lo faccio e più noto in te un cambiamento radicale, prima eri sempre allegra e vivace, dovevamo metterti un cerotto in bocca per farti smettere di parlare ora invece è l'opposto, bisogna tirartele fuori con forza le parole; anche nel caso di Sonia, in passato facevi di tutto per sapere qualcosa su di lei, adesso che l'hai conosciuta invece non hai detto nulla, non un commento, niente, ma non è solo questo, è tutto l'insieme che non va e se ne è accorto anche papà; capisco che questa è un età particolare piena di cambiamenti, in cui si passa velocemente dall'adolescenza all'età adulta e non è facile da gestire, per questo, se hai dei problemi o delle paure, confidati con noi, non pensare che essendo genitori, come tali, non siamo in grado di capire i problemi di voi giovani, anche noi alla tua età avevamo i nostri grattacapi, e poi non mi sembra che io e tuo padre siamo genitori con cui non si possa colloquiare, o baglio? Se fosse vorrei che tu me lo dicessi».

«Ma mamma, come potrei lamentarmi di due genitori come voi? Sarei pazza, sì è vero sono cambiata purtroppo e mi dispiace, non hai idea di quanto vorrei tornare allegra e spensierata come un tempo».

«E chi te lo impedisce?».

A questa domanda non risposi, non sapevo cosa dire e non mi andava di dirle altre bugie, ma il mio tacere la insospettì maggiormente:

«Mavi, non rispondendomi mi stai facendo preoccupare, allora c'è qualcosa o qualcuno che ti impedisce di essere serena? A questo punto possono essere due le cose, o hai problemi con la scuola o hai conosciuto qualcuno».

A quest'ultima ipotesi diventai rossa come un gambero:

«Ah, ma allora è questa la motivazione, c'è un ragazzo di mezzo?».

«Ma che dici mamma, non è vero».

«E invece sì, sei rossa come un peperone, ti conosco Mavi, tu lo diventi solo se sei imbarazzata o se stai dicendo una bugia, come in questo caso».

«Ma non è vero, non sto mentendo, non…».

Mamma non mi fece nemmeno finire di parlare che proruppe:

«Ora basta! La pazienza ha un limite e le prese in giro anche, qualcosa in te che non va c'è, ed è palese, se vuoi parlarne bene altrimenti è meglio che stai zitta anziché continuare a mentire; un'ultima cosa vorrei dirti e poi me ne vado, se il tuo cambiamento fosse dovuto al fatto che ti sei innamorata di un ragazzo, da una parte è logico, anche perché tra pochi giorni compirai diciotto anni e quindi è un percorso che ognuno di noi ha fatto, dall'altra devo dirti che quando si prova attrazione per una persona, in genere, si sta bene, si è allegri, felici, cosa che non vedo in te, perciò spero che questo tuo malessere non sia dovuto ad un interesse per qualcuno perché vorrebbe dire che questo ipotetico qualcuno non è una bella persona, altrimenti non staresti così, ora me ne vado, contenta però di averti detto quello che tuo padre e io pensiamo nei tuoi riguardi, buonanotte Mavi».

Sbatté la porta e se ne andò senza neanche darmi il bacio della buonanotte come era solita fare.

Mamma al contrario di papà è sempre stata molto severa e intransigente con noi ragazzi pur non facendoci mai mancare amore e dolcezze, ma così arrabbiata con me non lo era mai stata, più che arrabbiata devo dire che l'avevo vista delusa e questo era peggio, molto peggio.

~

La mattina dopo mi svegliai presto, scesi in cucina dove c'era mamma che stava prendendo il caffè con papà, salutai e, mentre papà rispose con un sorriso, mamma a stento mi salutò:

«Sei mattiniera, come mai? Dormito male?», chiese papà.

Non ebbi il tempo di rispondere che ci pensò mia madre:

«Non si può dormire quando non si è tranquilli con gli altri e con se stessi».

«Noto con piacere che ieri sera tra voi due c'è stato un bel chiarimento!», disse papà cercando di spegnere la tensione, ma senza riuscirci.

«Si può avere un chiarimento con una persona che nega l'evidenza?».

«Mavi, la mamma ha ragione, tu sei molto cambiata, ed è normale che si preoccupa, anche io lo sono e se finora non ti ho chiesto nulla è perché speravo che con la mamma ti saresti confidata, cosa che invece non è accaduto, che hai, cosa c'è che non va? Ti senti poco bene?», mi domandò affettuosamente papà.

Con la testa feci cenno di no:

«Problemi con qualche compagna di classe, la scuola?», chiese ancora.

«No papà, non ho nessun problema, è un periodo, vedrai che passerà».

«Beh, vorrei vedere, tra qualche giorno festeggiamo il tuo compleanno, compirai diciotto anni, è una tappa importante da vivere al meglio».

Già, avrei compiuto diciotto anni, età ambita da molte, si diventa maggiorenni, si spalanca una finestra (seppur ingannevole e virtuale) di diritti ma anche di doveri, si ha l'illusione di poter dire e fare ciò che si vuole, ma è solo illusione, come si può fare ciò che si vuole se si vive ancora con la nostra famiglia? Se dipendiamo da loro in tutto e per tutto? Se vogliamo tutto questo, non si diventa maggiorenni ma strafottenti.

Sarebbe bello vivere questa fase acquisendo diritti e doveri allo stesso tempo, solo se ciò accade potremmo dire di essere grandi ma non di età, bensì di cervello.

Certo, è facile parlare quando tutto è già accaduto, è vero, però basterebbe ascoltare le esperienze e i consigli di chi ci ama per errare di meno, cosa che io purtroppo, per forza maggiore, non feci, ma non me ne sono mai pentita.

~

Nei giorni a venire, il comportamento di mia mamma nei miei confronti era sempre più ostile tanto che anche i miei fratelli se ne accorsero:

«Perché hai fatto arrabbiare mamma?», mi chiese Andrea una sera mentre stavamo apparecchiando.

«Così, per delle sciocchezze».

«Io di sciocchezze, come tu dici, ne faccio tante ma con me non è mai così nervosa, c'è dell'altro e tu non vuoi dirmelo perché mi consideri piccolo, non all'altezza di capire», disse Andrea amabilmente come un cucciolo imbronciato.

«Ma no, non è vero, non ti nascondo nulla, è solo che se con te mamma non si innervosisce mai è perché tu sei un ragazzino splendido», gli dissi abbracciandolo forte.

Bastò questo per rasserenarlo, cosa che invece non accadde con Claudio che non perse l'occasione per lanciarmi delle frecciatine.

Il gelo che si era venuto a creare con mia madre mi arrecava tanto dispiacere, non ero abituata, così, un pomeriggio, decisi di raggiungerla in negozio; la trovai che stava medicando un cagnolino:

«Ah, qual buon vento? Come mai questa visita?».

«Così, passavo da questa parti», risposi timidamente.

Mamma scoppiò in una grande risata:

«Mavi, ma lo vuoi capire una buona volta che tu le bugie non le sai proprio dire?».

«Hai ragione, non so proprio dirle, la verità è che volevo vederti per fare pace, non ce la faccio più a stare così con te».

«Aspettami qui, porto il cagnolino dalla sua padrona, due minuti e sono da te».

Dopo poco arrivò tutta contenta:

«Sai, quel cagnolino era veramente ridotto male, era stato investito, ora dopo molte cure è guarito e questo mi dà gioia, ma cambiamo argomento, parliamo di te, se sei venuta a trovarmi presumo che sia anche per parlarmi, o sbaglio?», chiese mia madre con fare indagatorio.

«Anche», risposi imbarazzata.

«Beh, su, allora parliamo, cosa c'è di così grave che non riesci a dirmi, non avere timore, sono tua mamma, va beh che mi chiamate la "generalessa" di casa, ma non sono l'orco cattivo», disse ridendo e proseguì «non ho quarantaquattro anni per niente, credo di avere quel tanto di esperienza che basta per poter immaginare il perché di questo tuo cambiamento».

«Davvero?».

«Penso che tu abbia preso una bella sbandata per qualcuno».

A queste parole diventai tutta rossa, mia madre allora si avvicinò:

«Ecco, ho indovinato, era ciò che presumevo, lo conosco per caso?».

Con la testa feci cenno di no.

«Tesoro mio è tutto qui il problema?».

Sempre con la testa annuii.

«Su forza, vieni qui, fatti abbracciare».

Mi avvicinai a lei e ci abbracciammo; era riuscita a togliermi dall'imbarazzo, giungendo alla conclusione.

«Lo so piccola che i primi amori adolescenziali, proprio perché sono i primi, ci sembrano un qualcosa di gigantesco, di impossibile da gestire, però sono anche tanto belli, emozionanti, quindi, se posso darti un consiglio, cerca di vivere e pensare alle cose piacevoli che questo amore ti da, vivilo giorno per giorno e vedrai che tutto ti risulterà più facile».

«Grazie mamma, sei stata meravigliosa!».

«Ma figurati, grazie per cosa? Una mamma serve anche per questo, non cura soltanto le ferite del corpo ma cerca anche di sanare quelle dell'anima, che alle volte sono più dolorose».

Le diedi un grande bacio e la salutai dicendole che ci saremmo viste a casa:

«Mavi, un'ultima cosa».

«Sì mamma, dimmi».

«Ricordati sempre di cercare in un ragazzo il bello che c'è dentro di lui, questo vale sia adesso che per il futuro, non fermarti mai alle apparenze, dai rilevanza alla sua onestà e alla sua rettitudine, sono essenziali per un percorso sereno; so di aver parlato quasi sempre io e non vorrei involontariamente aver tolto a te la possibilità di dirmi dell'altro, qualora fosse non crearti problemi».

«D'accordo mamma, a dopo».

Le diedi un altro bacio e me ne andai.

Parlare con mia madre mi aveva fatto bene, tornai in armonia con lei e ciò era essenziale, peccato che non le avevo detto tutta la verità; ma come dirle che la persona di cui mi ero innamorata era un delinquente? No, non potevo darle questo dolore, non lo meritava, nessuno dei miei cari meritava tanto.

~

Arrivò il giorno del mio compleanno, i miei genitori organizzarono una meravigliosa festa a sorpresa, c'era tutto e c'erano tutti. Ricevetti tantissimi regali, i miei quattro nonni mi aprirono un conto in banca con una piacevole sommetta. Claudio mi fece un bracciale d'oro con inciso il mio nome, mentre Andrea mi scrisse una lettera dolcissima e, con la collaborazione di mamma e papà, mi regalò anche un ciondolo con su scritto: *"ti voglio bene"*.

I miei genitori invece mi regalarono uno splendido anello, era uno zaffiro incorniciato da piccoli diamanti. Il mio primo anello importante.

Da tutti ebbi un segno del loro affetto, zia Lara mi regalò una camicetta di seta molto elegante, mia cugina Elettra mi fece un bel portachiavi per una futura macchina e infine Brigida con i suoi genitori mi fecero un bel ciondolo portafortuna.

Tutto stava andando nel migliore dei modi quando suonarono alla porta e mio padre andò ad aprire, era un fattorino con un enorme mazzo di fiori per me:

«Accipicchia Mavi, vieni a vedere», disse papà.

Andai e vidi uno splendido mazzo di fiori:

«Ma sono bellissimi, papà sei stato tu?», chiesi tutta contenta.

«Mavi, cara, sono il tuo papà, non il tuo corteggiatore», disse ridendo e portando questo mazzo di fiori dove si trovavano tutti gli altri.

«Ma che bei fiori, chi te li ha mandati?», chiese mamma.

«Mah, non lo so».

«Beh, basta guardare se c'è un bigliettino», disse Elettra.

Presi la busta, tirai fuori il bigliettino e vidi che c'era scritto "a domani allo stesso posto" firmato A.

Alla vista di quell'iniziale e di quelle parole sbiancai, non poteva che essere lui, era tornato e me lo aveva fatto sapere:

«Allora Mavi, siamo curiosi, vuoi dirci chi è questo misterioso ammiratore?», chiese Elettra.

«Non lo so neanche io, non c'è scritto nulla sul biglietto», dissi con estrema freddezza mettendolo subito in tasca.

Riuscii a convincere un po' tutti, ma non Claudio.

Sembrava incredibile, anche senza farsi vedere riusciva ad essere protagonista del mio malessere.

La serata era ormai conclusa ed eravamo rimasti noi quattro, mio padre allora si avvicinò, mi mise un braccio sulla spalla e disse:

«Oggi Mavi è per te un giorno importante, sei diventata maggiorenne, come già ti dissi un'altra volta, è una tappa molto significativa della tua vita; fa sì che la tua onestà non venga mai meno e ricordati sempre che la maggiore età si vede dalla mente e non dal dato anagrafico».

«Certo papà, ma perché dici questo? Per me è tutto come prima, ho solo un anno in più, tutto qui».

Papà mi abbracciò senza dire nulla.

«Ti è piaciuta la festa che ti abbiamo organizzato?», chiese mamma.

«Sì, moltissimo, non poteva essere più bella».

«A proposito, ora che siamo solo noi ce lo puoi dire chi te li ha mandati quei fiori?», chiese Claudio mettendo il dito nella piaga.

«Non lo so, come ho detto anche prima non ne ho idea».

«E allora perché hai messo subito il bigliettino in tasca? Fai vedere se non c'è scritto nulla», chiese Andrea.

Mio fratello, senza volerlo, con ingenua sfrontatezza, mi stava mettendo nei guai, fortuna che mia madre mi tolse dall'imbarazzo:

«Andrea, ma la vuoi smettere? Capisco che sei curioso ma con una signorina non bisogna essere invadenti, hai la delicatezza di un elefante, chissà da chi hai preso», disse mamma guardando papà.

«Ho capito, sarà meglio che noi tre lasciamo libero il campo ragazzi, andiamocene a dormire, buonanotte carissime», disse mio padre allegramente.

Salutammo papà, Claudio e Andrea mentre io e mamma andammo a sistemare la cucina:

«Non far caso ad Andrea, è un po' impiccione, ma si sa i fratelli più piccoli a volte te li ritrovi tra i piedi».

«Non preoccuparti mamma, lo so come è fatto Andrea ma a prescindere da questo io gli voglio un mondo di bene».

Finimmo di riordinare e ce ne andammo a letto.

Una volta arrivata nella mia camera cominciai a pensare alla serata trascorsa e a tutte le cose belle che avevo visto e ricevuto, sarei potuta essere felice ma il pensiero di quel fascio di fiori con il bigliettino mandato da lui mi agitava.

Come poteva sapere il giorno del mio compleanno? Perché era tornato? Quante domande, troppe, meglio dormire o quantomeno provarci.

~

Il giorno seguente, come mi alzai, andai subito a riguardare i regali che avevo ricevuto, erano tutti belli, ma quello di papà e mamma era il migliore e non per il valore, assolutamente, ma perché era stato fatto da loro, le persone più care per me.

Scesi in cucina e vidi il suo mazzo di fiori, ricordai anche il bigliettino che c'era e quello che vi era scritto, voleva vedermi al solito posto, sicuramente dove mi diede il primo bacio.

Sapere che era tornato mi turbava, ma non potevo negare che mi faceva anche tanto piacere; comunque a quell'appuntamento non ci sarei andata, non sapevo nemmeno a che ora sarei dovuta stare lì.

Per evitare di fossilizzarmi su quel pensiero decisi di andare a trovare zia Sonia e lo dissi a mia madre:

«Fai bene, le farà piacere, anche Claudio è andato pochi giorni fa, Sonia gli ha fatto molte domande, un modo per conoscere chi non ha mai visto».

«Ok mamma, allora io vado e ci vediamo dopo», le diedi un bacio e uscii di casa.

Arrivata in ospedale trovai zia Lara che stava parlando con i medici, quando mi vide, mi fece cenno di aspettarla e dopo poco mi raggiunse:

«Sono venuta a parlare con i dottori per sapere come sta zia, psicologicamente sembra stare meglio, è lucida e per il momento non risente dell'astinenza dalla droga, tuttavia è il suo corpo ad essere malconcio, tutti questi anni vissuti così barbaramente le hanno leso alcuni organi vitali».

«E non c'è più nulla da fare?».

«Il medico è stato chiaro, il fegato è mal ridotto e loro non possono fare più nulla, l'unica nota positiva è che domani possiamo riportarla a casa».

«Zia mi dispiace molto, anche se non l'avevo mai conosciuta mi era capitato spesso di pensarla».

«Ti capisco, benché fossero anni che non la vedevo, è sempre stata nel mio cuore e nei miei pensieri; sai Mavi, nel bene e nel male quando con una persona hai un legame forte, di lei ricordi le cose brutte ma anche quelle belle e sono proprio queste ultime che riescono a far andare in secondo piano ciò che di negativo c'è stato, e così è sempre stato per me quando pensavo a Sonia; ora però sarà meglio entrare, mi raccomando lei non deve sapere nulla di ciò che hanno detto i medici, il problema adesso sarà spiegarlo ai nonni, ma a questo ci penserò più tardi con tuo padre, andiamo ora».

Bussammo alla porta ed entrammo, zia Sonia stava riposando, zia Lara allora si avvicinò e le diede un bacio sulla fronte e ci sedemmo accanto al letto aspettando che si svegliasse.

Nel frattempo cominciai di nuovo a guardarla minuziosamente, era spaventosamente magra, le mani erano tutte rovinate, per non parlare delle braccia così piene di ematomi, il viso era scavato con rughe che esprimevano la tanta sofferenza vissuta però, con tutto ciò, trapelava l'antica bellezza.

Mentre la sorella le stava sistemando i suoi lunghi capelli zia Sonia si svegliò e, come la vide, le sorrise:

«Buongiorno, come va? Hai riposato? Guarda un po' chi è venuta a trovarti».

Lei si voltò verso di me, mi guardò e disse con voce sommessa:

«Tu devi essere la figlia di Massimiliano, gli somigli molto, come ti chiami?».

Timidamente le dissi il mio nome che già le aveva detto papà, ma probabilmente lo aveva dimenticato:

«È molto bello, come te del resto, ora ho conosciuto tutti i miei nipoti, pochi giorni fa sono venuti anche Claudio ed Elettra, che bello essere zia», disse con tanta dolcezza e un filo di malinconia.

«Se è per questo devi conoscere ancora un altro nipote, il figlio più piccolo di nostro fratello, si chiama Andrea e proprio perché è piccolo non è potuto venire in ospedale ma non appena esci da qui lo vedrai; a proposito devo darti una bella notizia, lo sai che domani puoi tornare a casa?», disse zia Lara.

«Davvero?».

«E già, si torna a casa!».

Il viso felice di zia Sonia improvvisamente si rabbuiò:

«Perché ti sei rattristita? Cos'hai pensato? Non vuoi tornare da noi?», domandò zia Lara.

«Ritornare a casa mi riempie di felicità, tutti voi mi mancavate, era da tanto che aspettavo questo momento e finalmente è arrivato, ma ho il timore che a papà e mamma non faccia piacere, ho causato loro tanto dispiacere e penso che adesso sarei solo un peso», disse lei con voce un po' affaticata dalla debolezza.

«Ma cosa ti viene in mente? È vero che i nostri genitori hanno sofferto molto, ma non c'era giorno in cui non speravano di poterti riabbracciare e ora che lo hanno potuto fare sono al settimo cielo, quindi ti prego, non dire più queste sciocchezze, promesso?».

«Promesso».

«Ora sarà meglio che andiamo così ti riposi un po', sei ancora debole e devi recuperare le forze, anche perché come esci ti aspettano giornate molto piene».

«Già, devo recuperare il tempo perduto, speriamo di riuscire a farcela».

«Non dire così specialmente davanti a tua nipote, altrimenti cosa penserà?».

Zia Sonia allora si volse verso di me:

«Grazie per essermi venuta a trovare, mi ha fatto molto piacere, quando esco di qui vorrei parlare con voi nipoti e mettervi in guardia da tutto ciò che io invece ho ignorato, far sì che a nessuno di voi accada neanche una minima parte di quanto è accaduto a me, a presto Mariaviola».

«A presto zia».

Le diedi un bacio, dopodiché io e zia Lara andammo via.

Zia volle a tutti i costi riaccompagnarmi con la macchina così accettai.

Arrivati a pochi isolati da casa le chiesi se poteva fermarsi perché prima sarei dovuta passare da una mia amica, zia allora così fece, la ringraziai, ci salutammo e ognuna se ne andò per la propria strada.

Non dovevo andare da nessuna amica. Era solo una scusa. Una delle tante.

Avevo detto questa bugia per poter fare un pezzo di strada a piedi, il perché? È vergognoso, ma avevo la speranza di poter rivedere Alessandro, non potevo negare che il desiderio di incontrarlo era tanto. Lui però non c'era e con dispiacere ritornai a casa.

Arrivata a casa trovai mamma che stava apparecchiando, posai il cappotto e come mi avvicinai a lei per salutarla e raccontarle di zia Sonia mi aggredì:

«Se l'altro giorno quando sei venuta da me per fare pace pensavi di darmi il contentino, beh, ti sbagliavi di grosso, non si può chiedere di fare pace quando già si sa che non si dice la verità».

«Mamma ma cosa stai dicendo? Che ti è preso?», dissi sorpresa dal suo atteggiamento.

«Cosa mi è preso? Ieri, quando hai ricevuto quel mazzo di fiori, tutti hanno chiesto chi te li avesse mandati e tu hai detto di non saperlo, fino a qui posso anche capirti, non volevi far sapere giustamente i fatti tuoi, ma a me, con cui la sera prima avevi parlato, non dovevi mentire, no, non dovevi».

«Ma non ti ho mentito, non so chi li abbia mandati».

«Ah no? E allora questo biglietto cosa significa!».

Tirò fuori dalla tasca il biglietto che Alessandro mi aveva scritto; quando lo vidi sbiancai:

«Cos'hai Mavi, hai visto un fantasma?», chiese ironicamente mia madre gettando il biglietto sul tavolo.

«Mamma scusa, se non te l'ho detto è perché...».

Non mi fece nemmeno finire di parlare che scoppiò:

«Vedi Mavi, tu sai benissimo che non sono mai stata una madre invadente o che sbircia nelle vostre cose, specialmente nelle tue e in quelle di Claudio che siete i più grandi, il biglietto l'ho visto perché stamattina, andando in camera tua per prendere il vestito di ieri sera da portare in tintoria, è scivolato dalla tua tasca, lo stavo mettendo sulla tua scrivania quando ho notato, ed era difficile non accorgersene, che non era bianco come tu avevi detto, ed è naturale che il mio istinto è stato quello di leggerlo e non puoi capire quanto mi abbia fatto male rendermi conto che mi avevi mentito, anche perché non ne ho capito il motivo, se stata tu a confermarmi che ti piace un ragazzo, perché allora non dirmi che era stato lui? Perché Mavi? Cosa mi devi nascondere di così brutto?».

«Ma niente mamma, non te l'ho detto per timidezza», dissi balbettando.

«Basta Mavi! Chiudiamo qui il discorso, anche perché a momenti tornano tutti, sappi che non ti credo, non meriti di essere creduta, mi hai delusa», disse mia madre che nel frattempo andò incontro a mio padre rientrato con Andrea.

«Sento maretta nell'aria, mi sbaglio?», chiese papà.

«Ne parliamo dopo Massimiliano, ora mettiamoci a tavola».

«Mamma, ma Claudio non c'è?», chiese Andrea.

«No, oggi pranza fuori con Marina, devono vedere alcune cose all'università».

«Mavi, ma perché non mangi? Non ti senti bene?», domandò papà vedendo che non stavo toccando cibo.

«Papà Mavi non mangia perché vuole fare la dieta».

«Ma la smetti di dire sempre cretinate? Perché non cominci a farti più spesso gli affari tuoi?», risposi ad Andrea in modo sgarbato.

Mia mamma allora, alzando la voce, intervenne in un lampo:

«Ora basta! Mi sono stancata di sentirti trattare male Andrea senza che lui ti faccia e ti dica nulla, qui se c'è una persona che deve smetterla di dire sciocchezze sei proprio tu e ora chiedi scusa a tuo fratello, non credere che per il fatto che sia più piccolo debba essere trattato senza rispetto».

«Ma lui mi prende sempre in giro!».

«Ti ha solo fatto una battuta e tu potevi rispondere con un'altra, e poi non dire che Andrea ti prende in giro perché qui l'unica che lo sta facendo sei tu, ma in modo più ambiguo», disse mia madre sempre più alterata.

Stavo per risponderle quando mio padre intervenne:

«Mavi, finiscila! Se sei nervosa per problemi tuoi questo non vuol dire che devi sfogartela con gli altri, un po' troppo spesso, ultimamente, noto attrito tra te e tua madre, vorrei cominciare a capire anche io il perché».

«Massimiliano non è il momento di parlarne», disse mia madre e non per proteggere me, e ne aveva tutte le ragioni, ma solo perché aveva notato che papà si stava innervosendo.

Finimmo così di pranzare, mi stavo alzando per togliere i piatti dalla tavola quando mia madre mi disse di non farlo e di andare nella mia stanza, preferiva stare da sola.

Avevo fatto un grande errore a conservare il biglietto, se almeno fosse rimasto dentro la busta mamma non avrebbe visto ciò che c'era scritto, ma chi andava a immaginare che sarebbe andata a prendere il vestito per portarlo in tintoria.

Me ne andai così in camera mia, preparai i libri da portare a scuola il giorno dopo e mi misi seduta davanti alla scrivania a pensare. Ero meravigliata dal fatto che mentre le altre volte provavo dispiacere quando discutevo con i miei genitori, questa volta no, provavo indifferenza, come se la cosa non mi toccasse da vicino, l'unico pensiero era per Alessandro, per i fiori che mi aveva mandato, per l'appuntamento che mi aveva scritto sul biglietto e per il fatto che non l'avevo visto, e chissà quando e se sarebbe accaduto.

Uscii dalla mia camera che era tardi, in casa non c'era più nessuno, trovai un foglietto lasciato da mia madre con su scritto:

"Io e papà siamo andati a lavoro, Andrea è dai nonni Bartolomeo e Adele,

raggiungici lì, stasera dobbiamo parlare con loro; Claudio già sa tutto".

Era la prima volta che mia mamma agiva così, aveva preferito scrivermi ciò che dovevo sapere, anziché vedermi per dirmelo, era veramente arrabbiata.

Stavo per mettermi il cappotto quando mi ricordai del biglietto di Alessandro, lo cercai dappertutto, sperando che mia madre non lo avesse buttato. Finalmente lo trovai, era in un tiretto, lo presi, andai in camera e lo misi in un cassetto della scrivania; scesi e uscii per andare dai nonni, ma non appena girai l'angolo mi sentii chiamare:

«Mavi, ehi Mavi!».

Ebbi un tuffo al cuore, quella voce era la sua, mi voltai ed era proprio lui:

«Perché non rispondi? Non lo sai che è maleducazione?», disse con aria sfrontata.

«E da quando in qua noi abbiamo tutta questa confidenza?».

«Noto con dispiacere che hai la memoria corta, cara, sbaglio o ci siamo baciati? E non mi sembrava che ti fosse dispiaciuto», disse con la sua solita perfidia.

Arrossii, però ben mi stava me l'ero cercata; anche se aveva un atteggiamento di sfida, non avevo voglia di andarmene, anzi, ero felice di averlo visto e lui lo aveva capito:

«Che ne dici se ci allontaniamo da qui, sei vicino casa, non vorrei che qualcuno ci vedesse, vieni, ho la macchina parcheggiata alla traversa accanto».

Senza dire una parola lo seguii, la macchina l'aveva cambiata, era nuova, molto bella, doveva essergli costata parecchio e glielo dissi:

«Complimenti, bella macchina, ti sarà costata molto?».

«Posso permettermela, dai sali».

«Ma dove mi stai portando?».

«Non ti sto rapendo, voglio solo allontanarmi un po' da casa tua».

Dopo pochi metri fermò l'auto, cominciò a guardarmi e a toccarmi i capelli, anche io lo guardavo, era cambiato il suo abbigliamento, il modo di portare i capelli, era raffinato, ancora più bello, dannatamente bello, i capelli ben curati, lunghi, scuri, mossi, gli occhi erano di un verde intenso, ma gelidi, come una granita alla menta; man mano mi avvicinò sempre più a sé fino a sfiorarmi le labbra.

Io, al contrario di quello che forse anche lui si sarebbe aspettato, non mi allontanai, a quel punto iniziò a baciarmi il collo, le labbra, la fronte, ero completamente nelle sue mani ma, come iniziai a ricambiare anche io i suoi baci, si scansò:

«Per oggi basta così, ho saputo quello che volevo, se ti lascio qui è troppo lontano per dove devi andare?».

«No, qui va bene, ma perché ti comporti così? Cos'è che volevi sapere?».

«Se ancora provavi interesse nei mei riguardi», rispose in modo lapidario.

Scesi dalla macchina furente, come potevo farmi trattare così da un imbecille; avevo fatto appena pochi passi quando si avvicinò con l'auto:

«Ah, dimenticavo, ti sono piaciuti i fiori?».

«No».

«Peccato, mi erano costati molto», rispose Alessandro che accelerò e se ne andò. Ma che sfacciato! Pensai tra me e me, eppure di quello sfacciato insolente me ne ero completamente innamorata.

Arrivata a casa dei nonni trovai Andrea che stava con il nonno a vedere uno dei suoi tanti esperimenti, li salutai e andai in giardino dalla nonna:

«Mavi, cara, come stai? Ho saputo che oggi sei andata a trovare zia Sonia, come l'hai trovata?».

«Per quel poco che ne posso capire io, mi sembra bene, ha parlato sia con me che con zia Lara, certo nonna che è molto magra, quando le ho visto quelle braccia, così martoriate, ho pensato a quello che deve aver passato in tutti questi anni».

«Eh già, ne ha passate veramente tante, troppe, e poi tu lo sai, te lo ha raccontato papà, e pensare che tutto è iniziato per un incontro sbagliato. Mi raccomando Mavi, stai sempre attenta alle persone che incontrerai, è facile, quando si è molto giovani, confondere l'oro con l'ottone, ci si trova senza accorgersene in completa balia di persone che non hanno niente da dare, se non malvagità. Con questo non voglio impressionarti, ma mettere in guardia ciò che mi rimane di più caro, voi nipoti. Il nonno, tuo padre, zia Lara sono grandi e la loro strada se la sono già costruita, voi no, avete ancora tutta una vita davanti e quindi è per voi che temo, di gente buona al mondo ce ne è tanta ma purtroppo ce ne è altrettanta cattiva, senza scrupoli, dignità e onestà, non ci pensano nemmeno un attimo a far del male, a uccidere; ecco, proprio un uomo così aveva incontrato Sonia, si era illusa che l'avrebbe redento, che sarebbe diventato una persona con i suoi stessi principi, non pensando mai che invece sarebbe riuscito lui a farla entrare nel suo marcio mondo. E quella piccola creatura che aveva in grembo alla fine ha pagato tutti gli errori dei suoi genitori… mah! Lasciamo stare, è meglio non parlarne più, questi ricordi fanno solo male», disse nonna con gli occhi lucidi.

«Nonna, non devi più pensare a quello che è accaduto, ora devi guardare al presente, gioire del ritorno di tua figlia e recuperare con lei il tempo perduto, non voglio vederti così triste, prometti che penserai alle cose belle che ancora dovrai viverti?».

Nonna mi fece una carezza sui capelli:

«Te lo prometto piccola mia, e tu promettimi che mai per nessuno accantonerai gli insegnamenti e i principi che hai».

«Te lo prometto nonna», e le diedi un bacio.

Nonna rientrò in casa per preparare la cena mentre io finii di innaffiare il giardino; pensavo alle cose che mi aveva detto, alla promessa che le avevo fatto e che avrei voluto mantenere, speravo che Alessandro non fosse come l'uomo che aveva distrutto zia Sonia, ma forse era solo un'illusione.

Stavo strappando alcune erbacce dal giardino quando vidi arrivare i miei genitori; mamma non mi degnò di un saluto, papà invece sì, ma era evidente che era contrariato, probabilmente mamma gli aveva raccontato ogni cosa.

Aspettammo l'arrivo di Claudio e ci mettemmo a tavola; papà disse ai nonni che l'indomani zia Sonia sarebbe uscita dall'ospedale, con molto tatto fece capire loro le condizioni fisiche della figlia, anche se già le presumevano, visto lo stato in cui l'avevano trovata, sapevano che il percorso sarebbe stato lungo e doloroso ma l'averla accanto di sicuro avrebbe alleviato ogni cosa.

Durante la cena parlammo un po' di tutto, della scuola, del lavoro, ogni argomento era buono per distrarre i nonni e in parte ci riuscimmo; anche se solo momentaneamente passammo quella serata con spensieratezza o almeno lo era all'apparenza.

Una volta tornati a casa, mia madre, che per tutta la serata non mi aveva degnato di uno sguardo, mi chiese cosa avessi fatto nel pomeriggio:

«Nulla di particolare, ho preparato i libri da portare domani a scuola e poi sono andata dai nonni», risposi imbarazzata.

«Ho visto che non ti è mancato il tempo per riprendere il biglietto, sarai anche andata all'appuntamento immagino; ma non pretendo da te una risposta, non voglio sentire l'ennesima bugia, buonanotte Mavì».

«Ma mamma non puoi insinuare senza neanche darmi la possibilità di difendermi».

Mia madre mi guardò come se volesse scrutarmi e lapidariamente continuò:

«Buonanotte, sperando che lo sia anche per te».

Non era mai accaduto che mia madre mi chiedesse in modo così indagatorio cosa avessi fatto durante la giornata, probabilmente stava perdendo la fiducia in me o l'aveva già persa. L'armonia che un tempo c'era tra me e lei era venuta meno, e io non volevo tutto questo, avevo sempre immaginato che il giorno in cui mi sarei innamorata la prima persona a cui avrei confidato tutto sarebbe stata proprio lei, mia madre, e invece? Stavo facendo l'esatto contrario, ma con quale coraggio dirle che il ragazzo per il quale il mio cuore palpitava era un poco di buono? Era impossibile, dovevo riuscire a non pensarlo più.

~

Il ritorno a scuola, dopo la pausa natalizia fu, come al solito, un po' faticosetto, quell'anno bisognava studiare con maggiore impegno, gli esami di maturità incutevano tanta ansia.

Spesso il pomeriggio andavo a studiare a casa di Marina che, avendo già lei superato questo scoglio, sapeva come aiutarmi.

Una sera, proprio tornando da casa sua, vidi Alessandro, aveva tutta l'aria di chi stava aspettando qualcuno, ogni volta che lo vedevo il mio cuore iniziava a galoppare, ma feci finta di nulla e, come se non l'avessi visto, proseguii dritta per la mia strada:

«Te l'ho già detto che sei maleducata, vero?», disse lui affiancandomi.

«Sì e non mi interessa affatto».

«Male, molto male, non sopporto le persone che non mi ascoltano, potrei avere una brutta reazione».

«Ah sì? E cosa faresti?», chiesi a mo' di sfida.

«Vieni con me e vedrai».

«Non posso, devo andare a casa».

«Non ti farò fare tardi e poi, sbaglio o sei maggiorenne? Dai, sali», disse sicuro di sé.

Non aveva la macchina, ma una moto di grossa cilindrata nuova fiammante:

«Vedo che gli affari ti stanno andando bene, prima hai cambiato l'auto ora la moto, bene, bene».

«Non fare domande, sali e reggiti forte».

Non ero mai salita su una moto, mi aggrappai così a lui e chiusi gli occhi per gran parte del percorso tanto che non capii dove mi aveva portato; mi trovai di fronte ad una villetta in piena campagna, completamente isolata:

«Dove stiamo?».

«Questa è la mia nuova abitazione, ti piace?».

«Sì, è bella».

«Ho fatto parecchi progressi da quando lavoravo da tuo nonno, sono molto soddisfatto, non sono più il povero ragazzo venuto da lontano compatito da tutti, ora voglio essere rispettato», disse con aria minacciosa.

Sentirlo parlare così mi metteva trepidazione.

«Perché mi hai portata fin qui?».

«Perché avevo voglia di questo».

Mi tirò forte a sé e mi baciò, e mi sciolse i capelli continuandomi a baciare.

Non capivo più nulla, sembravo in trance, cominciai anche io a baciarlo e questa volta non si scansò. Stava per mettere la mano sotto il maglione ma lo fermai:

«No, fermo, non voglio», dissi tornando in me.

«Perché trattenerti se è quello che vuoi anche tu?», disse lui con sguardo malizioso.

«No, non è vero, non lo voglio», risposi mentre mi stavo ricomponendo.

«Andiamo, ti porto a casa», disse con voce fredda e distaccata.

Mi lasciò a pochi isolati da casa e prima di andarsene disse:

«La prossima volta ti farò vedere l'arredamento, preparati che non sarà tra molto».

«Mi sembra più una minaccia che un invito».

«Interpretalo come vuoi, aspettami e preparati», rispose con voce decisa.

Accese la moto e se ne andò.

Arrivai a casa che c'erano tutti, anche papà era già arrivato e questo mi fece intuire che avevo fatto tardi:

«Oggi hai studiato più del solito?», chiese mio padre.

«Sì, ho dovuto capire un capitolo un po' ostico».

Andai in sala e vidi che era apparecchiato per otto, allora chiesi a mia madre chi doveva venire:

«Vengono a cena zia Lara con zio Flavio ed Elettra, sembra che Elettra ci debba far sapere qualcosa».

«Chissà cosa dovrà dirci?»

«Non ne ho idea, intanto che io vado a vedere a che punto sta l'arrosto, tu finisci di apparecchiare la tavola».

Sistemai la tavola con molta accortezza, non dimenticando nulla, mi sentivo tremendamente felice.

Poco dopo arrivarono gli zii con mia cugina, fu una bella cena, mamma preparò pietanze squisite; dopo cena ci mettemmo in salotto, eravamo tutti curiosi di sapere cosa Elettra doveva comunicarci:

«Volete sapere cosa ho di importante da dirvi?», chiese mia cugina allegramente.

«Certo, è da stamattina che tua madre mi ha messo la pulce nell'orecchio, non so più cosa pensare, ma a proposito, voi già lo sapete?», chiese mio padre rivolto alla sorella e al cognato.

«Sì», rispose mia zia con gli occhi lucidi di gioia.

«Beh, dato che la curiosità è tanta, ti vuoi sbrigare a dircelo?», disse mamma ridendo.

«Cari zii, cari cugini, tra due mesi mi sposo con Riccardo, il mio fidanzato storico».

«Oh, ma che splendida notizia, sono molto contento, ma sbaglio o vi eravate lasciati?», chiese mio padre.

«Sì è vero, ne avevo parlato anche con Mavi e Claudio, ci eravamo presi una pausa di riflessione perché ciò che mi aveva proposto allora era abbastanza impegnativo e io in quel momento non mi sentivo pronta».

«Cosa ti aveva chiesto?», chiese mia madre.

«Di sposarci e probabilmente trasferirci in un'altra città, lì per lì mi sembrava un passo troppo grande da fare, ma poi lui è tornato alla riscossa, io mi sono resa conto di amarlo tanto e che non avrei potuto fare a meno di lui e allora ho accettato».

«Finalmente una bella notizia e voi che ne pensate?», chiese mia madre rivolta ai miei zii.

«Siamo molto contenti, Riccardo è un bravo ragazzo, nostra figlia è felice quando è con lui e questo dà gioia anche a noi», disse zio Flavio.

«Certo, il pensiero che potrebbe andarsene lontano mi dispiace, ma questa è la vita, l'essenziale è che lei sia felice e vedo che lo è, e poi chissà, non è detto che se ne vada», disse zia Lara più nostalgica.

«Ma dai mamma, non ci pensare, infatti non è sicuro che andremo via da qui e comunque cambiamo discorso e continuiamo con le sorprese che non sono finite, ho una richiesta da farvi», disse Elettra.

«Dì pure», disse mio padre.

«Sarei molto contenta se tu e zia foste i miei testimoni di nozze».

Papà, dopo un attimo di smarrimento, perché preso in contropiede, disse:

«Ti dico subito di sì e con molto piacere, anche a nome di zia, vero cara?», disse papà rivolto alla mamma la quale abbracciando la nipote disse:

«Ma certo, è un immenso piacere, la mia prima ed unica nipote che si sposa mi fa un invito così, è splendido».

«Che ne dite se prendiamo una bella bottiglia di spumante e brindiamo?», disse mio papà.

«Papà vado io a prenderla!», disse Andrea tutto allegro.

«E brava la nostra Elettra, finalmente ha messo la testa apposto», disse Claudio.

«E quand'è che lo farai anche tu?».

«C'è ancora tempo e tanta strada da fare».

«E tu Mavi cosa ne pensi?», chiese Elettra.

«Sono contenta, è una bellissima notizia».

«A te non ho chiesto quando farai questo passo, anche perché sei talmente giovane», disse Elettra.

«Non è solo per quello, chi se la prende una così acida!», disse Andrea.

«Andrea!», lo richiamò mamma.

«Ma mamma è vero, Mavi ogni volta che parlo mi strilla», disse Andrea mogio.

Mamma allora lo abbracciò e sorridendo disse:

«Povero il mio pulcino, è sempre incompreso, ma non dalla tua mamma, vero?».

Andrea in quel momento era colmo di gioia, per quanto mamma non volesse ammetterlo, per Andrea aveva un gran debole, con lui si scioglieva, era il suo cocco ed era anche giusto, era il più piccolo ed era dolcissimo; io e lui facevamo scaramucce però era adorabile.

La notizia che Elettra ci diede fece a tutti molto piacere, due mesi, e anche meno, sarebbero passati in fretta e quindi dovevamo iniziare a organizzarci per comperare i vestiti, il regalo da fare e quant'altro.

Anche i nonni erano felici per questo evento e altrettanto lo era zia Sonia, che coinvolgemmo molto in tutte le uscite per shopping che facevamo; era bello vederla partecipare, sembrava una bambina alla scoperta del mondo ma nello stesso tempo era stata anche tanto matura nel reagire, aveva avuto molte crisi di astinenza ma con tenacia aveva saputo opporsi a quella bestia chiamata droga; finalmente ne era uscita, o almeno era ciò che speravamo, certo il fisico purtroppo era malconcio, la sua salute era fragile ma lei c'era, con i suoi cari che l'amavano e noi nipoti che avevamo imparato a volerle bene e averla con noi, questo era già un miracolo.

I preparativi in vista del matrimonio furono un toccasana per tutti, perlomeno per noi donne, gli uomini, si sa, prendono le cose con più leggerezza, un vestito comperato all'ultimo minuto e via, per noi invece è tutto più complicato.

Avrei tanto voluto che quelle giornate così intense in vista del matrimonio riuscissero a sopire le incomprensioni tra me e mia madre, ma sbagliavo.

~

Un pomeriggio, tornando da casa di Marina, passai in cartoleria e, dato che era poco distante sia dal negozio di mia madre che dalla farmacia di mio padre, decisi di passare da loro.

Prima andai da mia madre, che era intenta a dar da mangiare ad alcuni cuccioli; mi misi ad aiutarla, era piacevole:

«È bello il tuo lavoro mamma, è divertente».

«Sì è bello, ma devi farlo con grande passione e non è sempre facile; oggi ad esempio alcuni ragazzi hanno portato un cane che era stato appena investito senza che il conducente gli prestasse i dovuti e subitanei soccorsi, fortuna che loro hanno avuto la bontà di prenderlo e portarlo qui da me, ho fatto del tutto per salvarlo ma è ridotto male, non so se ce la farà, ecco vedi, non sempre le cose sono belle e semplici».

«Me lo fai vedere?».

«Sì, vieni».

Era un cane bellissimo, con un pelo lungo e folto, aveva la zampa e l'addome fasciato, respirava a fatica, si vedeva che soffriva:

«Con che coraggio lo hanno investito e lasciato così in mezzo alla strada».

«Non c'è da farsi meraviglia, lo fanno con gli esseri umani, figuriamoci quali problemi possono crearsi con gli animali».

«Ma ce l'ha un padrone?».

«Non lo so, può darsi, come può anche essere che sia stato abbandonato, chissà».
Prima di andarmene lo accarezzai, ma nessuna reazione:

«Non preoccuparti se non reagisce alle tue carezze, è normale, è ancora sotto l'effetto dell'anestesia».

«Mamma fai il possibile per salvarlo».

«Faccio sempre il possibile, ti stai già affezionando vero?».
Feci cenno di sì, mia madre mi mise la mano sulla spalla e tornammo nell'altra stanza:

«Accidenti, sono quasi le venti, papà mi sta aspettando, senti Mavi intanto che finisco di sistemare alcune cose vai tu da papà e ricordagli del medicinale che deve essere ordinato, serve a zia Sonia».

«Ok».
Andai così in farmacia da papà, stavo per entrare quando vidi uscire Alessandro:

«Mi segui dappertutto vedo?».

«Ma che dici! Questa è la farmacia di mio padre», risposi scansandomi dall'entrata per non farmi sentire da mio papà.

«Lo so, ricordati che io so sempre tutto, anche dei tuoi spostamenti».
Il modo in cui lo disse mi incusse un po' di timore, ma non feci in tempo a rispondergli che vidi mia madre arrivare, stavo per allontanarmi quando lui, appositamente per farsi notare da lei, disse:

«Ciao Mavi, a vederci presto», e mi mandò un bacio.
Mia madre, come ovvio che fosse, aveva notato tutto:

«Chi è quel ragazzo?».

Io evitai la risposta entrando subito da papà che, come ci vide, disse scherzosamente:

«Oh, ci sei anche tu? Potevate fare un po' più tardi».

«Ma non è venuta Mavi ad avvisarti?».

«No, io la sto vedendo ora insieme a te, a proposito avete visto quel ragazzo che è uscito poco fa?».

«Sì, stava parlando con Mavi», rispose mia madre.

«Ma perché tu lo conosci?», chiese papà.

«Mah, così di vista», risposi fingendo totale indifferenza.

«Sono già due o tre volte che viene, ed è solo per delle scusanti, l'ultima volta si è presentato con due ragazzi con delle facce da balordi, non mi finisce di piacere; ma tu come fai a conoscerlo?».

«L'ho conosciuto in cascina dai nonni, prima lavorava per loro».

«Per caso è quel giovane che tuo nonno ha mandato via perché sospettava facesse parte di quella banda di criminali che avevano rapinato Fausto il tabaccaio?», domandò mio padre un po' preoccupato.

«Sì, è lui», risposi agitata, capivo che le cose stavano indirizzandosi per il verso sbagliato.

«A me sembrava che lo conoscessi abbastanza bene visto come lui ti parlava, ti ha mandato persino un bacio», disse mia madre vistosamente irritata.

«Vedo che il discorso si sta complicando, ora andiamo, proseguiamo a casa», disse severamente mio padre.

«Sì, la cosa infatti non finisce qui», proseguì in maniera intimidatoria mia madre.
Il tragitto in macchina non fu piacevole, la tensione si tagliava con il coltello.
Giunti a casa non ebbi nemmeno il tempo di togliermi il cappotto che mamma iniziò a inveire:

«Ora Mavi ti metti seduta e ci dai delle spiegazioni, chiaro!».

«Ma io non ho nulla da dire».

«Ah no? Cominciamo di nuovo con la sfilza di bugie?», disse lei alzando il tono della voce.

I miei fratelli, che si trovavano nelle loro camere, sentendo alzare la voce, scesero:

«Mamma, ma perché strilli così? Cos'è successo?», disse Claudio.

«A me lo domandi? Chiedilo a tua sorella, ultimamente Pinocchio a confronto è il re dei sinceri».

Claudio mi guardò, poi rivolgendosi a mio padre, che apparentemente sembrava il più calmo, chiese spiegazioni e lui gli raccontò cos'era accaduto, mio fratello rimase senza parole, non sapeva cosa dire, se far sapere o meno che di alcune cose ne era già al corrente.

Per cercare di placare mia madre scelse la via del non sapere:

«Ma non c'è nulla di male nel salutare una persona che abbiamo visto molte volte quando lavorava dal nonno».

«È vero, non c'è niente di male nel saluto in sé, ma tua sorella deve avere con questa persona una certa confidenza dal momento che lui le ha mandato un bacio e le ha detto "a presto", non credi?».

«Forse non le ha detto così, avrai capito male tu?».

A quella risposta mia madre andò su tutte le furie:

«Quindi io sarei una pazza, una visionaria, ma ti rendi conto di quello che stai dicendo?!».

«Basta Claudio, capisco che vuoi proteggere tua sorella, ma non puoi far passare per matta tua madre», intervenne papà.

Mio fratello non sapeva più cosa dire, si avvicinò così a mia madre dolcemente, cercando di rimediare alla situazione ormai degenerata:

«Mamma io non ho pensato assolutamente che tu sei pazza o tanto meno visionaria, può darsi che tu abbia sentito una cosa per un'altra, tutto qui».

«Sì, ammettiamo anche che abbia sentito male, ma il bacio che le ha mandato non me lo sono inventato, domandalo a tua sorella se è vero, non penso che avrà il coraggio di negarlo, a proposito, mi è venuta in mente una cosa, sai per caso come si chiama questo ragazzo?».

A questa richiesta mi raggelai, avevo capito dove mia madre volevo andare a parare:

«Non lo so, non mi ricordo», rispose Claudio.

«Sì chiama Alessandro, Claudio, non ti ricordi?», rispose Andrea ingenuamente, mai pensando che con quella risposta avrebbe fatto scatenare il putiferio.

«Ecco, ora tutto torna, vi ricordate quando Mavi ha compiuto diciotto anni e le arrivò quel mazzo di fiori? Non sapeva neanche lei chi glieli avesse mandati, non è vero Mavi?», disse mia madre augurandosi che quella A non fosse collegata ad Alessandro e sperando in una mia risposta positiva; io invece restai in silenzio e questo peggiorò la mia situazione.

Mia madre ormai era un fiume in piena e aveva ragione, si sentiva tradita da me:

«Lei sapeva benissimo chi glieli aveva mandati» continuò mia mamma «a noi aveva detto che sul bigliettino non c'era scritto nulla ma io, casualmente, nel prenderle il vestito per portarlo in tintoria, l'ho visto, e non era vuoto, tutt'altro, c'era una A grande con scritto "a domani al solito posto"; era la A di Alessandro, vero Mavi? L'Alessandro che oggi abbiamo visto e che sembra sia un delinquente? È questo il ragazzo di cui ti sei innamorata? E io che come una cretina, avendo creduto a tutto quello che mi avevi detto, ti avevo elargito anche dei consigli. Rispondi forza!», disse lei venendomi vicino con il viso quasi a sfiorarmi.

«Basta, non ne posso più, mi sembra un'inquisizione, ma devo rendere conto a voi anche dei miei sentimenti? Ho diciotto anni e almeno su questi voglio essere padrona di dire e pensare come voglio», dissi alzando la voce e guardando mia madre con aria sfida.

La reazione che ebbi fu la goccia che fece traboccare il vaso.

Di pronta risposta mia madre mi diede un manrovescio da farmi voltare la testa.

«Queste parole Mavi non avrei mai voluto sentirle, mi hai deluso», disse laconicamente mio padre mentre mia madre, dopo avermi dato lo schiaffo, se ne andò in camera sua.

In casa era scoppiato l'inferno.

Andrea mi venne vicino e delicatamente mi disse:

«È per colpa mia che è successo tutto questo? Io ho detto quel nome pensando che Claudio non si ricordasse, non l'ho fatto apposta».

«No Andrea, tu non hai fatto nulla di male, la colpa è solo mia, stai tranquillo», dissi cercando di rasserenarlo.

«Andrea, vai su da mamma a vedere come sta e non preoccuparti, ti sei comportato bene, hai detto la verità ed è la cosa più giusta», disse Claudio.
Rimasti soli, dato che papà se ne era andato nel suo studio, Claudio, contrariamente a quanto mi aspettavo, mi venne vicino e, con molta calma, mi disse:

«Mavi, ma cosa ti succede? Ti rendi conto di come hai risposto? Qui nessuno di noi si comporta da inquisitore, è normale che tu, come tutti, possa provare interesse per una persona, e sai perfettamente che loro non hanno reagito così per questo, sono sempre stati genitori aperti al dialogo, vicini a noi in ogni situazione».

«Sì, ma hai visto ora come si sono comportati?».

«Mavi, da quello che ho capito, tu avevi detto a mamma di esserti innamorata, vero?».

«Sì».

«E fin qui non c'era nulla di male, non credo che mamma, quando glielo hai confidato, abbia avuto una brutta reazione, giusto?».

«No, anzi».

«E allora? Per la miseria, ma sei ottusa? Capisci che se papà e mamma hanno reagito così è solo perché il ragazzo di cui ti sei innamorata è un balordo?», disse Claudio cominciando a perdere la pazienza.

«Sì, lo so, hai ragione ma cosa posso farci, ho fatto del tutto per evitarlo e non pensarlo, ma niente, è più forte di me», risposi esasperata.

«Se ti ha rapito la mente a tal punto da non riuscire a non pensarlo e da non essere obiettiva riguardo all'uomo che è, con tutto ciò che io e te sappiamo del dubbio che hai anche riguardo alla rapina al supermercato, beh, cara sorella, credo che né io né nessun altro possiamo aiutarti, solo tu potrai farlo se lo vorrai e con questo non so più cos'altro dirti, preferisco andare da chi un cervello ce l'ha e sta soffrendo per te», disse lui esacerbato.

Ero veramente sola, sola con la mia disperazione, avevo tutti contro, e per cosa? Per un amore che probabilmente non era neanche corrisposto e verso un uomo di dubbia onestà, ne valeva la pena? Forse sì, forse no, chissà.

Dalla sera della discussione mamma non mi aveva rivolto più la parola, tuttavia era palese che sarebbe bastato un *quid* per farle tirare fuori tutta la rabbia che ancora covava; papà neanche mi parlava, al contrario di mamma non dava l'impressione di essere arrabbiato quanto piuttosto dispiaciuto, deluso, avevano due atteggiamenti diversi ma entrambi mi arrecavano un immenso dolore.

Il momento peggiore della giornata era quando dovevamo riunirci a tavola, in quel contesto mi sentivo in gran disagio, ignorata e schifata.

Per colpa mia i bei momenti che passavamo durante il pranzo e la cena erano finiti, mi sentivo un verme.

~

Il grande giorno di Elettra si avvicinava e un pomeriggio nonna Gina mi telefonò chiedendomi se potevo andare con lei a comprare le scarpe per il vestito da indossare al matrimonio.

Arrivata alla cascina nonna non era ancora pronta:

«Scusami tesoro se ancora non mi sono preparata ma con tuo nonno accade sempre qualcosa all'ultimo minuto ma non ti faremo aspettare molto, il tempo di fare alcuni conteggi, una telefonata e, massimo tra mezz'ora, usciamo, così ci facciamo accompagnare con la macchina da lui».

«Va bene nonna, non preoccuparti, allora intanto vado a trovare Brigida, ci vediamo lì».

«Non so se è già tornata, prima è passata tua madre a prenderla, comunque prova».

Andai a casa di Brigida ma lei ancora non era arrivata:

«Vedrai, sarà qui a momenti, intanto che aspetti siediti che ti faccio assaggiare dei biscotti che abbiamo da poco sfornato io e tua nonna, sono squisiti», disse la signora Viola, la mamma di Brigida.

«Sono proprio buoni questi biscotti, complimenti».

«Sono contenta che ti siano piaciuti, quando eravate più piccoli qui, tra torte e biscotti, sembrava una pasticceria e voi finivate tutto, tuo fratello Claudio poi era di un goloso…, ma anche tu e Andrea non eravate niente male. Mi ha fatto molto piacere vederti, e sarei felice se tu e tuo fratello veniste più spesso a trovarci anche se già so che avete il vostro da fare, ora viene solo Andrea, ma lui è piccolo e giustamente ha più tempo».

«Se fosse per me verrei sempre, purtroppo gli impegni scolastici occupano gran parte della giornata».

«Lo immagino, quest'anno hai la maturità vero?».

«Eh già, ho un ansia, speriamo che vada tutto bene».

«Ma certo, poi cosa hai deciso di fare?».

«Mi piacerebbe scegliere la facoltà di giurisprudenza, però anche il lavoro di papà e mamma è interessante, mah, vedremo, ho ancora un po' di tempo per decidere».
Nel frattempo arrivò Brigida la quale, come mi vide, mi abbracciò:

«Sei venuta per accompagnare la nonna a comperare le scarpe? Me lo aveva detto stamattina che avrebbe provato a chiedertelo sai, tua mamma in questi giorni ha un po' da fare in negozio», disse lei e continuò «che ne dici se, intanto che aspetti tua nonna, ci facciamo una passeggiata?».

«Va bene».
Non appena uscite Brigida disse:

«La passeggiata è stata solo una scusante per poterti parlare, si tratta di tua madre».
Capii che mia madre le aveva raccontato quanto era accaduto, e lei me lo confermò:

«Non hai idea di quanto stia soffrendo, è amareggiata e delusa, non si sarebbe mai aspettata un comportamento così da te, ma cosa ci trovi in quel ragazzo?».

«Non so cosa dirti, c'è qualcosa in lui che mi attrae, io capisco che mamma sia preoccupata ma in fondo tra me e lui non c'è stato niente, solo un semplice bacio, credimi».

«Ti credo, ma il timore di tua mamma, e anche il mio, è che lui, avendo nei tuoi confronti un così forte ascendente, riesca ad ottenere da te ciò che vuole, capisci cosa intendo?».

Capivo cosa Brigida volesse intendere e francamente non seppi risponderle, anche perché, volendo almeno con lei essere sincera, non mi sentivo di dirle che mai e poi mai sarei caduta tra le sue braccia, volevo e dovevo essere realista e per questo le dissi semplicemente che non sapevo cosa sarebbe accaduto con il tempo; Brigida, anche se non disse una parola, dopo questa mia risposta si allarmò ancora di più.

L'arrivo di mia nonna interruppe i nostri discorsi e, prima che la raggiungessi, mi abbracciò dicendo:

«Spero che tu sappia cosa è meglio per te, non dimenticarti mai l'insegnamento dei tuoi genitori e cerca di non far loro ancora più male».

«Va bene, mi raccomando però, non farne parola con i nonni, non sanno nulla».

«Stai tranquilla, a presto».

Salii in macchina con i nonni e andammo in centro a vedere le scarpe per la nonna.

Uscire con loro per fare le compere era spassoso perché mia nonna era un'eterna indecisa, non c'era una scarpa che le piacesse, mentre mio nonno, quando si trattava di andare in giro per negozi, di pazienza ne aveva poca; infatti, uscendo dall' ennesimo negozio, senza aver comprato nulla, sbottò dicendo:

«Santa donna, ma è possibile che fino adesso nessuna scarpa ti sia piaciuta?».

«Sì, ce n'erano alcune belle, però erano scomode».

«E allora, dobbiamo fartele fare su misura?», domandò bonariamente mio nonno.

Mia nonna gli fece spalluccia e continuammo a girare per cercarne un paio giuste e, quando finalmente le trovammo, mio nonno fece un sospiro di sollievo.

Nel tornare a casa una moto ci sfrecciò accanto quasi a toccarci:

«Ma guarda quel deficiente come corre, poi succedono le disgrazie, ti credo!», esclamò mio nonno.

Quella moto mi era familiare, era uguale a quella di Alessandro, due allora erano le cose: o io avevo le allucinazioni e lo vedevo dappertutto oppure lui era diventato la mia ombra, ovunque andavo lo trovavo.

Appurai che era la seconda ipotesi, infatti (dopo aver convinto i nonni che non era il caso di accompagnarmi) mentre stavo camminando per tornare a casa me lo ritrovai davanti.

La prima reazione fu quella di fingere di non notarlo, il pensiero che qualcuno dei miei potesse vedermi mi angosciava, ma più io acceleravo il passo più lui faceva altrettanto fino a quando non mi raggiunse fermandomi, al che io reagii:

«Sarà meglio che cambi strada e togli quella mano dal mio braccio, l'ultima volta che ci siamo incontrati sei stato causa di non pochi guai».

«Ah sì? Mi fa piacere, era quello che volevo».

«E cioè?».

«Sapevo che se i tuoi ti avessero visto parlare con me ti avrebbero chiesto spiegazioni».

«Quindi l'hai fatto apposta e non contento per rafforzare la dose hai pensato bene di mandarmi un bacio, vero?».

«Certo, vederci parlare non bastava, potevano pensare che ti avevo solo chiesto un'informazione e non era quello il mio scopo, invece con quel bacio che ti ho mandato avrebbero subito capito che tra me e te c'era una certa confidenza, e così è stato», rispose lui sfacciatamente.

«Sei perfido, diabolico, ma che senso ha tutto questo?», gli chiesi mentre continuavo a guardarmi intorno con la speranza che nessuno mi vedesse.

«Eccome se ha senso, ricordati (e mentre lo diceva mi stringeva sempre di più il braccio) che io non faccio nulla senza un motivo, quindi se ho agito così è perché voglio che tutti sappiano che tra me e te...».

Non continuò il discorso ma ammiccò un sorriso di intesa:

«Tra me e te cosa? Cosa vorresti far intendere alla gente?», chiesi infuriata.

«Faccio intendere ciò che c'è e che continuerà ad esserci, mia cara», rispose lui con molta calma.

«Sei solo un povero illuso», ribattei sempre più stizzita.

«Staremo a vedere chi di noi due avrà ragione, adesso, per esempio, non avresti voglia di baciarmi o abbracciarmi? Ammettilo è così».

A quel punto qualsiasi risposta sarebbe stata superflua quindi mi voltai e me ne andai, ma lui mi rincorse:

«Sono certo che a frenarti è solo la paura che possano vederci, facciamo così, ti aspetto domani alle diciassette dietro la chiesa, mi raccomando non mancare, non lo sopporterei», disse con quell'aria tra il beffardo e il serioso, io non gli risposi e me ne andai senza salutarlo.

Aveva ragione lui, avrei voluto baciarlo e abbracciarlo, ma la paura che qualcuno mi potesse vedere mi irrigidiva; tuttavia la mia freddezza non era dovuta solo a questo timore, a bloccarmi erano anche i tanti dubbi che avevo nei suoi confronti, io lo amavo, era inutile nasconderlo, ma lui? Dove mi avrebbe portato tutto ciò? Nel pensare tutto questo non mi ero accorta che qualcuno mi stava chiamando, mi voltai e vidi Marina:

«Mavi sei diventata sorda? È da un po' che ti chiamo!», disse sorridendo.

«Scusami Marina ero sovrappensiero».

«Eh, chissà a chi pensavi! A proposito domani pomeriggio ci vediamo a casa mia per fare il ripasso vero?».

«Già! Me ne ero completamente dimenticata».

«Se hai degli impegni non avere problemi, ci vediamo un altro giorno».

«Sì… in effetti avrei un altro impegno».

«Mavi io spero che oltre ad essere la ragazza di tuo fratello sia per te anche un'amica».

«Ma certo che ti considero tale e spero di esserlo anche io per te».

«Bene, allora non sentirti a disagio se domani non puoi venire, ci vediamo un altro giorno, qual è il problema?».

«Il problema è che… oh Marina vorrei chiederti un favore però mi vergogno», dissi abbassando lo sguardo.

«Tu sputa il rospo, dimmi in cosa posso esserti d'aiuto, non aver timore, se posso lo farò volentieri».

Le dissi così che l'indomani avrei avuto un appuntamento con un ragazzo e se poteva non dire a Claudio che non ci saremmo viste:

«Ma certo, credo di poterlo fare tranquillamente, ora capisco perché è un periodo in cui sei sempre tra le nuvole», disse facendomi l'occhiolino.

La ringraziai e l'abbracciai e, mentre stavo per andarmene, mi chiese:

«Curiosità femminile, perdonami, ma questo ragazzo Claudio lo conosce?».

«No, non credo, è un mio compagno di classe», risposi timidamente.

«Bene, allora in bocca al lupo, spero che passerai un bel pomeriggio».

Feci cenno di sì con la testa, ci salutammo di nuovo e ognuna andò per la sua strada.

Anche Marina era entrata nella mia rete di bugie.

Ormai mentire era diventato il mio modo di sopravvivere.

La serata passò normalmente, anche se la parola normalità era ormai solo un eufemismo, un lontano ricordo. La notte non riuscivo più a dormire, inoltre il giorno dopo avrei dovuto rivedere Alessandro e questo non faceva altro che agitarmi e rendere quelle ore di riposo (o almeno avrebbero dovuto esserlo) ancora più lunghe.

~

Finalmente arrivò la mattina, ero uno straccio, continuavo a pensare e ripensare all'incontro che ci sarebbe stato nel pomeriggio, questi pensieri me li trascinai anche a scuola e ciò comportò l'ennesimo richiamo da parte del professore il quale mi trovò disattenta alle sue spiegazioni; all'uscita infatti mi fermò:

«Mariaviola è da un po' di tempo che io e gli altri professori notiamo la tua disattenzione in classe e questo non è da te, sei sempre stata molto attenta alle spiegazioni e hai sempre interagito, c'è qualcosa che non va?».

«No professore, è solo un po' di stanchezza, passerà presto».

«È meglio per te, quest'anno hai gli esami, non puoi permetterti questo lusso», disse il professore severamente.

«Tornerà tutto come prima glielo prometto, a domani professore».

Arrivata a casa aiutai mia madre ad apparecchiare la tavola, dopo un po' arrivarono anche mio padre e Claudio; Andrea invece, dopo che mia madre era andato a prenderlo da scuola, era voluto andare dai nonni:

«Mavi, oggi devi andare da Marina vero?», chiese mia madre freddamente.

«Sì».

«Allora se non ti dispiace ti accompagno io, devo andare da quelle parti».

«Ma io devo andarci verso le diciassette e trenta, tu così farai tardi ad andare in negozio», dissi cercando di nascondere un po' di agitazione.

«Non preoccuparti per me, io ho già avvisato la collega, ci penserà lei ad aprire», rispose con aria sostenuta.

«Va bene».

«Non ti fa piacere? Ti ho forse rovinato i piani?», domandò lei cercando di istigarmi.

«Ma no, cosa dici, mi fa piacere».

Mia madre mi guardò con aria dubbiosa, io la guardai e abbassai lo sguardo, dall'ultima volta che avevamo discusso, non avevo più il coraggio di guardarla negli occhi e tutto questo per la mia sporca coscienza.

Appena finito di pranzare me ne andai in camera mia, l'atmosfera in casa nei miei confronti non era più quella di una volta, il riunirci a tavola era diventato solo un motivo per punzecchiarmi e farmi pesare, anche solo con il silenzio (che era la cosa peggiore), gli sbagli che avevo fatto (e che avrei continuato a fare).

Presi i libri di scuola per studiare alcune materia che ci sarebbero state il giorno dopo, ma nulla, non riuscivo a concentrarmi, il pensiero di non poter andare all'appuntamento da Alessandro mi infastidiva.

Per una volta che avrei potuto incontrarlo senza la paura di essere vista il destino mi aveva giocato a sfavore, mia madre (involontariamente?) aveva mandato all'aria i miei piani.

«Mavi, sei pronta?», chiese mia mamma affacciandosi alla porta.

«Sì, preparo i libri e vengo».

«Nel breve tragitto che facemmo non ci rivolgemmo la parola», solo quando stavo scendendo dalla macchina mi disse:

«A che ora devo venirti a prendere?».

«Non so quanto tempo ci mettiamo, quindi non preoccuparti torno da sola».

«Ah, a più tardi», disse visibilmente contrariata.

Quando Marina mi vide rimase allibita:

«E tu cosa ci fai qui? Non avevi un appuntamento?».

«Sì è vero, ma purtroppo c'è stato un contrattempo», e le spiegai tutto.

«Questo contrattempo non ha nulla di casuale o sbaglio?».

«Sì, credo proprio non ci sia nulla di fortuito, ma è un discorso troppo lungo, quindi è meglio iniziare a studiare pur avendo la testa da un'altra parte».

«Mavi, non voglio essere indiscreta ma non credo che avendo la testa altrove oggi faresti profitto di ciò che dovrei spiegarti, non sarebbe meglio parlarne?».

«Sapessi quanta voglia avrei di parlare con qualcuno, ma il pensiero di essere solo giudicata, com'è successo finora, mi fa chiudere a riccio».

«Stai tranquilla tutto farei tranne che giudicarti, non credo che questo sia il modo giusto di aiutare le persone, comunque se parlare potrebbe farti star meglio, io sono qui».

«Grazie Marina, sei molto cara, ora però sono nervosa e agitata, non so neanche io cosa vorrei fare, però credimi, prima o poi ti racconterò ogni cosa».

«Che ne dici allora se per un giorno ignoriamo gli studi e ce ne andiamo a prendere una bella cioccolata calda?».

«Buona idea, usciamo».

Passeggiare e prendere una cioccolata con Marina di sicuro mi avrebbe giovato; nel frattempo mi venne in mente di passare dietro la chiesa, dove avrei dovuto incontrarmi con lui; era tardi ma volevo provare, misi così al corrente Marina che lì avrei dovuto vedere Alessandro; mentre ci stavamo avviando intravidi una moto, non potevo credere che fosse la sua, mi avvicinai cercando di non farmi notare ed ebbi la conferma che lui era lì, era passata quasi un'ora dall'appuntamento e ancora mi stava aspettando, glielo dissi a Marina dicendole anche che sarebbe stato meglio andar via perché non volevo mi vedesse.

Sapere che era lì ad attendermi mi recava una forte emozione, ero felice, questo mi faceva supporre che il desiderio di vedermi era forte anche per lui:

«Ci deve tenere proprio tanto questo ragazzo per aspettarti tutto questo tempo, non sei contenta?», domandò Marina.

«Certo che lo sono, mi fa piacere, è tutto il resto ad amareggiarmi, ma è inutile parlarne, sarà meglio tornare a casa».

Passeggiammo ancora un po', dopodiché ci salutammo e ognuno andò a casa propria.

Stavo per rientrare a casa quando la portinaia mi fermò per darmi una busta:

«Ha visto per caso chi me l'ha portata?».

«Non te lo so dire, non c'ero io in portineria ma mio marito, comunque se vuoi glielo domando e ti farò sapere».

«La ringrazio ma non ce n'è bisogno».

La salutai e me ne andai su casa dove ancora non era arrivato nessuno, mi tolsi il cappotto e subito aprii la busta, era una lettera di Alessandro:

"Non credere che sfuggirmi ti possa aiutare, il tuo destino è già scritto, lo stai

solo ritardando; allontana le tue paure, ti aspetto domani dove saresti dovuta

essere oggi".

Alessandro

Dentro la busta c'era un ciondolo con una A, avrei voluto indossarlo ma sapevo che avrei creato il caos, così lo riposi nell'astuccio delle penne.

Quella lettera mi aveva reso contenta, mi sentivo lusingata, a suo modo Alessandro cominciava a farmi capire che a me ci teneva, probabilmente non provava ancora i miei stessi sentimenti, non volevo illudermi, però qualche piccolo passo lo stava facendo.

Il problema era come riuscire a vederlo, l'unico aiuto poteva arrivare da Marina e, approfittando che ero sola, le telefonai spiegandole quello che era successo:

«Va bene, però non capisco come mai i tuoi siano così guardinghi, per quel po' che so non lo sono mai stati, è strano che ora si comportino così, e non te lo dico per sapere qualcosa ma solamente per farti capire che, visto il loro atteggiamento, bisogna essere cauti; domani pomeriggio vediamoci un pochino prima così ci mettiamo d'accordo».

«Ok Marina, grazie di tutto, a domani», detto questo ci salutammo.

Dopo un po' arrivò Claudio, mi chiese come era andato il ripasso da Marina e della passeggiata che avevo fatto con lei:

«E tu cosa ne sai?».

«L'ho vista poco fa e mi ha raccontato del pomeriggio che avete trascorso».

«Mi trovo molto bene con lei».

«Anche lei con te, per caso ti sei confidata di quanto è accaduto e ti sta accadendo?».

«Avrei voluto tanto, ma prima o poi lo farò, sento il bisogno di parlare con qualcuno che riesca a capirmi».

«Mavi se la pensi così allora vuol dire che sei tu a non capire nulla, sia io che i nostri genitori comprendiamo benissimo il tuo stato ma, al contrario di te, non essendo accecati dal sentimento, riusciamo ad essere pragmatici e questo ci porta ad avere timore per te e sai perché? Perché il ragazzo di cui ti sei invaghita è un poco di buono e penso che tu questo già lo sappia più di tutti noi, quindi è ovvio o no che i tuoi genitori siano preoccupati? O forse pretendevi che facessero i salti di gioia?

Non considerando poi che loro sono all'oscuro del fatto che lui faceva parte della banda che ha ucciso la povera signora Erminia; come puoi pensare che siamo noi a non capirti? Credi che se tutto questo lo venisse a sapere Marina o qualsiasi altra persona ti darebbe la sua benedizione?», disse mio fratello con la voce che gli tremava dalla rabbia.

«Claudio può anche darsi che tu e tutti gli altri abbiate ragione, ma con me lui è un'altra persona e io voglio conoscerlo e credo che la vostra ostilità non faccia altro che incrementare la mia curiosità nei suoi confronti», risposi in maniera decisa tanto da meravigliarmi di me stessa per come difendevo il mio amore per Alessandro.

«Su questo posso darti ragione, quando una qualsiasi cosa viene proibita diventa più interessante e io posso anche accettarlo ma papà e mamma no, sei la figlia e per quanto io ti possa volere un bene dell'anima non sarà mai tanto quanto l'amore che loro hanno per te, per i propri figli i genitori hanno un senso di protezione che nessuna persona avrà mai, capisci?».

«Lo so, ma che posso farci se mi sono innamorata di un ragazzo così? Non dico papà, ma almeno mamma dovrebbe avere più comprensione».
Io e Claudio eravamo talmente presi da quei discorsi da non accorgerci che nel frattempo mamma e Andrea erano rientrati e avevano sentito tutto o quasi; mia mamma infatti esordì dicendo:

«Per comprensione cosa intendi, darti il permesso di buttarti tra le braccia di quel buono a nulla disonesto?!».
La guardai senza risponderle sperando che tutto sarebbe finito lì ma, al contrario, continuò:

«Se aspetti che ti dia la mia benedizione sappi che non ce l'avrai mai, nessun genitore valido accetterebbe che un figlio stia con un mascalzone, perché questo è il tuo caro Alessandro o tu hai un'altra versione? Su, rispondi!».

«Io non pretendo che tu gioisca di questo ma perlomeno dammi la possibilità di parlare, in questo modo non fai altro che peggiorare la situazione e poi sai che ti dico? Di chiacchiere e di malignità se ne dicono su tutti, quindi...», risposi con una grinta che non avevo mai avuto con mia madre.

«Quindi cosa? Vorresti farmi intendere che è uno stinco di santo, che è l'onestà fatta persona? Sei una poverina, mi fai tanta pena, ma se è a questo che ambisci puoi anche andartene con lui, sappi però che per me sei una gran delusione», disse mia madre con tutta la rabbia che aveva.

«Mamma, ora stai esagerando sei andata oltre ogni pensiero di Mavi, in fondo non ha torto, forse parlare sarebbe la cosa migliore», intervenne Claudio.

«Ah sì, allora parlaci tu con tua sorella, a me resta difficile parlare con lei, sta mettendo la dignità sotto i piedi».

«Ma mamma! Tra me e lui non c'è mai stato niente!».

E mia madre di pronta risposta:

«E allora secondo te dovremmo correre ai ripari al fatto compiuto?».

Claudio, rendendosi conto che sia io che mia madre eravamo troppo concitate per continuare il discorso in maniera civile, si avvicinò dicendomi che sarebbe stato meglio che andassi nella mia camera, e così feci.

Sentivo mio fratello che provava a calmare mia madre, ma senza successo.

Il dispiacere per quello che mia madre aveva detto era tanto, e l'unica cosa a consolarmi era stato l'intervento a mio favore di Claudio.

Uscii dalla mia stanza solo quando Andrea mi venne a chiamare per la cena, salutai papà e mi misi a tavola.

Papà, a differenza di mia madre, era ritornato con me molto dolce, come sempre d'altronde, mi chiese cosa avevo fatto a scuola e quant'altro dopodiché, finito di cenare, mi prese in disparte:

«Ho saputo da tua madre che anche oggi avete discusso, Claudio mi ha anche detto che la mamma ha un po' esagerato con le parole e questo mi dispiace anche perché non è da lei questo comportamento, però devi capire che è molto preoccupata, ha paura per te e con questo non voglio dire che io non lo sia, anzi, ma lei, essendo una donna, capisce ancora di più i pericoli a cui potresti andare incontro, non avercela con lei, se agisce così è perché ti vuole tanto bene».

«Lo so papà, però questo atteggiamento mi fa male, vorrei avere con mamma la possibilità di parlare anche perché, come giustamente hai detto tu, è una donna e certe cose potrebbe capirle più di chiunque altro».

«Hai ragione, ma lo sai, tua madre è impulsiva e ostinata, quando pensa che qualcuno potrebbe far del male ad uno dei suoi cari si mette sulla difensiva, comunque se hai bisogno di parlare di quanto ti sta accadendo io sono qui a tua completa disposizione, d'accordo?».
Ringraziai papà abbracciandolo forte.

~

Il giorno dopo era sabato e, non andando a scuola, feci un po' d' ordine nella mia stanza e aiutai mia madre nelle faccende domestiche; avevo un'ansia tremenda al pensiero di vedere Alessandro e avevo il timore che mia madre, come era successo la volta precedente, mi dicesse che mi avrebbe accompagnato lei da Marina, ma tutto fu evitato proprio grazie al suo intervento, ebbe infatti l'idea geniale di venirmi a prendere con la scusa di chiedermi se volevo andare con lei a fare alcuni giri prima di iniziare il ripasso.
Grande Marina! Era riuscita a togliermi da un bel problema.
Finii così di prepararmi e uscimmo.

«Ho fatto bene a venirti a prendere?».

«Non hai idea quanto, mi hai tolto dai guai».

«Non dirmi che...».

«Sì, proprio oggi pomeriggio ho appuntamento con lui, senza il tuo intervento penso proprio che avrei dovuto di nuovo rimandare».

«Mi credi se ti dico che lo avevo immaginato? Anche perché ieri Claudio, avendogli chiesto di te per sapere come stavi, mi ha detto che avevi avuto un diverbio con tua madre; tranquilla però, non mi ha detto nient'altro».

«Chiamarlo diverbio è riduttivo, ultimamente tra noi non c'è più dialogo ma solo litigio e questo mi fa stare molto male».

«Lo immagino, poi so che con tua madre hai sempre avuto un ottimo rapporto, posso quindi capire come questa atmosfera ti arrechi dolore, ma non sapendo quale sia il motivo delle vostre discussioni non mi permetto di dare un parere».

«Hai ragione e prima o poi te ne parlerò, ho bisogno di sfogarmi, di avere un consiglio amico, ora però rischio di fare tardi, grazie di tutto Marina, grazie di cuore».

«Non devi ringraziarmi, spero solo di aiutarti per una giusta causa, a proposito, sarà meglio rivederci dopo, casomai vieni a casa mia, va bene?».

«D'accordo, a dopo», le mandai un bacio e me ne andai.

Arrivai all'appuntamento ma lui non c'era, eppure avevo tardato solo di pochi minuti, cominciai così a fare avanti e indietro per l'agitazione, il pensiero che avrei potuto non vederlo mi amareggiava; ma non feci in tempo a terminare questi pensieri angoscianti che dopo poco, come spuntato dal nulla, arrivò:

«È molto che aspetti?».

«Un po'», risposi con voce emozionata.

«Dai, salta su, riuscirò a farmi perdonare per questo ritardo».

Salii sulla moto e arrivammo davanti alla sua casa; scendemmo, e prendendomi la mano, disse:

«Stai tremando, perché? Hai avuto paura a salire sulla moto?».

«Un pochino, ma perché mi hai portato qui?».

«La volta scorsa ti avevo fatto vedere la mia casa solo esternamente, adesso vorrei mostrarti come l'ho arredata».

Sempre tenendomi per mano mi fece entrare, la casa era molto grande e ben arredata e glielo dissi:

«Mi fa piacere, ora andiamo di sopra che ti faccio vedere le altre stanze; queste due camere non le ho ancora arredate, ma penso che una la adibirò come studio, l'altra ancora non ci ho pensato, per un figlio magari, chissà, però ho arredato la mia camera da letto, che ne dici, ti piace?», disse lui facendomi entrare.

«Sì, è molto bella».

Poi i miei occhi si soffermarono su un portaritratti con una foto di due donne, volevo domandargli chi fossero ma ero intimidita e lui se ne accorse:

«Vuoi sapere chi sono? Gelosa?».

«Niente affatto, solo curiosa», risposi impettita.

«Sono le due persone a me più care, mia madre e mia sorella».

«E tuo padre perché non c'è?».

«Non esiste», rispose freddamente «ma basta parlare di me, vieni qui», disse tirandomi a sé.

Cominciò a baciarmi e accarezzarmi, mi ritrovai sul letto senza accorgermene, stava per togliermi il maglione quando lo fermai:

«Ma cosa fai?».

«Nulla, solo ciò che anche tu desideri», e continuò a baciarmi.

Mi sentivo completamente persa tra le sue braccia, senza né la forza né la voglia di ribellarmi.

Quando mi risvegliai da quel torpore di passione provai imbarazzo, non ero mai stata nuda davanti ad un uomo.

Alessandro capì il mio disagio e mi coprì con il lenzuolo:

«Sei bellissima, pentita?», chiese accarezzandomi i capelli.

«No, l'ho voluto anche io».

«Ora quando ti rivedrò?».

«Non lo so, non è facile per me poterti vedere».

Mentre dicevo questo guardai l'orologio, era tardissimo e glielo dissi; ci rivestimmo così in gran fretta e prima di uscire mi baciò dicendomi:

«Ora sei legata a me per sempre».

«Come tu a me».

Lui mi guardò e sorrise. Prese la moto e mi accompagnò vicino casa di Marina:

«Spero di rivederti presto», disse lui.

«Lo stesso vale anche per me, sai bene le problematiche che ci sono in casa».

Mi baciò e se ne andò.

Raggiunsi di corsa la casa di Marina:

«Mavi, ma che fine hai fatto? Sono stata in pensiero, non puoi fare così tardi, è rischioso!».

«Sì, lo so, scusami, non mi ero accorta di quanto fosse tardi, ti prometto che non accadrà più».

«Ok scusata, però se il tempo è volato così in fretta vuol dire che sei stata bene, o no?», disse lei con un sorriso dolcemente malizioso.

«Tantissimo, purtroppo so di essere ripetitiva ma ora non posso raccontarti nulla, devo subito correre a casa, ma come avremo la possibilità ti spiegherò ogni cosa».

L'abbracciai e me ne andai.

Quando arrivai a casa erano già arrivati tutti, mia madre mi chiese come mai avessi fatto così tardi e io le dissi che alcune nozioni di matematica non le avevo capite e quindi si era perso un po' di tempo nella spiegazione.

Finito di cenare andai in camera, ci misi molto ad addormentarmi, rivivevo pian piano quello che era successo nel pomeriggio, sarà stata l'incoscienza ma ero felice, amavo Alessandro e non mi interessavano i giudizi della gente su di lui e poi, senza volermi illudere, mi rendevo sempre più conto di quanto anche lui fosse dolce e amorevole nei miei confronti.

Poteva anche essere un mostro ma con me era il contrario e questo mi bastava.

~

La settimana che arrivò fu tutta un fermento, mancavano solamente gli ultimi preparativi per il matrimonio di Elettra che si sarebbe celebrato il sabato.

In quei giorni persi le tracce di Alessandro, ero passata anche nei posti che di solito frequentava, ma niente; ciò mi faceva stare male e cominciai a pensare che, dopo aver ottenuto ciò che voleva, non gli interessavo più.

Arrivai al giorno del matrimonio di mia cugina con quella inquietudine.

La mattina ci preparammo e andammo ad aspettare la sposa sul sagrato della chiesa. Sia mio padre che i miei fratelli mi fecero i complimenti, tranne mia madre; anche loro erano molto belli, eravamo una splendida famiglia.

Tutti aspettavamo impazienti l'arrivo di Elettra e nell'attesa c'era chi parlava con un parente, chi con un altro e in un momento in cui ero rimasta da sola, sentii dietro di me dire:

«Sei splendida».

Riconobbi subito la voce, mi voltai ed era proprio lui:

«E tu che ci fai qui?», dissi con il cuore in gola.

«Semplice, sono venuto a vederti, mi mancavi».

«Ah sì, e come mai allora sei scomparso? Non ti sei fatto vedere per tutta la settimana».

«Sono stato fuori, ho dovuto sbrigare alcune cose, però noto che hai risentito della mia assenza, questo vuol dire che un po' ti manco», disse lui appoggiando la mano sul mio fianco.

«Ora è meglio che vai, se ti vede qualcuno dei miei è finita».

«Troppo tardi, sta arrivando tua madre e ha un aria tutt'altro che pacifica», disse lui con molta calma.

Non feci in tempo a voltarmi che mia madre cominciò ad aggredirci:

«Tu vai a raggiungere tuo padre e i tuoi fratelli, io devo parlare con questo ragazzo; Alessandro vero?», chiese mia madre nervosamente.

«Mamma calmati, non è successo nulla, ci siamo solo salutati».

«Signora, Mavi ha ragione, è una mia amica, mi sono avvicinato per salutarla, non ci vedo nulla di male, e poi sì, sono Alessandro», rispose lui in modo sardonico.

«Non azzardarti più a dire che sei amico di Mavi, mia figlia non ha amici delinquenti e ora sarà meglio che tu te ne vada, non sei gradito», disse mia madre cominciando ad alzare il tono della voce.

«Mamma ti prego basta, vuoi che ci sentano tutti? Guarda, sta arrivando papà».

«Marta perché ti sei allontanata? Cosa sta succedendo? Mavi vuoi dirmelo tu?», chiese mio padre con lo sguardo rivolto ad Alessandro.

Ero imbarazzatissima, non sapevo cosa rispondere, avrei voluto eclissarmi; al posto mio però rispose mia madre:

«Questo ragazzo stava importunando nostra figlia».

«Ma papà non è vero, si è avvicinato solo per salutarmi».

«Marta non capisco questa tua agitazione, non mi sembra che Mavi abbia detto di essere stata infastidita da questo ragazzo».

Mia madre stava per replicare quando fortunatamente Andrea ci chiamò avvertendoci che la sposa stava arrivando.

Papà prese me e la mamma sottobraccio, salutò Alessandro e ce ne andammo, io mi voltai un attimo, lo guardai, lui mi sorrise e a bassa voce disse "a presto".

«Sentite», disse mio padre «questa è una bella giornata e non ho nessuna intenzione di rovinarmela, mettete da parte i vostri attriti e domani ne riparleremo».

Io feci un cenno di assenso mentre mia madre no:

«Tu parli così perché non sai chi è quel ragazzo».

«Basta! Per il momento non lo so e non lo voglio sapere, oggi c'è una cerimonia e dobbiamo onorarla nel migliore dei modi, domani mi spiegherete, ora andiamo a prendere posto, siamo i testimoni e non voglio arrivare in ritardo».

Detto questo mio padre entrò in chiesa accanto a mia madre ed io mi unii ai miei fratelli che nel frattempo erano sopraggiunti.

L'arrivo di Elettra, le musiche e la cerimonia in se mi emozionò molto, mia cugina era incantevole, tutti erano felici, per un giorno, ognuno di noi, aveva accantonato i propri problemi.

Mia zia Sonia pianse per tutta la funzione, chissà cosa pensava, cosa ricordava; all'uscita della chiesa mi avvicinai a lei chiedendole come stava:

«Bene, ho pianto un po' ma sto bene, purtroppo ci sono degli eventi che per forza di cose ti catapultano nel passato facendo riemergere il dolore vissuto».

«Ti capisco zia però non devi soffermarti sempre al passato, ora devi solo cercare di stare bene, ti sei ripresa molto, hai visto come sei bella?».

«Grazie tesoro, i complimenti fanno sempre piacere, vedi cara non è facile dimenticarsi del passato quando questo ti ha in parte distrutto il presente e il futuro, certi dolori te li porti fino alla morte, ora però basta, non voglio annoiarti con le mie tristezze, andiamo, è una giornata di festa e dobbiamo divertirci».

«Sì zia, andiamo».

La presi sottobraccio e l'accompagnai verso la macchina.

Il matrimonio fu molto bello, i festeggiamenti durarono fino a tarda sera, quando tornammo a casa eravamo molto stanchi e ce ne andammo subito a dormire.

~

La mattina dopo mi alzai un po' tardi, i miei fratelli, papà e mamma erano già in piedi.

Dopo aver fatto colazione Claudio mi propose di andare con lui a correre e io accettai.

Era una splendida giornata, un po' freddina, ma passeggiare era piacevole; nell'aria, anche se ancora presto, sembrava di sentire l'odore della primavera; con noi venne anche Andrea con la sua bici che adorava, ogni occasione era buona per andarci.

«Sei stata bene ieri?», mi chiese Claudio.

«Sì, molto, e tu?».

«Altrettanto, anche se sai che a me le cerimonie non piacciono molto, ma a proposito di ieri, come mai quel ragazzo era lì?».

«Si trovava da quelle parti, mi ha visto ed è venuto a salutarmi, c'è qualcosa di male?», chiesi mettendomi sulla difensiva.

«Non essere così prevenuta, la mia era una semplice domanda, anche perché non sapevo che vi salutavate, ci sono stati progressi allora!», esclamò Claudio ridendo «chissà quanto mamma sarà stata felice!».

«Che sciocco che sei! Tu scherzi, ma non hai visto ieri come si è comportata, se non interveniva papà non so come sarebbe andata a finire».

«Ma cos'è successo?».

Gli spiegai ogni cosa e Claudio rimase allibito:

«Non pensavo potesse arrivare a tanto, deve essere molto preoccupata per te, questo lo sai vero?».

«Certo che lo so, non ripetermelo sempre, ma non è così che si affrontano le cose, preferisco di gran lunga il comportamento di papà e non credo che a lui i miei problemi non interessano ma sa gestirli e mi sa prendere con più calma».

«Mah, non ci capisco più nulla, so solo che tutto questo non mi piace, l'aria che si respira in casa con te e la mamma è insoffribile, ma tu cosa vuoi veramente?».

«Vorrei vivere questa conoscenza, o come la si vuol chiamare, con la tranquillità e la spensieratezza dei miei anni senza pensare a dove mi porterà, anche perché questo lo sa solo chi è più in alto di noi».

«Non è sbagliato, ma se ti bruci? Chi curerà le tue ferite».

«Da sola e chi avrà voglia di aiutarmi e non giudicarmi».

Una botta alla caviglia ci distolse dal discorso, era Andrea che con la bici mi venne addosso:

«Scusa Mavi, ti ho fatto male?».

«No piccolo, fai ancora», risposi ridendo.

Camminammo ancora un po' dopodiché tornammo a casa.

Rientrare a casa o trovarmi ad una inquisizione fu la stessa cosa, papà e mamma ci stavano aspettando seduti in salotto:

«Ti dispiacerebbe sederti, tuo padre e io vorremmo parlarti».

«Ma non sarebbe meglio prima pranzare?», chiese Claudio.

«Mangiamo un po' più tardi», rispose mia madre.

«Ma mamma io ho fame», disse Andrea.

«Basta, smettetela, si pranza più tardi e stop, non voglio più sentire lamentele», rispose mia madre inviperita.

Andrea scappò in camera sua offeso, Claudio invece, noncurante di nulla, chiese sfacciatamente se poteva restare, mio padre asserì, mia madre un po' meno:

«Allora Mavi vogliamo parlare un po' civilmente senza perdere le staffe?», domandò mio padre con molta calma.

«Certo».

«E allora dai, siediti. Mamma mi ha raccontato ciò che è accaduto ieri, secondo lei l'atteggiamento tra te e quel ragazzo era molto confidenziale e fino qui, personalmente, non ci trovo nulla di strano, tra giovani è normale, il problema però è la sua reputazione; ma da quanto tempo lo conosci?».

«Lo conosco da quando lavorava per il nonno, per questo ogni volta che ci vediamo ci salutiamo, so che non ha una buona nomea però con me è sempre stato molto gentile ed educato, quindi non vedo perché dovrei dare ascolto a certi pettegolezzi».

«Quello che si dice sul suo conto lo chiami pettegolezzo?», domandò mia madre che avrebbe continuato senza tregua, ma lo sguardo che le fece mio padre bastò per zittirla.

«E ieri come mai si trovava lì, glielo avevi detto tu che c'era il matrimonio di tua cugina?», continuò mio padre.

«No, era lì per caso, mi ha visto ed è venuto a salutarmi, tutto qui».

«Ora vorrei che tu mi rispondessi sinceramente, senza aver timore della mia reazione, non sono mai stato un orco e non lo sarò mai, cosa provi per questo ragazzo? C'è stato qualcosa di più di un semplice saluto?», mi chiese papà con infinita dolcezza.

Ero imbarazzata, avrei voluto raccontargli ogni cosa ma sapevo che era troppo, scelsi così la via di mezzo:

«Papà, se devo dirti la verità quel ragazzo un po' mi piace, ma credo sia normale, è un bel giovane, una volta abbiamo fatto un tratto di strada a piedi e l'ho trovato anche molto gentile, ecco tutto qui, non c'è altro».

«Ah, non c'è altro? Allora perché non racconti a tuo padre che quel mazzo di fiori che ti è arrivato nel giorno del tuo compleanno, insieme al ciondolo con la sua iniziale e al bigliettino con cui ti dava appuntamento per il giorno dopo, te li ha mandati lui? Questo non lo dici?», disse mia madre ormai priva di ogni controllo.

«Non è giusto che tu vada a guardare nelle mie cose, come ti sei permessa?!», le dissi senza mezzi termini; sapere che era andata a rovistare nella mia cameretta mi aveva infastidito molto.

«Io mi permetto eccome, tu piuttosto come ti permetti di prendere in giro con le tue bugie anche tuo padre?».

«Ma non è vero! Smettila di comportarti così, non ce la faccio più, è impossibile vivere qui», risposi esasperata.

«Se non ti piace vivere qui, puoi anche andartene! Non mi strapperò di certo i capelli», disse mia madre.

«Sai solo essere cattiva!», risposi scoppiando a piangere.

Queste parole mi ferirono tremendamente; andai subito in camera mia.

«Mamma, ma cosa dici? Non ci si comporta così!», disse Claudio.

«Claudio ha ragione, stai esagerando Marta, il tuo comportamento è inaccettabile, aveva ragione Mavi ad aver paura di parlare, ma non per me quanto per te, non è così che si aiuta un figlio», disse mio padre molto alterato.

Sentirsi richiamata dal figlio e dal marito per mia madre fu troppo, si alzò, prese il cappotto, la borsa e uscì. Mio padre non provò a fermarla, sapeva che sarebbe stato inutile, e poi stare un po' da sola le sarebbe servito; si avvicinò a Claudio dicendogli di chiamare me e Andrea per mangiare qualcosa.

Pranzammo nel più assoluto silenzio, faceva male a tutti la mancanza di nostra madre e io ne ero responsabile.

Nel frattempo mia madre era andata a casa dei suoi genitori:

«Marta sei sconvolta, cosa succede? Come mai qui a quest'ora?», chiese mia nonna resasi conto di quanto mia madre fosse agitata.

«Ero un po' nervosa e ho preferito uscire».

«Così tanto nervosa da lasciare tutti e venire qui? Hai discusso con Massimiliano?».

«No, Massimiliano non c'entra nulla».

«E allora benedetta figliola che c'è che non va? Problemi con i ragazzi? Parlane, sfogarti ti farà bene».

«Mamma non mi va di far preoccupare anche te, stai tranquilla, passerà».

«Mi fai preoccupare di più se non parli, sei un cencio».

«E va bene mamma, ho alcuni problemi con Mavi, ultimamente io e lei non facciamo altro che litigare».

«Il motivo?».

«Il motivo è un ragazzo».

«Tutto qui?».

«No, il problema è che Mavi ha perso la testa per un delinquente».

«Addirittura! E dove lo ha conosciuto?».

«Proprio qui».

«Qui? E chi è?».

«Ricordi quel ragazzo che lavorava per voi e che papà fu costretto a mandare via perché si dubitava fosse coinvolto nella rapina del tabaccaio? Ecco, è di lui che Mavi si è innamorata».

Mia madre ormai era un fiume in piena, raccontò alla madre ogni cosa.

Mia nonna era allibita, non sapeva cosa dire; nel frattempo si alzò dal suo riposo pomeridiano mio nonno e anche lui, vedendo la figlia da sola, chiese dove eravamo, mia madre allora trovò subito una scusa.

«Gina ma non hai neanche preparato il caffè? Quando vi mettete a chiacchierare voi donne dimenticate ogni cosa, va beh, lo farò io», continuò scherzosamente nonno.

«Allora vorrà dire che proseguirai con la tua gentilezza servendocelo in giardino», disse nonna.

Mentre nonno brontolava qualcosa, mia mamma e la nonna uscirono:

«Mamma aiutami, non so proprio cosa fare».

«La cosa migliore è non perdere la calma, so che non è facile ma ci devi riuscire altrimenti rischierai di far indispettire ancora di più Mavi facendola chiudere in se stessa».

«Ci sto provando ma è dura, ogni volta che penso a quel ragazzo e a come abbia fatto Mavi ad innamorarsene mi sale una rabbia… spero soltanto che al più presto mia figlia si renda conto di quale brutto essere si sia invaghita, ora sarà meglio tornare a casa, anche se a dir la verità non ne ho tanta voglia».

«E allora perché non telefoni a Massimiliano e gli proponi di venire qua insieme ai ragazzi? Organizziamo una bella cenetta e io ne approfitterò per parlare un po' con mia nipote».

«Vuoi dirle che ti ho raccontato tutto?».

«Certo, sarebbe sciocco far credere il contrario, credi che Mavi non pensi che ti sei sfogata con noi? Ricordati che i tuoi figli sono cresciuti, non credono più a tutto ciò che gli dici, solo un po' Andrea, ma anche lui non per molto».

«E va bene, telefona», disse mia madre non del tutto convinta.

Mia nonna telefonò, risposi io, mi chiese se potevamo raggiungere la mamma per cenare tutti assieme, io lo domandai a mio padre che mi fece cenno di sì; prima di attaccare, essendosi accorta del mio tono di voce triste, mi disse di stare serena perché a tutto ci sarebbe stato rimedio.

Con quelle parole mi aveva fatto capire di aver saputo ogni cosa.

Dai nonni andammo solo io, Andrea e papà, Claudio doveva uscire con Marina, ma ci avrebbe raggiunto dopo.

I nonni furono molto contenti di vederci, anche la mamma era più serena e mio padre glielo disse.

«Ascoltare i genitori fa sempre bene, sta all'intelligenza di noi figli capirli», rispose lei con evidente riferimento a me e non lo capii solo io ma anche la nonna che le fece un'occhiataccia.

Avevamo cominciato a preparare la tavola quando nonna, con la scusa di aiutarla in cucina, mi chiamò:

«Se devo essere sincera ti ho chiamato per sapere come stai e per dirti che tua madre mi ha raccontato tutto».

«Nonna non so cosa lei ti abbia detto ma ti prego, almeno tu non giudicarmi, sono già in troppi a farlo».

«Tua madre mi ha raccontato di te e di quel ragazzo, di come lei l'abbia scoperto e dell'atteggiamento che ora ha con te, io non voglio giudicarti e neanche importi la mia volontà, ma solo consigliarti ciò che penso sia meglio per te, questo lo ritengo un mio dovere, ti voglio troppo bene per essere indifferente ai tuoi problemi; non ti direi mai che questo ragazzo non devi vederlo più, so che non mi ascolteresti perché ora sei presa da lui e non vederlo ti farebbe solo stare male, però cerca di conoscerlo bene, sapere quali sono i suoi principi e che famiglia ha alle spalle, è importante tutto questo, altrimenti sarebbe come darsi ad uno sconosciuto».

«È vero, di lui non so molto, se non le voci che circolano sul suo conto, però quando sta con me è completamente diverso, è dolce e premuroso e poi nonna mi fa sentire importante».

«Certo, sono tutte cose che a noi donne allettano molto, però ascolta, non fermarti all'apparenza, se le cose che dicono su di lui dovessero essere vere cosa farai?».

«Nonna, non lo so, sono talmente confusa… però ti prometto che cercherò di conoscerlo meglio, conoscere di più la sua vita e ciò che è stato il suo passato e anche rendermi conto di quello che vorrà fare del suo futuro».

«Brava, e ora, prima di tornare di là, vorrei chiederti di non avercela con tua madre, è fatta così, è impulsiva, ma ti adora».

«Lo so e altrettanto è per me, non sai quanto sto male nel vederla soffrire così a causa mia».

«Avete finito di confessarvi voi due? Prima con la figlia, poi con la nipote, non ti sarà mica venuta la vocazione del prete, vero Gina?», disse ridendo il nonno.

«Ma che dici! Dai, andiamo tutti di là che è pronta la cena».

La serata scorse tranquillamente parlando un po' di tutto; prima di andar via Andrea chiese al nonno quando sarebbero nati i nuovi vitellini per poterli andare a vedere:

«Domattina presto viene il veterinario, ce ne sono tre che sono pronti a nascere, speriamo che non si decidano prima, altrimenti stanotte ci sarà da lavorare».

«E allora domani pomeriggio vengo», disse emozionato.

«Ora andiamo, ne parliamo domani», tagliò corto mia madre.

Era stato bello parlare con mia nonna, ciò che mi aveva detto era giusto, dovevo sapere più cose su Alessandro, sulla sua famiglia, i suoi amici, io di lui in fondo non conoscevo proprio nulla e forse l'intimità che c'era stata tra noi era arrivata troppo presto; molto probabilmente, prendendo spunto da una frase di mia nonna, ero andato a letto con uno sconosciuto, però non ero affatto pentita, anzi, ero decisa a proseguire e a sapere.

~

Il giorno seguente, ed era già da un po' di tempo che accadeva, uscendo prima da scuola, andai a prendere Andrea; non appena mi vide, iniziò a parlarmi di quello che avrebbe fatto nel pomeriggio.

Che volesse andare dal nonno per vedere i vitellini lo sapevo, ma che volesse andarci con la bici da solo mi era nuovo:

«Non penso proprio che ti faranno andare con la bici dai nonni, poi convincere mamma sarà un'impresa ardua, la vedo dura… comunque se dipendesse da me non ti manderei assolutamente».

«Ma fortunatamente tu non sei mamma… vedrai che li convinco», disse sorridendo sicuro di sé.

«Mah, staremo a vedere».

Arrivati a casa, dopo aver finito di pranzare, Andrea cominciò subito con le richieste: alla prima, quella di andare dai nonni, i miei genitori accettarono non prima però di aver finito i compiti, alla seconda, e cioè di poterci andare con la bici da solo, dissero all'unisono di no:

«Non se ne parla proprio, per strada c'è gente che guida come dei forsennati! Tu in bici dai nonni non ci vai», disse mia madre in modo perentorio.

«Ma mamma, tutti i miei amici ci vanno e non gli è mai capitato nulla, perché io non posso?», chiese implorante Andrea:

«Quello che fanno i tuoi amici a me poco interessa, non devi copiare i loro comportamenti».

«Papà dì tu qualcosa alla mamma, ti prego», chiese disperato lui sperando in un suo aiuto.

«No Andrea questa volta non posso aiutarti, la mamma ha ragione».

«Io voglio andarci e basta!», insistette.

«Ah sì? Allora se la metti su questo tono ti dico subito che oggi non ti muovi, quando stasera io e tuo padre torniamo a casa ti portiamo noi dai nonni e con questo il discorso è chiuso».

Questa volta Andrea era veramente arrabbiato, se ne andò in camera sua con gli occhi gonfi di lacrime.

Mi dispiaceva molto vederlo così, ma nello stesso tempo avevo apprezzato mia madre che non usava metodi differenti da un figlio a un altro, la stessa fermezza che aveva con me l'aveva avuta anche con Andrea, era proprio vero, quando mia madre notava un probabile pericolo per i suoi cari tirava fuori gli artigli come una leonessa fa con i propri cuccioli.

Andai da mio fratello con l'intento di calmarlo, ma niente da fare, era fortemente offeso, piccolo, stava crescendo e tutti noi invece lo consideravamo ancora un cucciolino.

Vedendolo così amareggiato gli proposi che, non appena avrei finito di ripassare con Marina, lo avrei accompagnato io dai nonni:

«Ma tu arriverai tardi», rispose lui scoraggiato.

«Cercherò di fare il prima possibile, te lo prometto».

Con questa promessa riuscii a quietarlo e, proprio per tornare prima a casa, anticipai l'appuntamento con Marina. Cosicché verso le sedici uscii con papà e mamma, entrambi dovevano andare l'uno in farmacia e l'altra in ambulatorio; prima però mamma passò in cameretta a salutare Andrea, poi andò da Claudio e lo raccomandò di badare al fratello:

«Stai tranquilla, io uscirò solo per andare in libreria, è dietro l'angolo, devo vedere se è arrivato un libro per l'università, ma farò presto».

«Va bene, casomai chiedigli se vuole venire anche lui».

«Sì, non preoccuparti, a dopo».

Papà mi domandò se volevo un passaggio per andare da Marina e accettai, tanto la possibilità di vedermi con Alessandro era veramente bassa, da sabato non avevo avuto più notizie di lui.

Mamma si raccomandò anche con me, dicendomi di non scordarmi della promessa che avevo fatto ad Andrea e prima di andarsene mi diede un bacio, non mi sembrava vero! Il disgelo cominciava ad esserci e io ne ero veramente felice.

Dopo aver studiato con Marina, verso le diciassette e trenta me ne andai; durante il ritorno pensai molto ad Alessandro, dopo quel pomeriggio non avevo più avuto occasione di stare un po' con lui, commentare, poterlo riabbracciare, tranne quell'attimo al matrimonio di Elettra; erano passati solo due giorni, ma già mi mancava:

«Scommetto che stavi pensando a me».

«Alessandro! E tu da dove sei sbucato», dissi meravigliata trovandomelo di fronte.

«Ormai so tutti i tuoi spostamenti, devi andare subito a casa?».

«Sì, ho promesso a mio fratello Andrea che lo avrei accompagnato in cascina dai nonni».

«Andrea è il fratello più grande?».

«No Andrea è il più piccolo, Claudio è il più grande».

«Se è per lui ti lascio andare, ma se era per Claudio…non abbiamo avuto un bell' approccio».

«E penso proprio che la colpa sia tua».

«Tralasciamo», disse acidamente e continuò «quando possiamo stare un po' insieme?».

«Non te lo so dire».

«Beh, allora facciamo domani, al solito posto e alla solita ora», disse lui deciso.

«E se non volessi?», chiesi cercando di tenergli testa.

«A domani, ora ti lascio perché devo vedermi con degli amici», e mi diede un bacio.

Quella sua sicurezza nei miei confronti mi dava i nervi, ma d'altra parte ero io a dargliene la possibilità.

Una volta arrivata a casa andai subito in camera di Andrea, ma lui non c'era, andai allora da Claudio pensando che stesse lì, ma niente:

«Claudio ma dov'è Andrea?».

«Poco fa era in camera sua, sei andata a vedere?».

«Sì, è da lì che sto venendo».

«Hai visto in bagno e nelle altre stanze?».

«Sì, sì, ho guardato dappertutto ma non c'è, tu quando sei uscito hai visto se era in camera sua?».

«Ma certo, gli ho anche chiesto se voleva venire con me ma non ha voluto; appena tornato a casa sono passato in camera sua per avvisarlo che ero rientrato e tutto questo poco meno di mezz'ora fa».

«Ma allora dov'è andato?», dissi visibilmente preoccupata.

«Non agitarti, vedrai che sarà andato un attimo in edicola a comprarsi le figurine e, per paura che io potessi dirgli di no, è uscito senza avvisarmi», disse lui cercando di tranquillizzarmi.

«Io telefono a mamma, può darsi che sia andato da lei».

«Aspetta a telefonarle, vedrai che tra poco starà qui, evitiamo di farla preoccupare senza motivo».

Anche se mal volentieri ascoltai Claudio, i minuti che passavano sembravano ore e di Andrea nessuna notizia, Claudio allora prese il telefono e chiamò la mamma e ciò non fece altro che confermarmi quanto fosse preoccupato anche lui per l'assenza di Andrea e questo aumentava la mia ansia:

«Mamma per caso Andrea è lì da te?».

«No che non c'è, ma cosa stai dicendo? Andrea è lì con te, se è uno scherzo è di cattivo gusto».

«Mamma non è uno scherzo, Andrea qui non c'è», e le spiegò ogni cosa.

«Arrivo immediatamente».

«Mavi, vado un attimo in cantina, devo vedere una cosa», disse Claudio.

«Vengo con te, cosa devi vedere?».

«No, è meglio che resti qui ad aspettare mamma, dovrebbe tornare a momenti, io intanto vado a vedere se la bici di Andrea è ancora lì».

«D'accordo»

Dopo un po' arrivò mia madre, chiedendomi se Andrea, nel frattempo, fosse arrivato:

«No mamma».

«Io vado a cercarlo e come lo vedo mi sente, non ci si comporta così».

In quel momento tornò Claudio:

«Mamma Andrea ha preso la bici, in cantina non c'è».

«Se ha preso la bici allora è andato dai nonni, ha fatto come voleva lui, ma questa volta non la passa liscia, la bici la do via e le uscite se le potrà scordare», disse mia madre su tutte le furie «ora vado a prenderlo, ci vediamo a casa».

«Veniamo anche noi», disse Claudio.

Salimmo tutti e tre in macchina; mentre Claudio cercava di mantenere una calma apparente io e la mamma eravamo agitatissime tanto che mio fratello disse a mia madre che era meglio se a guidare fosse lui, e così fece.

All'imbocco della strada che portava alla cascina vedemmo in lontananza un'autoambulanza e le macchine dei carabinieri.

«Dio mio, è successo qualcosa ad Andrea!», gridò mia madre.

«Mamma ma che dici?!», rispose mio fratello.

«Sì sì lo sento, è Andrea, corri, muoviti!», urlò ancora mia madre.

Claudio aumentò la velocità e ci avvicinammo, io e mia madre scendemmo immediatamente dalla macchina dirette verso l'autoambulanza ma un carabiniere ci fermò dicendo che non potevamo passare:

«Ma lì c'è mio figlio!», disse mia madre disperata.

«Mamma perché dici così!», chiesi angosciata.

«Li c'è Andrea, c'è Andrea, una mamma certe cose le sente, fatemi passare, devo andare da lui!», ripeté mia madre ormai fuori controllo.

Alla sua insistenza il carabiniere ci fece passare e ci accompagnò vicino al corpo che era riverso a terra.

Come gli fu vicino mia madre urlò disperata il nome del mio fratellino, mi avvicinai e vidi che quel corpicino esanime era di Andrea:

«Andrea, amore mio che ti hanno fatto, dillo alla tua mamma, chi ti ha ridotto così? Andrea rispondi, Andrea!».

Ero paralizzata, non capivo più nulla; nel mentre era sopraggiunto anche Claudio che, come inebetito, andò accanto a mia madre e al corpo di Andrea; mia madre, senza neanche guardarlo, disse:

«Tu che sei il più grande vuoi dire a tuo fratello che lo scherzo è finito e deve alzarsi? A me non ascolta».

Claudio si avvicinò al corpo senza vita di Andrea, lo strinse a sé e cominciò a piangere disperato e io con loro; nel frattempo anche i miei nonni e mio padre vennero avvisati dell'incidente, mio padre si mise seduto per terra vicino al figlioletto e senza né piangere e né dire una parola cominciò ad accarezzarlo. Mia nonna svenne dal dolore e mio nonno ebbe un malore, io ero fuori di me, non poteva essere Andrea, del mio cucciolino quel corpo esanime a terra, andai vicino a lui, gli presi la mano e cominciai ad accarezzargliela, era ancora calda. Un carabiniere si avvicinò a Claudio, dicendogli che doveva parlare con un parente, mio fratello lo seguì e io andai con lui; Claudio diede ai carabinieri le generalità di Andrea, poi cominciò a far loro alcune domande sulla dinamica dell'incidente:

«Vostro fratello è stato investito da una macchina che andava a forte velocità, sull'asfalto ci sono i segni di una frenata ma non c'è stato comunque nulla fare, suo fratello, secondo quanto ci hanno riferito i medici, è morto poco dopo».

«Siete riusciti a rintracciare la macchina? Dobbiamo sapere chi ha ucciso nostro fratello», disse disperato Claudio.

«Lo so, ne avete tutto il diritto e anche noi vogliamo prendere quei delinquenti ma per il momento non sappiamo nulla, l'unica cosa che possiamo dirvi è che poco prima dell'incidente di vostro fratello, in un paese non molto lontano da qui, c'è stata una rapina e i malviventi sono riusciti a scappare con una macchina; crediamo possano aver percorso questa strada e, vista la forte velocità, aver investito vostro fratello, questo per ora è tutto».

Ringraziammo il carabiniere e lo pregammo di fare il possibile per prendere quegli assassini, poi Claudio mi abbracciò e iniziammo a piangere.

«Dimmi che tutto questo è un terribile incubo», dissi singhiozzando.

Claudio non fece in tempo a rispondermi che sentimmo le urla strazianti di mia madre:

«Non me lo portate via, tra un po' si sveglierà e io devo stargli vicino, lui ha paura del buio, prima di addormentarsi vuole sempre me accanto, non lo portate via, devo mettergli il pigiama, vi prego, vi prego!», urlava mia madre agli infermieri dell'autoambulanza che dovevano portare via il corpo di Andrea.

Anche loro avevano gli occhi lucidi dall'emozione; un infermiere, comprendendo il patimento lacerante di mia madre, le si avvicinò:

«Stia tranquilla penseremo noi a suo figlio e più tardi lo potrà rivedere».

«Ma lui mi cercherà e io devo esserci, diglielo anche tu Massimiliano, devo preparargli la sua cena preferita, avrà fame e poi, sentite anche voi, è freddo, devo coprirlo e mettergli una coperta addosso», disse mia madre continuando a stringere forte a sé Andrea.

«Marta, lascia che questi signori si prendano cura di nostro figlio, più tardi lo raggiungiamo e lo portiamo a casa», disse mio padre celando la disperazione che aveva dentro per assecondare mia madre, aveva capito che non era più in sé.

Mia madre lasciò così che gli infermieri prendessero Andrea, non prima però di averlo riempito di baci.

«Mi raccomando quando si sveglia ditegli che tra poco la sua mamma sarà lì con lui e copritelo, ha tanto freddo», implorò mia madre come ultima e straziante raccomandazione.

Dopodiché mio padre e Brigida la portarono a casa dei nonni.

Nel fossato che costeggiava la strada i carabinieri portarono via la bici distrutta e prima di andarsene ci diedero gli oggetti che Andrea aveva con sé, un pacchetto di caramelle e pochi spiccioli:

«Ma mio fratello aveva anche un orologio», dissi accorgendomi che non c'era.

«Signorina, non abbiamo trovato nessun orologio, è sicura che oggi, quando è uscito, lo indossava?».

«Ma certo, non se lo toglieva mai, deve stare qui da qualche parte».

«Abbiamo controllato tutta l'area dell'incidente e non abbiamo trovato nessun orologio, era di valore?», domandò con estrema delicatezza il carabiniere.

«Sì, dal punto di vista emotivo, era il regalo che i miei genitori gli hanno fatto per il suo compleanno», risposi con la voce rotta dal pianto.

«Accertatevi se sia in casa, altrimenti l'unica spiegazione plausibile è che quei malviventi lo abbiano preso», disse il carabiniere rivolgendosi a mio fratello avendo visto me sconvolta.

«Fate il possibile per prenderli, hanno rovinato la nostra vita», disse Claudio.

«Non preoccupatevi, questo è il nostro dovere».

Dopo averli salutati, andammo verso la cascina.

«Claudio come faremo a superare questo dolore? A me sembra di impazzire».

«Mi sembra di vivere in un incubo, ma senza risveglio, ora dobbiamo pensare anche alla mamma, è un dolore troppo grande per lei, era estremamente legata ad Andrea, ho paura Mavi».

Arrivati alla cascina la disperazione era totale, tutti avevano saputo del tragico avvenimento, arrivarono i nonni paterni con zia Sonia, gli zii, gli amici, i conoscenti, tutti, c'erano proprio tutti, e nessuno di loro poteva credere che Andrea, il nostro Andrea non c'era più.

Papà era di una calma preoccupante, mi avvicinai per chiedergli dove fosse la mamma e mi disse che le aveva dato un calmante per farla riposare, mi abbracciò e continuò:

«Devo uscire, se mamma mi cerca ditele che torno subito».

«Ma dove vai papà? Ti accompagno».

«No Mavi farò presto», disse con freddezza disarmante.

Se ne andò senza salutare nessuno, Claudio, vedendolo uscire, lo chiamò ma lui non si voltò;

«Dove sta andando papà?», mi domandò mio fratello.

«Non lo so, mi ha detto che doveva uscire, ma che avrebbe fatto presto».

«Papà mi preoccupa, da quando ha saputo di Andrea, non ha versato una lacrima, non uno sfogo, nulla».

Nel frattempo le persone, un po' alla volta, cominciarono ad andarsene, si era fatto tardi, nonna Adele e nonno Biagio erano distrutti, non volevano lasciarci soli ma zia Sonia li convinse ad andare via; ci chiese anche se volevamo andare a casa loro, ma sia io che Claudio decidemmo che era giusto stare vicini a papà e mamma:

«Mi raccomando, so che è un momento brutto anche per voi, ma cercate di avere tanta forza per trasmetterla ai vostri genitori, io, anche se sono stata mamma per poco, so cosa vuol dire perdere un figlio, figuriamoci chi questo figlio lo ha visto crescere per dodici anni, non ci si rassegna, ora vado, è meglio portare i nonni a casa, sono sconvolti, ci vediamo domani», disse zia Sonia abbracciandoci.

Erano passate più di tre ore da quando papà era uscito, iniziavamo a preoccuparci:

«Io vado a cercarlo, è da troppo tempo che se ne è andato», disse Claudio.

«Vengo con te», risposi.

Claudio prese la macchina di mamma e andammo a cercarlo, ma niente, passammo sotto casa e vedemmo la sua macchina parcheggiata; allora decidemmo di salire, era tutto buio, guardammo dappertutto e alla fine entrammo nella stanza di Andrea, accendemmo la luce e trovammo mio padre seduto sul lettino che singhiozzava stringendo a sé il cuscino del figlio.

Nell' avvicinarci a lui sentimmo un forte odore di alcool:

«Papà, perché sei qui tutto solo, ti stavamo aspettando», disse Claudio.

«Non sono solo, c'è Andrea con me, vedi come lo sto abbracciando?».

«Papà ti prego, non dire così anche tu, ci spaventi», dissi io.

«E perché? Non si può abbracciare un figlio? È bellissimo, abbracciate anche voi vostro fratello».

Il dolore che aveva soffocato per ore, in quel momento stava emergendo, straripando.

«Ho sete», disse papà «portatemi qualcosa di forte».

«Papà, hai già bevuto abbastanza, non sei abituato, ti fa male», disse Claudio.

«Ho detto che voglio bere!», disse alzando la voce «ma non capite che solo così riesco a non pensare ad Andrea, come farò a rassegnarmi io non riuscirò mai a rassegnarmi a questa disgrazia».

Come dargli torto?

«Papà credi che per noi sia facile? Non pensi che a noi è morto nostro fratello?», dissi con le lacrime agli occhi.

Mio padre allora mi abbracciò:

«Hai ragione è un dolore grande per tutti noi, scusatemi per quello che ho fatto e detto».

Intanto era tornato Claudio che gli diede una tazza di caffè, papà lo prese e poi andò in bagno a sistemarsi, dopodiché disse:

«Ora andiamo, vostra madre ha bisogno di noi».

Nel tornare alla cascina vedemmo che dove c'era stato l'incidente, delle mani pietose avevano poggiato un mazzo di fiori bianchi.

Entrammo in casa e trovammo i nonni ancora svegli, sembravano due cadaveri, la nonna era seduta sulla poltrona con il rosario in mano.

«Almeno lei trova aiuto nella fede, io proprio non ci riesco», disse mio nonno.

«Come sta Marta? Si è svegliata?», domandò mio padre.

«Sì, si è svegliata, voleva tornare a casa, poi ha iniziato ad urlare il nome di

Andrea, a dire frasi sconnesse, Brigida ha provato a calmarla ma è stato inutile, così abbiamo dovuto darle un altro sedativo», disse mio nonno.

«Povera figlia mia, un dolore più grande non poteva averlo, anche tu Massimiliano e voi ragazzi siete annientati, lo siamo tutti, come ne usciremo?», disse mia nonna sconfortata.

Nessuno rispose, non esisteva risposta da dare.

Rimanemmo ancora un po' in silenzio dopodiché andammo a dormire (se così si può dire).

~

La mattina dopo, verso le sei, fummo svegliati da rumori provenienti dalla cucina, scendemmo e trovammo mamma e Brigida impegnate a cucinare:

«Marta, ma che fai? Perché ti sei alzata così presto?», chiese mio padre guardando anche Brigida.

«Devo preparare tutti i dolci che piacciono ad Andrea così dopo, quando vado a trovarlo, glieli porto», disse candidamente mia madre.

Mio padre stava per risponderle quando Brigida lo anticipò:

«Stamattina verso le cinque è venuta da me chiedendomi di aiutarla a fare i biscotti che piacciono ad Andrea, ho provato a convincerla che era troppo presto ma non ha voluto sentire ragioni».

Mio padre allora si avvicinò a mia madre cercando di convincerla a tornare a letto, ma lei si rivoltò:

«È inutile che state tutti lì a guardarmi come se fossi una pazza, credete che non sappia che Andrea è grave? Lo so, ma con il nostro aiuto ce la farà, quando gli porterò tutte queste cose vedrete come si riprenderà subito, a proposito a che ora andiamo a trovarlo?».

Mio padre si mise le mani tra i capelli e rivolto a noi disse:

«Io vado a prepararmi».

«Papà vengo con te», disse Claudio.

Papà fece cenno di sì con la testa e se ne andò.

Ora c'era il doloroso compito di organizzare i funerali di Andrea, incarico funesto e lo è ancor di più se sono i genitori a farlo per un figlio; mai e poi mai.

Nel frattempo anche la nonna era scesa in cucina, il nonno, anche se non ne aveva proprio voglia, andò a vedere il lavoro che c'era da fare con i suoi dipendenti, ma tornò dopo poco; la mente non c'era per pensare al lavoro, però gli animali dovevano mangiare e le piante dovevano essere curate, delegò quindi alcune persone di sua fiducia.

Approfittando che mia madre non era sola, Brigida mi venne vicino per chiedermi come mi sentivo:

«Male, male da morire, non posso credere che tutto questo sia accaduto a noi, che il mio fratellino non lo rivedrò più, mi sembra tutto così assurdo, poi vedere mamma così, mi fa paura, tornerà a ragionare come prima?».

«Sì, certo che tornerà a ragionare, ora in lei c'è il rifiuto totale della verità, ed è ovvio, come accettare una realtà simile?».

«Non si può accettare, è devastante».

Il pomeriggio i miei andarono in ospedale a vedere per l'ultima volta il corpicino senza vita di Andrea, mio padre mi consigliò di rimanere a casa, ma io volevo andare, non potevo non rivederlo per l'ultima volta; mia madre, poco prima, chiese a mio fratello di andare a prendere alcuni vestiti di Andrea, secondo lei doveva uscire dall'ospedale e quindi doveva indossare i suoi abiti preferiti.

Quando arrivammo alla camera mortuaria trovammo nonna Adele e nonno Biagio, erano lì da parecchio.

Mia mamma andò subito accanto alla bara, cominciò ad accarezzarlo e baciarlo e, vedendo me che non mi avvicinavo, disse:

«Perché non saluti tuo fratello? Forza, vieni, altrimenti si offende».

Mi prese per mano e mi avvicinò alla bara.

Quando lo vidi cominciai a sudare freddo, vederlo lì esamine, lui che era un terremotino, così bianco, con quella ferita profonda alla tempia e quelle mani tutte rovinate, mi lacerò il cuore, cominciai a sudare e vedere tutto nero e senza accorgermene svenni.

Mi ritrovai su un lettino con papà e nonna Adele che mi teneva la mano:

«Te lo avevo detto che era meglio se non venivi», disse teneramente mio padre.

«Papà voglio andare da lui».

«Non se ne parla proprio».

«Papà te lo prometto, non starò male di nuovo, fammi andare da lui, devo dargli un ultimo bacio».

Dopo un po' di esitazione papà si convinse e tornammo tutti e tre da Andrea; nel mentre vedemmo Claudio venirci incontro agitato:

«Papà, mamma vuole vestire Andrea, ma non si rende conto che è morto e quindi il corpo è rigido, dobbiamo fare qualcosa».

Mio padre allora si avvicinò a mia madre dicendole che ci avrebbe pensato lui a vestirlo, ma lei si rivoltò come una furia:

«E tu da quando in qua hai mai vestito i tuoi figli? L'ho fatto sempre io quando erano più piccoli e ora che Andrea non può farlo da solo sarò sempre io ad occuparmene, vero Andrea che vuoi la tua mamma? Invece di immischiarti in cose che non ti riguardano perché non prendi quei dolci che ho fatto, Andrea ha fame! Hai visto amore, ti ho portato i tuoi vestiti preferiti, ora te li metto e ce ne andiamo a casa».

«Basta Marta! Smettila di parlare così!», disse papà esasperato.

«Smettila tu! Andrea deve mangiare i biscotti perché ha fame, lo capisci sì o no?», rispose lei sempre più alterata.

«Marta, Andrea non potrà mangiare più i tuoi biscotti, non potrà più venire a casa con noi, Andrea è morto, capisci, è morto!».

Quelle parole furono per mia madre come un fiammifero per una miccia.

Cominciò ad urlare e ad inveire contro mio padre, dicendo che era cattivo e senza cuore, che Andrea non era morto ma che stava solo riposando.

«Marta prova a toccarlo, non senti come è freddo, non vedi che ha un colorito ceruleo? Marta nostro figlio è morto, non c'è più!», continuò mio padre piangendo disperatamente.

Mia madre dapprima lo fissò, poi cominciò a dargli pugni sul petto e sulle spalle, e urlava:

«No, No! Perché, perché! Andrea figlio mio chi ti ha ridotto così? Chi ti ha portato via dalla tua mamma!?».

Poi d'improvviso si calmò e si avvicinò alla bara:

«Senza di te la mia vita è finita, non ci sarà più un momento di felicità, ma auguro a chi ti ha fatto questo di non trovare più pace per tutto il resto della sua vita».

Nella disperazione mamma era tornata in sé, grazie a papà che con sommo dolore era riuscito a scuoterla.

Quindi con la massima calma, senza neanche far uscire una lacrima, lo vestì con estrema accortezza, gli sistemò i capelli e gli mise un rosario tra le mani:

«Ora devo andare tesoro mio ma presto ti raggiungerò», disse baciandolo sulla fronte.

Quelle parole ci fecero rabbrividire, cosa intendeva?

Restammo ancora un po' accanto al mio fratellino dopodiché papà prese mamma sotto braccio, salutammo i nonni e uscimmo; stavamo salendo in auto per andare a casa quando mamma ci comunicò che non sarebbe venuta:

«Io non vengo, Andrea non c'è e non voglio esserci neanche io, tornerò dopo i funerali quando anche lui sarà nella sua casa eterna».

Parlava in un modo freddo e distaccato, come se di quel mondo nulla più la riguardasse.

«Come vuoi Marta, dimmi solo che vestito devo prenderti per domani».

«Portami quel vestito che indossavo il giorno dell'ultimo compleanno di Andrea, se non lo trovi ti farai aiutare da Mavi».

L'accompagnammo dai nonni, scese dalla macchina e, senza nemmeno salutarci, se ne andò; mio nonno, che era lì, come la vide le andò incontro per abbracciarla, ma lei si scansò.

Papà allora si avvicinò al nonno:

«Ha preferito venire qui da voi, mi raccomando statele accanto, non lasciatela mai sola, prima ha detto alcune cose che mi hanno fatto preoccupare».

«Stai tranquillo, a Marta ci pensiamo noi, ora vai a casa con i ragazzi e cercate di riposare un po'».

Tornammo a casa senza proferire parola, l'impatto fu terribile, era come se quella casa, un tempo piena di allegria e felicità, non ci appartenesse più, tutto era estraneo, la casa era vuota senza Andrea e la mamma; papà se ne andò nel suo studio, Claudio nella sua camera e io mi misi a sistemare un po' di cose che erano rimaste in giro.

Verso le diciannove e trenta telefonò zia Lara per invitarci ad andare a cena da loro; risposi io:

«No zia ti ringrazio, preparerò io qualcosa, ma credo che nessuno di noi abbia voglia di mangiare».

«Mamma e papà dove sono?».

«Papà, da quando siamo arrivati, si è chiuso nel suo studio e la mamma è voluta andare a casa dei suoi genitori».

«Va bene Mavi, sai per caso a che ora ci saranno i funerali domani?».

«Non lo so zia, provo a domandare a papà».

«No, lascialo stare, lo chiamerò io dopo, un bacio tesoro».

Chiusi la telefonata con mia zia e tornai a fare ciò che avevo interrotto, cominciai a spolverare il salotto, poi la cucina, tutto in maniera isterica, speravo che così facendo sarei riuscita a non pensare, ma niente.

«Mavi ma cosa stai facendo? Sono le venti passate non è l'ora di spolverare, perché non ti riposi un po', sei stanca», disse Claudio.

«Non ho voglia di riposare, avrei solo voglia di piangere, urlare, tirare fuori tutto ciò che ho dentro e che mi sta dilaniando».

«Lo so, ti capisco, in questo momento avrei solo tanta voglia di avere davanti a me quel mostro che ha ucciso mio fratello, allora sì che riuscirei a sfogarmi, ma a modo mio», disse Claudio con la voce e le mani che gli tremavano dalla rabbia.

«Mi manca tanto Andrea, come faremo Claudio a superare questa sciagura? Non so se ci riuscirò, prima di fronte ad ogni problema c'erano papà e mamma con cui potermi sfogare, ma ora? Mi sento tanto sola».

«È un dolore grande che ha coinvolto tutta la nostra famiglia, nessuno ne è rimasto indenne, ma se hai bisogno di piangere o di parlare, ci sono io, non preoccuparti», disse lui abbracciandomi.

Avevo proprio bisogno di un abbraccio.

Suonò il campanello di casa, andai ad aprire ed erano zia Lara con zio Flavio che ci avevano portato qualcosa da mangiare:

«Dovete pur mangiare qualcosa ragazzi miei, vostro padre dov'è?».

«Papà è ancora di là nel suo studio».

«E non è più uscito?», domandò zia.

«No».

Si diresse allora verso lo studio del fratello, entrò ma era tutto buio, accese la luce e vide mio padre seduto davanti alla scrivania con in mano la foto in cui c'eravamo io, Claudio e Andrea.

«Perché hai acceso la luce? Spegnila».

«Vieni di là, vi ho portato qualcosa da mangiare».

«Non ne ho voglia e ora fammi una cortesia spegni la luce, mi dà fastidio».

«Massimiliano il tuo strazio lo capisco eccome, siamo tutti tremendamente afflitti sebbene il nostro dolore non possa essere paragonato al vostro, ma vorrei ricordarti che hai ancora due figli che stanno soffrendo, hanno perduto il loro fratellino e non mi sembra una cosa da poco; ora io vado di là da loro», disse mia zia severamente; spense la luce, chiuse la porta e se ne andò.

Venne in cucina, apparecchiò e mise sulla tavola le cibarie che aveva portato.

«Sedetevi e mangiate qualcosa, vostro padre se vorrà ci raggiungerà», disse in modo autoritario ma amorevole.

Di mangiare né io né Claudio avevamo voglia tuttavia, per accontentare zia, assaggiammo qualcosa, sapevamo che la sua insistenza era per il nostro bene.

Dopo poco venne mio padre:

«Hai voglia di mangiare qualcosa?», chiese la sorella.

«No, credimi, non riuscirei a mandare giù nulla, ma ti ringrazio, ho apprezzato e grazie per quello che mi hai detto prima».

«Non devi ringraziarmi, ti voglio bene».

Intanto che zio Flavio parlava con papà nel tentativo di distrarlo un po', mia zia mi venne vicino:

«Cara, so che sembra impossibile andare avanti, ma sia tu che Claudio dovete essere molto forti e coesi, papà e mamma hanno bisogno di voi e voi di loro, io vi sarò sempre accanto per qualsiasi cosa, uno sfogo o quant'altro».

«Grazie zia, grazie di tutto».

«Finiscila, non voglio ringraziamenti, ora però sarà meglio andare, domani ci aspetta una giornata molto triste, a che ora ci saranno i funerali?», chiese rivolta a mio padre.

«Alle dieci e trenta», rispose lui con un filo di voce.

Dopo che gli zii se ne andarono, ognuno di noi andò nella propria stanza portandosi dietro un macigno di dolore.

La notte la passai completamente in bianco, anche papà non dormì, lo sentii girovagare per casa tutto il tempo.

Verso le sei, stanca di pensare, mi alzai, preparai il caffè e lo portai a Claudio, che già era vestito; andai poi da papà, ma non lo trovai in camera; andai allora nella cameretta di Andrea e lo vidi disteso sul letto, pensavo dormisse, me ne stavo andando quando mi chiamò:

«Mavi entra, non stavo dormendo, tu hai riposato un po'?».

«No, non ho chiuso occhio, ero agitata», mi sedetti sul letto accanto a lui porgendogli la tazzina di caffè.

«Hai pianto vero?», disse notando i miei occhi gonfi.

Annuii.

«Mi dispiace non esservi accanto moralmente in questi duri giorni, ma vedrai che con il tempo tornerò ad essere il papà di sempre».

«Lo spero papà, ne ho tanto bisogno».

«Vieni qui», disse abbracciandomi «ora sarà meglio sbrigarci, devo anche prendere il vestito di tua madre e non so nemmeno dove sia».

«Ci penso io, tu intanto finisci di bere il caffè».

Andai in camera dei miei e presi il vestito di mia madre, fu come fare un tuffo nel passato; l'ultima volta che mamma lo aveva indossato era stato per il compleanno di Andrea, una giornata meravigliosa, avevo davanti agli occhi la gioia e l'emozione del mio fratellino, quando scartò tutti i regali e in particolare quando vide l'orologio che i miei gli fecero, l'orologio… già, me ne ero dimenticata, bisognava cercarlo per sapere se Andrea lo indossava quel giorno.

Feci le scale di corsa e andai in cucina dove c'erano papà e Claudio:

«Papà, dobbiamo capire se il giorno dell'incidente Andrea aveva l'orologio, è importante, dobbiamo farlo sapere ai carabinieri», dissi tutto d'un fiato.

«Ma di quale orologio parli? Non capisco», disse lui.

«Hai ragione, quando i carabinieri ci hanno consegnato gli effetti personali di Andrea, tu non c'eri», disse Claudio raccontandogli ogni cosa.

«Bisogna assolutamente cercarlo, è importante; ora purtroppo non abbiamo tempo, ma non appena torniamo sarà la prima cosa da fare».

Uscimmo di casa per dirigerci verso la cascina e una volta arrivati sentimmo mia mamma e la nonna che stavano discutendo:

«Ma cosa sta succedendo?!», domandò mio padre al nonno.

«Non ho ben capito, ma credo si tratti del vestito di mia moglie».

«Vuole vestirsi di nero e io non voglio», disse mia madre riferendosi alla nonna.

«Lascia che tua madre si vesta come vuole», disse mio padre con calma nell'intento di placarla.

«È il funerale di mio figlio e decido io, a lui piacevano i colori solari, chi vuole vestirsi di nero per me può anche restarsene a casa, non mi interessa, nessuno per me è più importante», disse gelidamente mia madre.

A queste parole così fredde e senz'anima sia mia nonna che mio padre non replicarono più e nonna si mise il vestito colorato così come la figlia voleva.

Arrivammo in chiesa, il sagrato era gremito di gente, molte persone vollero presenziare al funerale del nostro Andrea e tra tanti scorsi anche Alessandro, anche lui volle essere presente, mi fece piacere ma fu il piacere di un attimo.

La bara bianca era già sistemata al centro della chiesa, era ricoperta di fiori bianchi e sopra c'era una grande foto di Andrea, mia madre l'aveva presa dall'album che i nonni avevano in casa.

L'omelia del parroco fu molto toccante, alcuni familiari parlarono dall'altare.

Prima che la messa finisse, anche mia madre volle farlo:

«Questo è un giorno per me e la mia famiglia estremamente doloroso, non auguro a nessuno un sofferenza così, dovrebbero essere i figli a seppellire i genitori e mai, dico mai il contrario; invece un essere o più esseri immondi hanno fatto sì che questo non accadesse strappandomi il mio Andrea; io non ho più luce, più aria, le mie labbra non avranno più sorriso, nei miei occhi non ci sarà più gioia, perché lui non c'è più».

Poi ci fu un breve momento di silenzio, la voglia di piangere era tanta ma subito proseguì:

«La sua breve vita è finita e la mia con lui, ma fino a che ne avrò le forze augurerò sempre a quei delinquenti di non trovare mai pace e serenità; ora il mio unico scopo sarà quello di ottenere giustizia per il mio piccolo Andrea».

D'improvviso il suo viso sbiancò e si appoggiò al leggio, mio padre fece appena in tempo ad andarle vicino, che svenne.

La portammo subito in sacrestia e dopo un po' si riprese.

«Marta forse è meglio che ti accompagno a casa, sei molto provata, andiamo noi con Andrea al cimitero», disse mio padre.

«Non ci pensare nemmeno, devo vedere io come sistemano la sua nuova casa».

Usò la parola casa anziché loculo, parola che avrebbe continuato a dire sempre e le dava fastidio se qualcuno di noi non utilizzava lo stesso termine.

Il momento della sepoltura fu straziante.

Che tormento vedere quella piccola bara bianca chiusa in quel loculo, sembrerà paradossale ma solamente in quell'istante realizzai che Andrea non lo avrei più rivisto.

Nessuno riusciva a trattenere il pianto, tranne mia madre che sembrava una statua di gesso.

Prima di andarcene baciammo la foto sulla lapide che ritraeva Andrea il giorno della sua comunione.

«Piccolo mio, tra tutte queste persone morte tu sei tra i più piccoli, ora darai loro un po' di allegria, quella che avevo io con te, a presto tesoro mio, mamma non ti lascerà solo a lungo».

Con queste parole mia madre salutò il figlio.

Per mia madre il ritorno a casa fu un vero e proprio trauma, la prima cosa che fece fu quella di andare in camera del figlioletto; papà la chiamò per dirle di mangiare qualcosa ma lei rispose che non ne aveva voglia e di non disturbarla.

Con il passare dei giorni le cose peggioravano sempre più.

Anche quando qualcuno veniva a trovarci, lei presenziava un po' dopodiché se ne andava nella stanza del figlio. E così fece per molto tempo.

~

Una sera papà, durante la cena, ci disse che il giorno dopo sarebbe dovuto ritornare a lavoro, in quella settimana la farmacia era rimasta aperta ma il suo collega da solo non ce la poteva fare e propose a mamma, di tornare anche lei in negozio:

«Vedrai che ti farà bene tornare nuovamente a lavorare, stare a contatto con gli animali potrebbe essere un'ottima terapia».

Non avesse mai detto quelle parole:

«Se a te basta tornare a lavoro per dimenticare Andrea beh, ti invidio, d'altronde non si può paragonare l'amore che ha una mamma verso i propri figli con quello del padre, comunque per me non devi preoccuparti, niente e nessuno potrà mai distogliermi da questo dramma», non diede neanche il tempo a mio padre di rispondere che proseguì «di sicuro anche tu Mavi e anche tu Claudio da domani tornerete ai vostri interessi, non è vero?», disse con sarcasmo.

Era vero, sia io che Claudio dovevamo tornare ai nostri impegni di studio ma nessuno dei due osò risponderle; il suo atteggiamento ci inquietava.

Papà allora, vedendo la nostra ritrosia nel controbattere e l'atteggiamento di sfida che mamma aveva sia con lui che con noi, perse la pazienza:

«Senti Marta io e i tuoi figli capiamo e rispettiamo il tuo dolore ma tu devi fare altrettanto, togliti dalla testa che solo tu stia male, nel caso te lo fossi dimenticata vorrei ricordarti che io e sottolineo io ho perso un figlio e loro due un fratello e per di più dobbiamo vedere una donna che con il suo atteggiamento ci fa sentire in colpa per non essere morti con Andrea quel giorno, la devi smettere di fare la vittima, qui siamo tutti delle vittime!».

Mia madre non disse una parola, lo guardò soltanto e si ritirò nella sua stanza.

Mio padre si sedette sulla poltrona esasperato, io gli andai vicino e lo abbracciai:

«Non ce la faccio più, mi sto sforzando di essere normale tenendomi dentro tutto il mio dolore ma non risolvo nulla».

«Non è vero, stai facendo tantissimo e io e Claudio lo apprezziamo molto, più di questo non puoi fare, anche tu hai diritto ad esternare la tua sofferenza, per quanto riguarda la mamma dalle tempo e vedrai che capirà».

«Lo spero per me, ma soprattutto per voi».

~

Ognuno di noi, se pur a malincuore, riprese le proprie attività, anche se con scarso rendimento.

Oltre il pensiero fisso di Andrea, che più passavano i giorni e più ci mancava, eravamo preoccupati per mamma, lasciarla sola la mattina ci angosciava; anche se proprio sola non lo era quasi mai, spesso passavano nonna Gina e nonna Adele, come poteva anche zia Lara, ma si sa, ognuno aveva i propri impegni, non si poteva pretendere di più.

Chiedemmo a Brigida, non avendo lei impegni lavorativi, all'insaputa di mia madre, di farle compagnia il più possibile e lei accettò, lo avrebbe fatto anche senza la nostra richiesta ma non tutti i giorni, mentre a noi serviva una presenza costante; così, un giorno con una scusa, un giorno con un'altra Brigida era sempre presente.

Cercavamo in tutti i modi di aiutarla, ma senza risultati.

Oramai non usciva quasi più se non per andare al cimitero, lì passava le ore, puliva la lapide, metteva i fiori freschi tutti i giorni, guardava la foto di Andrea e ci parlava, prima raccontandogli tutte le cose che aveva fatto poi cominciando a piangere disperatamente per quanto gli mancava.

~

Una domenica, dopo essere andati tutti e tre al cimitero (Claudio era andato poco prima con Marina e poi si sarebbe trattenuto a pranzo da loro) andammo a mangiare dai nonni paterni, dove trovammo anche zia Lara e il marito.

«Mi ha fatto molto piacere vedere Elettra al funerale di Andrea (Elettra infatti dopo il matrimonio era partita per il viaggio di nozze e non appena saputa la notizia era subito rientrata), ringraziala tanto da parte nostra», disse mio padre alla sorella.

«Ma figurati, era il minimo che potesse fare».

Mentre tutti noi parlavamo del più e del meno, mia madre non faceva altro che isolarsi, così nel momento di metterci a tavola, mio nonno disse:

«Vorrei che fosse chiaro a tutti che se oggi io e la nonna vi abbiamo voluti riunire a pranzo non vuol dire assolutamente che non pensiamo a nostro nipote Andrea, crediamo e speriamo che stare tutti assieme possa aiutare l'un l'altro; non c'è giorno che non lo ricordiamo, delle volte la mattina appena mi sveglio sto con la speranza che tutto quello che è accaduto sia un brutto sogno, ma purtroppo non è così, avrei dato la mia vita per lui, Andrea è e rimarrà sempre nei nostri pensieri fino a che avremo vita, soffriamo tanto e capiamo quello che state passando voi (rivolgendosi a papà e a mamma) e per tale motivo abbiamo organizzato questa giornata, per distrarci e soprattutto, farvi distrarre, spero ci si possa riuscire; scusatemi se mi sono dilungato troppo ma ci tenevo a precisare tutto questo, temevo potessero esserci degli equivoci».

«Grazie papà ma non c'era bisogno che tu dessi queste spiegazioni, so quanto amavate Andrea e quanto state soffrendo», disse mio padre.

Dopo questo discorso di mio nonno iniziammo a mangiare, i nonni avevano ragione, stare insieme ci aiutava molto, io finalmente potevo esprimere appieno il mio dolore e in questo trovai una buona spalla in zia Lara, con lei riuscivo ad esternare tutta la rabbia e il dispiacere che avevo per la mancanza di Andrea e anche i piccoli rimorsi per quelle volte che forse ero stata troppo acida e poco paziente, ed erano proprio quelli ad amplificare ancora di più il dolore che avevo dentro.

Zia mi consolò molto e, in particolar modo, mi aiutò a non avere rimorsi, mi fece capire che è normale avere poca pazienza e rivoltarsi in modo poco dolce anche con le persone che più si amano, perché non penseremo mai (è sbagliato ma umano) che da lì a poco potremmo non vederle più. Sfogarmi con lei mi faceva sentire più leggera.

Anche papà passò una giornata differente, qualche volta si estraniava però poi, o grazie agli zii o grazie ai nonni, ritornava a dialogare.

Con mamma invece non c'era speranza di distoglierla dai suoi pensieri, evitava ogni forma di contatto rivoltandosi in modo sgarbato; con zia Sonia poi superò ogni limite, solo per averle detto che comprendeva il suo dolore:

«Come puoi capire tu che sei stata madre solo per pochi giorni! Cosa vuoi saperne!».

«Scusa Marta… io non volevo…», disse mia zia mortificata.

Mio padre allora, vedendo il volto dispiaciuto della sorella, fece cenno alla moglie di calmarsi, ma lei si alterò di nuovo nel momento in cui zio Flavio le chiese quando sarebbe ritornata a lavorare:

«Mai più, io non tornerò mai più a lavorare, anzi Massimiliano questa è l'occasione buona per dirti che il negozio puoi anche venderlo, non mi interessa, niente per me ha più senso».

«Non dire così Marta, adori il tuo lavoro, gli animali e forse proprio questo ti aiuterebbe a distrarti e a non avere pensieri ossessivi», disse nonna.

«Basta elargire consigli, basta! Ne ho piene le scatole», gridò mia madre «io non amo più nulla, non ho più voglia di nulla, ma che ne sapete voi, si fa presto a parlare, quando ti muore un figlio niente ha più valore, l'unica cosa di cui hai voglia è raggiungerlo».

«E a Mavi e a Claudio non ci pensi più? Non sono tuoi figli anche loro?», chiese mio padre sconvolto.

Mia madre non gli rispose, guardò me senza dire nulla poi rivolta agli altri disse:

«Preferirei tornare a casa, grazie per tutto e scusatemi se ho avuto un comportamento scortese, cercherò di non farlo accadere più».

Mio padre stava alzandosi per accompagnarla quando lei lo fermò:

«Non c'è bisogno che mi accompagni, stai ancora un po' con loro, vado da sola, ho necessità di fare due passi».

Mio padre non insistette, sapeva che sarebbe stato inutile.

«Papà io non sto tranquilla sapendola da sola», dissi ansiosa.

«Lo so, hai ragione, neanche io lo sono, ma che posso fare? Non ascolta nessuno e non vuole nessuno», rispose papà sfinito.

«La soluzione a tutto è solo il tempo e tanta pazienza», disse nonna.

«Ma mamma di pazienza ne abbiamo tanta e non è facile neanche per me, anche io ho perso un figlio, ma lo sai quante volte vorrei piangere o gridare? Però non lo faccio, non posso farlo perché fortunatamente ho altri due figli che hanno ancora bisogno di me, possibile che invece a Marta tutto questo non interessi più?».

«Ognuno di noi ha un modo diverso di reagire al dolore, guarda me, ad esempio, come mi sono ridotta per amore prima e per dolore poi, dopo tutto quello che ho passato la parola serenità e felicità non so più cosa voglia dire, si campa anzi si sopravvive, poi con questa batosta…», disse zia Sonia con tanta tristezza.

«Hai ragione, è solo che delle volte mi sento scoraggiato, non so come comportarmi, però è vero, ognuno di noi reagisce diversamente a ciò che la vita propone».

Sentire parlare così zia Sonia ci fece rendere conto di come, senza volerlo, non avessimo più considerato il suo stato d'animo, non pensando che un carattere fragile e sensibile come il suo ne potesse risentire enormemente della disgrazia che era capitata.

«Ma lo sai che sei ancora giovane, bella e con tante cose da fare?» le disse zia Lara cercando di tirarle su il morale.

«Lasciamo perdere, parliamo d'altro» e si rivolse poi a mio padre «non è giusto pensare a me, questa condizione me la sono cercata, e solo per un amore sbagliato, quindi non ho scusanti, tu invece stai vivendo un dramma che non hai voluto, ora tocca a noi aiutarti e starti vicino».

«Grazie», disse papà «ora però sarà meglio che io e Mavi ce ne andiamo, anche se solo per poco sono riuscito a distrarmi».

Salutammo tutti e ce ne andammo.

Una volta in macchina papà mi chiese come ero stata:

«Mah, diciamo che stando in compagnia cerco di distogliere la mente dai pensieri che la attanagliano, mi dispiace per mamma che invece non riesce a trovare giovamento».

«Lo so, dispiace anche a me».

Una volta arrivati sotto casa, papà mi disse di essersi accorto di come le parole di zia Sonia mi avessero turbato:

«Papà cosa vuoi che ti dica? Che hai ragione, ogni volta che si parla di zia Sonia o che lei ricorda il suo passato, ho come l'impressione che anche io avrò lo stesso destino; io di quel ragazzo ne sono innamorata e sono consapevole che non ha una buona reputazione, ma cosa posso fare?».

«Tanto, puoi fare tanto alla tua età, è facile innamorarsi ed è normale, ma devi anche saperti salvaguardare, capire se il ragazzo ti ricambia con i tuoi stessi sentimenti, se è onesto e ti renderà felice, queste sono le cose a cui dovresti pensare prima di…», ma non continuò il discorso; io, visto ciò, cominciai ad insistere affinché lui mi dicesse quello che realmente pensava:

«Ma no, niente, le cose più importanti te le ho dette, ora sarà meglio entrare».

«No papà, io voglio sapere quello che pensi, i tuoi timori, tutto, quindi finisci il discorso che stavi facendo prima».

Papà allora, con non poco imbarazzo continuò:

«La mia paura è che tu possa concederti a lui prima di averlo conosciuto per quello che è realmente».

Alle parole di mio padre arrossii e lui disse:

«Perché sei arrossita? Ho colto nel segno?»

Avrei voluto sprofondare dalla vergogna, è vero che con papà c'era sempre stato un ottimo rapporto e di conseguenza un dialogo aperto, ma questi argomenti così intimi non erano mai stati affrontati.

«Mavi, allora, vuoi rispondermi? Preferisco che tu mi dica la verità anche se brutta, solo così potrò aiutarti», disse mio padre senza ancora perdere la calma.

Fui tentata a dirgli tutto ma negai e senza esitare risposi:

«Tra me e Alessandro non è successo nulla, sappi però che qualsiasi cosa accadrà sarà perché l'ho ponderata e voluta, senza la costrizione di nessuno».

Mi pentii di aver detto quelle parole, forse ero stata troppo esplicita, invece papà mi stupì:

«Ho apprezzato quello che hai detto, sei stata schietta ed è questo ciò che vorrei da te sempre, ricordati che nel bene e nel male, ti sarò accanto, ora però andiamo a vedere se mamma è in casa».

Mio padre, nonostante il dolore per la morte del figlio, si era interessato del mio stato d'animo. Lo ammiravo.

Parcheggiammo e salimmo su casa, le luci erano spente, sia io che papà chiamammo la mamma ma non rispose, guardammo dappertutto, ma niente, a casa non c'era:

«Non c'è, ma dove sarà andata? Ora vado a cercarla», disse papà.

«Non sarà meglio aspettare un altro po'? Non vorrei si sentisse oppressa, forse ha solo bisogno di essere lasciata in pace».

Papà accettò il mio consiglio e ci sedemmo in salotto ad aspettarla nella speranza che da lì a poco sarebbe arrivata.

Nel frattempo tornò Claudio, ci chiese come era andato il pranzo dai nonni e, non vedendo la mamma, domandò se era andata già a letto:

«No, tua madre dopo pranzo è andata via, aveva bisogno di stare un po' da sola e ancora non è tornata, volevo andare a cercarla ma Mavi mi ha consigliato di aspettare; ora però è da un po' che manca e inizio a preoccuparmi».

Scendemmo così tutti e tre, prendemmo la macchina e iniziammo a cercarla.

Il primo posto dove andammo fu il cimitero, dal momento che lì passava oramai la maggior parte del suo tempo; essendo chiuso domandammo al guardiano, il quale ci confermò di averla vista circa due ore prima.

Pensammo allora che l'unico posto dove poteva essere andata era dai nonni in cascina; prima però passammo da Brigida la quale ci disse di non averla né vista né sentita e aggiunse:

«Perché l'avete lasciata sola?».

«Ovviamente non siamo stati noi a volerlo ma lei», disse mio padre spiegandole come era andata.

«Ora però se andate dalla signora Gina e dal signor Bartolomeo a chiedere di Marta, rischierete di farli preoccupare, è meglio evitare».

«È vero, hai ragione, allora, dato che non ci hanno visto, potresti andare tu con una scusa per sapere se mamma è passata qui?», le chiesi.

Brigida acconsentì e andò dai nonni; tornò dopo un po' riferendoci quanto le avevano detto, e cioè che Marta non era passata da loro, che l'avevano sentita ieri e sapevano che oggi sarebbe andata a pranzo dai suoceri. La ringraziammo e ci dirigemmo verso l'auto:

«Ma dove può essere andata, abbiamo cercato dappertutto!», disse Claudio.

«Non lo so, però è meglio tornare a casa probabilmente sarà già lì», disse papà.

Tornammo a casa ma mamma non era ancora rientrata, io ero agitata, cominciavo a temere che le potesse essere accaduto qualcosa di grave e lo dissi a papà il quale, mascherando anch'egli la sua preoccupazione, disse:

«C'è un posto che non abbiamo controllato, il suo negozio; vediamo se le chiavi sono a casa».

Nella ciotola d'argento dove mettevamo le chiavi, mancavano proprio quelle del negozio.

Scendemmo di corsa e una volta arrivati davanti al negozio vedemmo la saracinesca alzata, provammo ad aprire la porta ma era chiusa, dentro era tutto buio, non riuscivamo a vedere nulla, si sentiva solo Saetta (il cane che mamma aveva salvato dopo che era stato investito da una macchina), abbaiare ininterrottamente:

«Marta, apri!», gridava mio padre battendo le mani sulla porta.

«Papà, pensi che mamma sia lì? Perché non apre?», chiesi io.

«Non lo so, ma stai tranquilla non le è successo niente vedrai».

Continuammo a chiamarla, ma nulla, sentivamo solo Saetta abbaiare:

«Papà, ma tu in farmacia non hai il doppione delle chiavi del negozio di mamma?», chiese Claudio.

«Sì, è vero, me ne ero dimenticato, come ho fatto a non pensarci prima», disse papà che subito corse in farmacia a prenderle.

Entrammo così nel negozio e accendemmo la luce ma lei non c'era, andammo allora nel retrobottega per capire come mai Saetta continuasse ad abbaiare e lì vedemmo mamma riversa sul pavimento, io mi misi a gridare, papà si chinò, la girò verso di sé e cominciò a chiamarla dopodiché, una volta accertatosi che fosse viva, ci disse di chiamare immediatamente l'autoambulanza; la mamma aveva tentato di uccidersi.

Claudio prese il telefono e chiamò i soccorsi, io mi avvicinai a lei e le presi la mano, era fredda e il viso era pallido.

«Mamma, perché hai fatto questo, non pensi a noi che ti vogliamo bene, papà, ce la farà mamma? Non morirà come Andrea, vero?», chiesi piangendo disperata.

«Non preoccuparti, mamma ce la farà».

Nel frattempo arrivò l'autoambulanza, le vennero prestati i primi soccorsi, poi la misero sul lettino e, a sirene spiegate, la portarono via, papà andò con lei mentre io e Claudio, dopo aver chiuso il negozio, con la macchina di papà li raggiungemmo.

Il medico, dopo aver provveduto a farle la lavanda gastrica, ci disse che mamma aveva ingerito un intero tubetto di farmaci e che eravamo riusciti appena in tempo a salvarla; la prognosi però era ancora riservata.

Non appena ci diedero la possibilità, entrammo nella sua camera; stava dormendo, il suo viso non era sofferente, anzi, era disteso e rilassato, come non lo era più da ormai molto tempo ma tutto questo era solo merito dei tranquillanti che le avevano somministrato.

Rimanemmo un po' vicino a lei, dopodiché papà chiese a me e Claudio di andare a casa e avvisare i parenti di quanto era accaduto, lui sarebbe rimasto lì, almeno la mamma, una volta sveglia, avrebbe visto una persona cara accanto.

Mentre stavamo tornando a casa io e mio fratello pensammo che sarebbe stato meglio informare i nonni il giorno dopo, era tardi e un occhio di riguardo per le persone anziane e già molto provate, era necessario; telefonammo invece a zia Lara e a Brigida, entrambe rimasero annichilite, zia Lara mi disse che sarebbe immediatamente andata all'ospedale per stare accanto al fratello; a tutte e due raccomandammo di non farne parola con i nonni, perché la mattina dopo li avremmo messi al corrente noi del drammatico avvenimento.

Dopo poco squillò il telefono, sentire quel suono era diventato angosciante, fonte di cattive notizie; andai a rispondere con il cuore in gola:

«Mavi, tranquilla, sono papà, non è successo nulla, ho telefonato solo per sapere se eravate arrivati, ora mangiate qualcosa e andate a riposare, mi raccomando».

«No papà, non ne abbiamo proprio voglia. Abbiamo avvisato sia zia Lara che Brigida, e zia mi ha detto che sarebbe venuta in ospedale».

«Va bene, il peggio è passato, io sto bene e vedrai che anche la mamma piano piano tornerà quella di un tempo, ora ti lascio, saluta Claudio e promettimi che mangerete qualcosa, buonanotte tesoro».

Stetti un po' in silenzio poi risposi:

«Ok papà, ti voglio bene».

«Anch'io piccola, a domani».

Finita la telefonata raccontai tutto a Claudio:

«Sono contento che gli zii stiano andando da papà, gli fanno compagnia e ne ha bisogno, ultimamente sta avendo scossoni da ogni parte; con tutto ciò ha anche la forza di consolare noi, lo ammiro enormemente».

«È vero, papà è meraviglioso, però ho paura che possa crollare anche lui da un momento all'altro».

«Per questo dobbiamo aiutarlo, innanzitutto mantieni la promessa che hai fatto, facciamo così, io ti aiuto a sistemare la casa e tu prepari qualcosa da mangiare, ok?».

«Va bene, però posso chiederti una cosa?».

«Certo, dimmi».

«Mi abbracci forte forte?».

«E me lo chiedi? Su, vieni qui».

«Ora però forza, prepara qualcosa di buono», disse Claudio ridendo e dandomi un bacio sulla fronte.

Avevamo appena finito di cenare, stavo per alzarmi quando Claudio mi fermò:

«Siediti, devo dirti una cosa».

Mi misi di nuovo seduta aspettando che parlasse:

«Ieri pomeriggio ho visto Alessandro».

Nel sentire pronunciare il suo nome mi emozionai:

«Guarda che ho visto Alessandro non un mostro, anche se è un po' dipinto maluccio».

Sentendo mio fratello così amichevole mi tranquillizzai:

«Dove l'hai visto?».

«Si trovava nelle vicinanze del bar di Gigio, ma non è tutto».

«Cioè?», domandai un po' allarmata.

«Calma, calma, nulla di cui preoccuparti, anzi, abbiamo parlato».

Nell'udire quella frase rimasi letteralmente sbigottita:

«E cosa vi siete detti?».

«Ero andato da Gigio per prendere un caffè e l'ho notato subito, lui continuava a fissarmi, non in modo istigatorio ma come se volesse dirmi qualcosa e infatti, non appena sono uscito dal bar, mi ha raggiunto».

«E cosa ti ha detto? Dai, dimmi tutto, non farmi stare in ansia».

«Devo dire che mi ha meravigliato la sua gentilezza, si è perfino scusato per avermi disturbato e …»

«Non sarai stato sgarbato mi auguro?», gli chiesi senza nemmeno fargli finire la frase.

«Mavi! Certo che hai un bel giudizio su di me! Ovvio che no, gli ho detto di non preoccuparsi, allora lui, sapendo il brutto periodo che la nostra famiglia stesse passando, ha voluto sapere come stessimo noi e soprattutto tu».

«E tu, cosa gli hai risposto?».

«La realtà Mavi, che siamo una famiglia distrutta, lui ha fatto un cenno con la testa come per dire che capiva cosa stessimo provando, dopodiché, non volendo farmi perdere altro tempo, mi ha chiesto di salutarti e… e qui viene il bello».

«Cosa?».

«Mi ha dato una lettera per te».

«Una lettera? E che aspettavi a darmela?», dissi sfrontatamente.

«Se non te l'ho data è perché non ce ne è stato il tempo visto anche quello che è successo, comunque tieni, eccola», e la tirò fuori dal portafoglio.

La presi e la aprii subito, ero curiosa ed emozionata; mio fratello, con molta discrezione, mi lasciò sola e, prima di salire in camera sua, mi disse che se avevo voglia di parlarne dopo averla letta, potevo andare da lui. Mi fecero molto piacere quelle parole.

La lettera iniziava così:

"Ciao Mavi, purtroppo, dall'ultima volta che ci siamo visti, sono successe tante cose, a te in particolare molto drammatiche; per circostanze che tu stessa sai, non ti sono potuto stare accanto come avrei voluto e ciò mi dispiace.

È la prima volta che ti scrivo una lettera seriamente e ho capito che scrivendo riesco a dire cose che di persona, molto probabilmente, non riuscirei, ed è per questo che vorrei confidarti una cosa.

Le voci che girano su di me in parte sono vere, non biasimo i tuoi se non approvano che la propria figlia frequenti un personaggio come me, forse lo farei anche io; sono molte, troppe, le cose che non conosci di me e forse non so se mai te le dirò, ma ci sono due cose che invece devi sapere: la prima è che se ho commesso e commetto degli errori non è solo per colpa mia ma anche della sorte che alle volte è stata ed è molto, ma molto avversa e con questo non intendo giustificarmi; la seconda è che quando sono con te mi sento una persona differente, riesci a farmi esternare sentimenti che non ho mai provato.
Ora basta, mi sono esposto troppo, finisco col dirti che se e quando avrai voglia di vedermi sai dove trovarmi."

Ciao Alessandro

La lettera prima e il contenuto poi mi avevano totalmente sorpreso, Alessandro non finiva mai di stupirmi, ed eravamo solo all'inizio.

Ero felice e volevo condividere questa gioia con qualcuno, così andai da Claudio:

«Ti disturbo?».

«Ma dai entra, da quando in qua chiedi se disturbi prima di entrare?».

«Forse da quando ci siamo allontanati».

«Ah, non certo per colpa mia, sei tu che ti sei chiusa a riccio, ma non iniziamo con le polemiche, sono contento che sei qui, hai letto la lettera?».

«Sì, e devo dire che mi ha colpito, in quelle poche righe ho conosciuto una parte di lui a me ignota».

«Tutto questo ti ha reso felice vero?».

«Sì, è vero, ma sto avendo anche tanti rimorsi».

«Rimorsi? E perché?», domandò sconcertato mio fratello.

«Perché alle volte penso che non dovrei essere felice, non è giusto, con quello che è successo ad Andrea e ora a mamma che è in ospedale, provare questa gioia mi fa sentire in colpa».

«Mavi ma cosa dici?! Sei troppo severa con te stessa, è normale cercare e magari trovare un po' di serenità dopo tutto questo dolore, anche io quando sto con Marina sono sereno, ma ciò non vuol dire che dimentico quello che è accaduto e che ancora sta accadendo, il dolore per Andrea niente e nessuno potrà mai cancellarlo, Andrea sarà sempre con noi, ma è la vita stessa che ci fa distrarre, a volte in bene altre no, quindi, quando ti senti felice, goditelo appieno quel momento, perché non fai nulla di male, non togli niente a nessuno, ti prendi solo ciò che la vita di bello ti offre, e sai bene che purtroppo non offre sempre cose piacevoli, sono stato chiaro?».

«Grazie Claudio, parlare con te mi ha fatto molto bene, come sempre del resto», e lo abbracciai.

«Ma grazie di cosa? Fa piacere anche a me parlare con te, però, ora che hai ricominciato, cerca di non perderla più questa abitudine, ok?».

«Ok, ora ti lascio così continui a studiare».

«Già, mi devo preparare per un esame e non ho proprio la testa, con mamma così poi... speriamo domani di avere buone notizie».

«Ci andiamo insieme domattina?».

«Sì, certamente».

«Però andiamo presto perché poi devo andare a scuola, non posso più fare assenze, ne ho fatte troppe».

«Hai ragione, ma sono più che giustificate, stai tranquilla i professori ne terranno conto; a proposito, Marina mi ha detto di dirti che quando vuoi puoi ricominciare ad andare da lei».

«Va bene, al più presto ci andrò, mi è molto di aiuto, ringraziala tanto; ora vado, buonanotte e a domattina».

Una volta distesa sul letto cominciai a pensare alla mamma e alla lettera di Alessandro; mi addormentai che era tardi, quando la sveglia suonò, mi alzai con gran fatica, fortuna che Claudio aveva già preparato la colazione, mangiammo fugacemente e uscimmo.

Arrivati in ospedale trovammo papà fuori dalla stanza e gli chiedemmo notizie di mamma:

«Ha passato una notte tranquilla, considerando il gesto che ha compiuto», rispose lui visibilmente spossato.

«Sei preoccupato, vero?», chiese Claudio.

«Sì, il gesto di vostra madre è stato forte, mi ha lasciato un gran senso di impotenza; mentre io cercavo e cerco tutt'ora di vedere in voi un'ancora di salvezza non dimenticando che avete bisogno di me, lei tutto questo lo ha rimosso, ci ha cancellati, mi domando allora in cosa ho sbagliato».

«In nulla papà, credimi, non hai sbagliato proprio nulla, la morte di Andrea per mamma è un dolore troppo grande da accettare, con questo non voglio dire che per te non lo sia, tuttavia mentre tu ci hai sempre voluto bene in misura uguale, tranne quei piccoli momenti di debolezza verso Mavi perché è l'unica femminuccia, mamma è sempre stata verso noi figli iper protettiva e possessiva e con Andrea in particolar modo; lo sappiamo tutti che per lui aveva un debole, un po' perché era il più piccolo e un po' perché lui con lei era dolcissimo, quindi papà, né tu, né io, né Mavi abbiamo colpa, nessuno può fare nulla tranne lei stessa».

«Forse hai ragione, anzi sicuramente hai ragione tu, ma il gesto di ieri mi ha fortemente colpito».

«Papà perché non vai un po' a riposare?», chiesi.

«Più tardi, prima aspetto che arrivino i medici così sento come sta andando la situazione; voi avete avvisato i nonni?».

«Già, è vero, dovevamo andarci stamattina, ma ci siamo dimenticati, ieri sera abbiamo evitato di dar loro la notizia perché non volevamo agitarli vista anche l'età».

«Io però non posso venire, devo andare a scuola, già entro alla seconda ora…».

«Non preoccuparti, ci vado io prima di andare all'università».

«Ora andate, altrimenti tu non entri neanche alla seconda ora», disse papà.

«Saluto velocemente mamma e poi me ne vado».

Entrammo nella stanza, mamma dormiva, aveva un bel viso sereno, io e Claudio ci chinammo per darle un bacio e lei aprì gli occhi, ci guardò e con un fil di voce disse:

«Scusatemi».

Claudio le accarezzò la fronte e io, dandole un bacio sulla guancia, dissi:

«Pensa solo a stare bene, abbiamo bisogno di te».

Dopodiché uscii dalla stanza piangendo, papà mi abbracciò e mi diede un bacio; Claudio mi raggiunse, mi prese sottobraccio e ce ne andammo.

Arrivai in classe che la lezione era iniziata, mi scusai con il professore e andai al mio banco.

Come al solito la mia attenzione era inversamente proporzionale a quella che prestavo alla mia vita privata e infatti, nell'ora di ricreazione il professore mi informò che sia lui che gli altri insegnanti avevano necessità di parlarmi.

Mi recai quindi nella sala dei professori, ero molto nervosa, la vicepreside accortasi di questo mio disagio, dopo avermi fatto sedere, mi disse subito di stare tranquilla, doveva solo farmi sapere che i professori, compresa lei, avevano bisogno di interrogarmi nelle loro materie:

«Ti abbiamo concesso tutto questo tempo proprio perché, dopo la tragedia che ha colpito la tua famiglia, abbiamo capito che non potevi avere la giusta concentrazione per studiare, ma ora vorremmo sapere a che punto ti trovi con i programmi di studio e se hai delle lacune, questo è importante essendo ormai prossimi gli esami, perché se fosse così hai ancora del tempo per recuperare».

«Grazie per aver compreso la mia situazione, è un momento veramente difficile, però posso rassicurarvi e dirvi anche che quando lo riterrete più opportuno potete interrogarmi».

«Perfetto Mariaviola, ci fa piacere sapere che non sei rimasta indietro con il programma, al più presto verrai sentita».

«Va bene, vi ringrazio».

Come uscii dalla sala mi resi subito conto di essermi sbilanciata troppo nel dir loro che potevano interrogarmi quando volevano, non prendevo un libro in mano da un bel po', che casino! Dovevo recuperare ad ogni costo, anche non dormendo.

All'uscita dalla scuola, mentre stavo tornando a casa, sentii il rombo di una moto avvicinarsi, speravo fosse Alessandro, avrei voluto girarmi ma evitai, la voglia di vedere se era lui era forte ma imperterrita proseguii, come girai l'angolo, la moto mi sorpassò mettendosi di traverso. Era lui. La mia imperturbabilità tuttavia durò solo pochi minuti, la gioia di vederlo fu talmente forte che, non curante del fatto che qualcuno avrebbe potuto notarci, lo abbracciai.

Dapprima rimase immobile, come sconcertato, poi mi strinse anche lui:

«Hai avuto un bel gesto per dimostrarmi che sei contenta di vedermi», disse guardandomi dritto negli occhi.

«Se è per questo anche tu con questo abbraccio…ora però sarà meglio che tu vada via, abbiamo già rischiato troppo», dissi con malinconia.

«E quando possiamo vederci?».

«Non lo so, non so più nulla, è cambiato tutto, sto cominciando ad avere paura del domani, dopo la morte di mio fratello niente è più come prima», risposi con grande sconforto.

«So quello che stai passando, anche uno come me può capirti, ed è per questo che vorrei starti più vicino, tua madre ora come sta? Quando vai a trovarla?», disse lui prendendomi la mano.

«E tu cosa ne sai di mia madre?», domandai esterrefatta.

«Cerco di sapere tutto, diciamo che ti controllo, quando ho a cuore una persona sono così».

«Come vuoi che stia… male, come tutti noi del resto».

Avrei voluto chiedergli ancora molte cose, una di queste come faceva a sapere tutto di me, ma evitai, il tempo non c'era per tutto questo, così tagliai corto:

«Dal momento che dici di sapere ogni cosa di me e di conseguenza anche ogni mio spostamento, aspetterò che sia tu a cercarmi, ok?».

Prima di rispondermi mi diede un bacio sulle labbra dopodiché:

«D'accordo, è una sfida e tu non hai idea di quanto mi piacciono, quindi a presto, anzi a prestissimo, preparati».

Salì sulla moto e, prima di andarsene, mi baciò nuovamente e io contraccambiai molto volentieri.

Arrivata a casa, non trovai nessuno e mi rattristati, non ero abituata, mi rendevo conto di come mamma, anche se non era più come un tempo, dava comunque un senso di famiglia, di protezione e di calore; pensando a tutto ciò mi sentii in colpa nei suoi confronti, probabilmente non le ero stata accanto nel modo giusto, le discussioni che c'erano state tra me e lei ci avevano allontanate, poi la disgrazia aveva fatto il resto, mi ripromisi però che da quel momento in avanti le avrei dato molto di più, sia nell'affetto che nella comprensione.

Vicino al telefono trovai un appunto di Claudio, mi informava di aver avvisato i nonni e che nel primo pomeriggio sarebbero passati a prendermi prima di andare da mamma.

Stavo per andare in camera mia quando squillò il telefono:

«Papi come stai? Dove sei, e la mamma?», chiesi tutto d'un fiato per la contentezza di sentirlo.

«Piccolina io sto bene, sono venuto qui in farmacia, ho approfittato del fatto che è venuta Brigida a trovare la mamma per venire ad aiutare Mirko nel fare l'inventario dei medicinali, come ho finito torno in ospedale, tu come stai? Hai mangiato?».

«Sì papà, ho mangiato qualcosa (ma non era vero), però non trovare nessuno a casa mi ha addolorato molto, quand'è che ritornerà un po' della nostra famiglia?», chiesi con un groppo alla gola.

«Presto, tesoro, presto, te lo prometto, anche se non sarà più come prima, adopererò tutte le mie forze per far tornare un po' di serenità nelle nostra casa».

Sentire quelle parole fu per me un vero toccasana, credevo in mio padre e sapevo che ciò che prometteva, manteneva.

Finito di parlare al telefono con papà andai in camera mia a studiare, avevo molto da recuperare, poi con quello che avevo detto ai professori..., dovevo stare sui libri all'infinito per non rimangiarmi la sicurezza che avevo dato a loro.

Il pensiero di Alessandro mi distoglieva parecchio, l'averlo rivisto mi aveva fatto riprovare le emozioni di sempre, se non maggiori, tuttavia non potevo permettermi distrazioni così di buona lena iniziai a studiare; solo l'arrivo di nonna Gina e nonno Bartolomeo mi distolsero, erano veramente giù di morale:

«Come abbiamo fatto a non capire quali erano le sue intenzioni? Cosa sta succedendo? Una disgrazia dietro l'altra», disse mia nonna.

«È inutile darsi delle colpe, nostra figlia, cara Gina, deve tornare a prendersi le sue responsabilità; capisco il dolore che ha per Andrea, chi non lo comprende, sono io il primo a non trovare pace e ad avere il cuore straziato, però con questo non vuol dire che gli altri due figli non esistono più, fortunatamente è ancora madre e deve adempiere ai suoi doveri, queste saranno le prime parole che le dirò non appena avrò la possibilità di parlarle», disse mio nonno severamente.

Né io né la nonna replicammo, entrambe sapevamo che aveva ragione; mi preparai e andammo tutti e tre in ospedale dove trovammo nonna Adele e nonno Biagio con zia Lara:

«Siete entrati? L'avete vista?», chiese ansiosa nonna Gina.

«Non ancora, sono molto fiscali», rispose zia Lara.

Nel frattempo arrivò anche papà che era andato a prendersi un caffè, come mi vide mi abbracciò, gli chiesi come stava e se aveva parlato con qualche medico:

«Sì, ci ho parlato, e devo dire che dal punto di vista fisico Marta sta molto bene, tuttavia, come presupponevamo, lo stato psichico è a terra, il dottore le ha dato una cura e le ha consigliato di fare terapie di gruppo, poi, cosa più importante, deve volersi aiutare, domattina la dimetteranno».

Questa notizia fece a tutti molto piacere, non vedevamo l'ora di riaverla a casa, la sua presenza era importante; arrivato l'orario di visita entrammo in camera, mentre sia i nonni che zia Lara le andarono vicino e la baciarono, io rimasi in silenzio in fondo alla stanza, mio padre lo notò e mi venne vicino:

«Cosa c'è Mavi? Perché fai così?».

«Non lo so papà, c'è qualcosa dentro che mi blocca», risposi a bassa voce.

Mia mamma, accortasi di questo, mi chiamò:

«Vieni Mavi, capisco cosa provi, ti sei sentita tradita e abbandonata, non ti biasimo perché hai ragione, come madre ho sbagliato ma cercherò di recuperare se me ne darai la possibilità».

La guardai, mi avvicinai al suo letto e l'abbracciai poi, guardandola di nuovo, le dissi:

«Grazie mamma, questo era quello che volevo sentirti dire».

«Vedo che tra me e te c'è una forte telepatia», disse ridendo nonno Bartolomeo a mia madre.

«Perché?», chiese lei sorpresa.

Nulla, nulla, mi sono capito da solo», rispose nonno facendomi l'occhiolino come cenno di intesa e io capii immediatamente che si riferiva al discorso fatto a me e alla nonna poco prima di andare in ospedale.

Nel frattempo mio padre ci salutò e si raccomandò con i nonni di accompagnarmi a casa, lui sarebbe dovuto ritornare in farmacia.

Era arrivata l'ora di uscire e nonna Gina era preoccupata al pensiero di lasciare sola la figlia, mia madre allora la tranquillizzò:

«Stai serena, non commetterò più lo stesso errore e poi ho dato la parola a Mavi, non vi deluderò, ora però andate prima che i dottori vi vedano ancora qui, ci vediamo domani a casa», poi rivolgendosi a me continuò «domani quando tornerai da scuola troverai di nuovo qualcuno a casa, papà mi ha raccontato, ora vai con i nonni».

Le diedi un bacio e me ne andai.

Tornando a casa con nonna Gina e nonno Bartolomeo commentammo il comportamento di mamma e tutti e tre eravamo soddisfatti e ottimisti:

«Perché stasera non venite a cena da noi?», domandò mio nonno.

«Per me va bene, non so papà, non glielo abbiamo chiesto».

«E che problema c'è, ti accompagniamo a casa e poi passiamo in farmacia così glielo chiediamo; allora ci vediamo stasera, tu avvisa Claudio, tanto vieni con lui vero?».

«Sì, aspetto che torna dall'università e veniamo».

Ci salutammo e me ne andai a casa; prima di prendere l'ascensore vidi che nella cassetta della posta c'era una busta che sporgeva, la presi, sopra non c'era scritto nulla, l'aprii e dentro c'era un'altra lettera di Alessandro:

"Come vedi non ho problemi ad avvicinarmi, quando voglio una cosa non mi fermo davanti a niente e nessuno; questo è il mio numero di telefono, quando vuoi prova anche tu a cercarmi".

Alessandro

P.S. non fermarti al primo tentativo, sarebbe un peccato.

Senza pensarci due volte chiamai quel numero ma squillava a vuoto, stavo per attaccare quando sentii rispondere, riconobbi subito la sua voce, provai imbarazzo e non risposi, allora all'ennesimo "pronto" disse:

«Lo so che sei tu, non essere timida, hai fatto bene a chiamarmi, su Mavi parlami, lasciati andare».

Le mie mani iniziarono a tremare ed ero diventata rossa come un tizzone, aveva capito che ero io, non potevo non rispondere, cosicché mi feci coraggio:

«Non rispondevo solo perché non ero sicura che fossi tu», con queste parole mi ero resa ancora più ridicola, ma non potevo farci niente, ero nella più totale confusione.

«Beh, ora sai che sono io quindi non ci sono più problemi; dimmi, come mai hai chiamato? Hai voglia di vedermi?», chiese maliziosamente.

«Sì, cioè no, ero solo curiosa di vedere se il numero che mi avevi dato era esatto», risposi facendo l'ennesima figuraccia.

«Ah, capisco, allora se il motivo è solo questo possiamo anche chiudere la telefonata, ora sai che sono io, quindi…», rispose con strafottenza.

«E già, possiamo chiudere qui», risposi usando il suo stesso tono.

«Bene, probabilmente mi sono sbagliato nel pensare che avessi lo stesso mio desiderio di vederci, pazienza, alla prossima», disse dolcemente.

Non c'era niente da fare, quando lo sentivo così tenero mi scioglievo come il ghiaccio al sole così recuperai:

«Non ti sei sbagliato, è che…», dissi timidamente.

«È che cosa? Vuoi che ti venga a prendere?».

«Sì», risposi con un filo di voce.

«Tra dieci minuti al solito posto», e attaccò.

Dieci minuti erano pochissimi! Non avevo neanche il tempo di cambiarmi, però volevo andarci, così mi misi un po' di mascara, il rossetto, mi sciolsi i capelli e via.

Stavo per uscire quando mi ricordai che avrei dovuto aspettare Claudio per andare dai nonni, allora gli scrissi un bigliettino dicendo di aspettarmi perché poi insieme saremo andati a cena da loro.

Non attesi nemmeno l'ascensore, scesi le scale, il posto dove dovevo vedere Alessandro non era molto vicino, così iniziai a correre.

Arrivai che avevo il fiatone e lui non c'era, fantastico… tanta fatica e nemmeno era lì…

Erano passati solamente pochi minuti ma sembravano un eternità; stavo per andarmene quando sentii il rombo della sua moto, si avvicinò e senza neanche darmi una spiegazione per il ritardo mi disse di salire; e così feci.

Andava a forte velocità, era evidente il suo nervosismo, provai a chiedergli di rallentare ma nemmeno mi rispose. Arrivammo davanti a casa sua in un batter d'occhio, scendemmo dalla moto e mi disse:

«Ti ho portato qui perché ritengo sia l'unico posto lontano da occhi indiscreti e dove posso godere tranquillamente della tua compagnia, però non voglio obbligarti, quindi… a te va di entrare?».

In un'altra occasione il suo comportamento così freddo mi avrebbe intimidita ma stavolta no, con un tipo come lui dovevo tirar fuori il carattere:

«Sì, altrimenti non sarei venuta all'appuntamento, non trovi?».

Alessandro mi guardò, mi prese per mano ed entrammo in casa.

«Accomodati sul divano».

Mi portò una bibita e si mise accanto a me, mi strinse le mani e cominciò a guardarmi senza dire una parola.

I suoi occhi erano di ghiaccio ma nello stesso tempo pieni di parole, di desiderio, di odio, mi sentivo nuda.

«Perché mi guardi così?».

«Ti osservo per capire».

«Capire cosa?».

«Se posso fidarmi di te, cosa provi per me e cosa vuoi da me; tutto questo ti sembra poco?».

«No, non è poco e cosa sei riuscito a capire finora?».

«È ancora presto, però una cosa l'ho compresa».

«E sarebbe?».

Senza rispondere iniziò a baciarmi e infine mi spogliò, aveva capito che il suo desiderio era anche il mio.

Ci trovammo sul pavimento, avvinghiati l'uno all'altro.

In quei momenti riusciva a farmi sentire la ragazza più importante e felice del mondo.

«Pentita?».

«Non mi pento mai di nulla quando sto con te, e poi non mi sono pentita la prima volta perché dovrei farlo ora?», risposi serenamente.

«Non lo so, forse perché non ho mai fiducia di nessuno, non credo nei sentimenti e penso che anche per gli altri sia così», rispose Alessandro con un fondo di tristezza.

«Quindi non stai con me per amore?».

Lui non rispose e voltò lo sguardo, io allora continuai:

«Rispondi tranquillamente, accetterò qualsiasi cosa mi dirai senza pentirmi di ciò che ho fatto, non mi hai costretta, è stato un desiderio anche mio».

Ero stupita di me stessa, sia per quello che dicevo che per come lo affrontavo; più lo frequentavo e più acquisivo padronanza e confidenza nei suoi confronti.

«Sei coraggiosa, non pensavo, ti credevo una ragazzina viziata e piagnucolona, mi sorprendi», disse accennando un sorriso.

«Ma non hai risposto alla mia domanda, stai tergiversando mentre io voglio sapere».

«Vorresti farmi credere che vuoi saperlo perché a me ci tieni o che addirittura mi ami?», chiese lui beffardamente.

«Sì ti amo e non ho paura a dirlo», risposi decisa.

Alessandro a questa risposta stette un attimo in silenzio, dopodiché cambiò volto e atteggiamento:

«Peccato piccolina ma per me non è così, mi dispiace se ti sei illusa, non è colpa mia, hai fatto tutto da sola».

Quelle parole mi trafissero come una lama, nel dirle aveva usato tanta cattiveria e cinismo; senza neanche guardarlo, con gli occhi pieni di lacrime, mi rivestii e uscii.

Ero disperata, aveva ragione, mi ero illusa che anche lui potesse provare per me lo stesso mio sentimento forte e puro.

Avevo fatto appena un centinaio di metri quando lui cominciò a chiamarmi:

«Mavi! Mavi! Vieni qui, parliamo Mavi!».

Più lui mi chiamava e più io correvo piangendo, fino a che non mi bloccò con la moto.

«Ora ti fermi e mi ascolti», disse seriamente.

«Cosa devo sentire, altre tue gratuite meschinità? Hai ragione, ho sbagliato io ad illudermi, ora lasciami, sei una delusione, non hai cuore, non hai proprio nulla, sei solo capace di far del male e allontanare chi ti ama, vai via, non voglio più vederti, mi fai schifo!», gli diedi uno strattone e me ne andai.

Perché d'improvviso era cambiato? Ero addolorata, avevo sbagliato a credere in lui.

Arrivai a casa, prima di entrare mi ricomposi un po' perché ero stravolta e Claudio non poté non accorgersene:

«Mavi, cosa hai fatto? Ti è venuto addosso un tir?».

«Peggio Claudio, peggio, ma tu è da molto che sei arrivato?».

«No, da poco, ho letto il tuo appunto, ma cos'è successo? Sei distrutta».

«Non ho voglia di parlarne, ora mi cambio e usciamo».

«Fai come vuoi».

Salii in camera mia per cambiarmi.

Mi facevo schifo, mi sentivo sporca e svuotata, avevo dato il mio amore e la mia intimità ad un uomo spregevole.

Mi misi sul letto esausta, avrei voluto dormire ore per non pensare ma mio fratello venne a chiamarmi ricordandomi che i nonni ci aspettavano.

Claudio era dispiaciuto, e aveva ragione, da quella volta che gli parlai della lettera che Alessandro mi aveva scritto, gli avevo promesso che sarei tornata a confidarmi con lui come una volta, ma alla prima occasione avevo evitato, lo stavo deludendo di nuovo e questo non lo volevo, sapevo a mie spese quanto fossero dolorose le delusioni; così, come entrammo in macchina, gli spiegai:

«Oggi pomeriggio ho visto Alessandro».

Silenzio, da parte di mio fratello, nessun commento, allora continuai:

«Ho avuto una forte discussione, anzi, abbiamo litigato di brutto, è per questo che mi hai visto così stravolta».

E gli raccontai per filo e per segno tutto quello che ci eravamo detti, omettendo il momento intimo che avevo avuto con lui.

«Ma che fai? Non parli? Non commenti?».

«No, perché secondo me non stai raccontando tutta la verità», disse deciso.

«Non è vero, ti ho detto tutto».

«Mavi, quando sei arrivata a casa eri sconvolta e non come una persona che aveva avuto un semplice litigio ma come una ragazza che aveva dato qualcosa di molto importante di sé a qualcuno che non lo meritava, e spero tu capisca a cosa io mi stia riferendo».

«Pensi che sia andata a letto con lui?», chiesi apertamente.

«Sì».

Il suo sì così secco e deciso mi spiazzò, non sapevo più cosa dire.

«Beh? Che c'è, non parli più? Colpita e affondata?».

Non gli risposi allora lui continuò:

«Piuttosto che sapere da te una mezza verità preferisco non sapere nulla, quando ti sentirai pronta torneremo a parlare».

Mi ero messa in un bel pasticcio, non controbatterlo sarebbe stato confermare le sue allusioni, avrei fatto la parte della codarda che non voleva affrontare il problema e a questo punto tanto valeva osare e dirgli tutta la verità.

Stavamo quasi per entrare nella cascina quando chiesi a Claudio di fermarsi:

«Quello che pensi è vero, sono stata con Alessandro», dissi a testa bassa.

La reazione di mio fratello fu quella di abbracciarmi.

«Ti ho deluso vero? Mi vergogno tanto», dissi piangendo.

«Non mi hai deluso, anzi, ho apprezzato la tua sincerità, non è facile confidare queste cose, era da un po' che lo supponevo e oggi, quando ti ho vista così, ne ho avuto la conferma, non si reagisce in quel modo per un semplice litigio; ma che ti ha detto o fatto per ferirti così tanto?».

Gli raccontai così quanto era accaduto:

«Sei pentita?», mi chiese.

«Sì e no; sì per avergli dichiarato apertamente il mio amore, no per essermi concessa a lui perché nessuno me lo ha imposto, sono stata io a volerlo, sembro contraddittoria, vero?».

«No, tutt'altro, sei matura e consapevole, ora cosa pensi di fare?».

«Non lo so, cercherò di non pensarlo più e credimi non sarà facile».

«Lo immagino, starei ancora molto a parlare qui con te ma i nonni ci stanno aspettando, andiamo».

C'era una cosa che volevo sapere da lui, il suo parere su quanto era accaduto e su Alessandro in particolar modo, sapevo che stavamo facendo tardi ma glielo chiesi comunque, avevo bisogno di conoscere la sua opinione da uomo.

«Mah, non è facile, riguardo te non posso biasimarti, sei una ragazza innamorata e quindi il tuo comportamento è normale, hai agito d'istinto come è tipico del tuo carattere; riguardo Alessandro lo conosco solo per sentito dire dalla gente e un po' da te e non mi sento di giudicarlo, però penso che le cattiverie che ti ha detto oggi non siano del tutto vere, probabilmente non vuole esternare i suoi reali sentimenti, credendo che sia una forma di debolezza; attenzione però, non lo sto scusando».

«E ora io come dovrei comportarmi?».

«Aspetta che sia lui a farsi vivo».

Detto questo riaccese la macchina e ce ne andammo dai nonni dove poco dopo arrivò anche papà.

Cenammo serenamente, il ritorno a casa di mamma ci allietava; a prenderla sarebbero andati i nonni con Claudio dato che papà non poteva assentarsi dalla farmacia perché il suo collega era ammalato, mentre io, avendo il compito in classe, non potevo assolutamente mancare.

Dopo cena rimanemmo ancora un po' a chiacchierare, nel frattempo erano venuti anche Brigida con i suoi genitori; Brigida ci disse che nel tardo pomeriggio era andata a trovare mamma e che l'aveva trovata molto meglio e con tanta gioia di tornare a casa, questo era un buon segno.

Prima di lasciarci mi chiese come stavo e mi disse che mia mamma le aveva raccontato di quando ci eravamo viste nel pomeriggio:

«Sai, le parole che hai detto le hanno fatto tanto piacere, ha molto bisogno di te».

«Anche noi abbiamo bisogno di lei».

«Lo so Mavi, e vedrai che piano piano tornerà la mamma di prima».

«Lo spero proprio Brigida».

Dopodiché, dopo aver salutato Brigida, i suoi genitori e i nonni, andammo via.

Non appena arrivati a casa andai subito in camera mia a ripassare la materia per il compito in classe che avrei avuto il giorno dopo, rimasi sui libri fino a tarda sera e infatti mio padre, quando passò per darmi la buonanotte, rimase meravigliato nel vedermi studiare così:

«Immagino che hai molto da recuperare, mi raccomando fai in modo che più nulla possa distrarti, è un anno importante».

«Lo so papà, ce la metterò tutta, stai tranquillo».

Mi diede così il bacio della buonanotte e se e andò.

Il pensiero della brutta lite avuta con Alessandro mi addolorava ma il compito di domani interessava in parte il mio futuro e mettendo queste due cose sul piatto della bilancia, decisi che in quel momento era più importante lo studio di Alessandro.

Ma mentivo, eccome se mentivo e anche spudoratamente.

Dormii pochissimo ma ne valse la pena, il giorno dopo a scuola non ebbi nessun problema, anzi, riuscii anche a suggerire alcune cose alle mie compagne di classe.

Finite le lezioni corsi subito a casa, non vedevo l'ora di riabbracciare mamma.

Come aprii la porta vidi che era già lì ad attendermi:

«Ben tornata mammina mia, quanto mi sei mancata!», dissi abbracciandola forte.

«Anche voi mi siete mancati tantissimo, comincio persino a sentire la mancanza delle nostre discussioni», disse ridendo.

A casa c'erano anche Claudio e nonna Gina la quale si era trattenuta per preparare un bel pranzetto per il ritorno a casa della figlia, nonno invece era dovuto tornare in azienda.

Come arrivò papà ci mettemmo tutti a tavola; da vero gentiluomo portò a mamma un bel mazzo di fiori, finalmente la famiglia era riunita! Mancava Andrea, e per sempre ci sarebbe mancato, era nei nostri cuori e nei nostri pensieri.

«Mamma, finalmente io e papà mangiamo qualcosa di commestibile! Un altro po' con quello che cucinava Mavi e ti avremmo fatto compagnia in ospedale», disse ridendo Claudio.

«Ma che esagerato che sei, per qualche volta che ho bruciato la roba, e poi io non ho mai cucinato quindi…».

«Qualche volta? Immancabilmente il mangiare o era bruciacchiato o era crudo, a colazione persino il latte riuscivi a bruciare!», rispose di rimando mio fratello.

«Poveri miei cuccioli, che sacrifici avete fatto, però Mavi ha ragione, lei non ha mai cucinato, ed io è troppo tempo che non vi delizio più con i miei manicaretti, ma prometto che rimedierò presto», rispose gioiosamente mia madre che continuò «sapete, in questi giorni che sono stata in ospedale ho avuto modo di riflettere; il dolore per la morte di Andrea è straziante e parte di me, non lo nego, è morta quel giorno con lui, però c'è un'altra parte ancora viva e quella siete voi, ed è solo dopo quel mio gesto estremo, e ringrazio la vostra tempestività nel cercarmi perché altrimenti non sarei qui a parlarne, che mi sono resa conto di non poter sotterrare la parte viva di me, perché ciò sarebbe come voler sotterrare anche gli altri due figli che mi sono rimasti e questo non lo sopporterei. Approfitto anche per chiedervi scusa per non aver capito il dolore che anche voi stavate e state passando per la perdita di Andrea. Come si è potuta oscurare la mente in modo tale da non pensare che per te, Massimiliano era tuo figlio e per voi vostro fratello? Come ho potuto», disse dispiaciuta.

«Basta adesso, smettila di incolparti, non ha nessun senso recriminarsi, ora bisogna andare avanti e restare uniti per trovare un po' di serenità», disse papà.

«Massimiliano ha ragione, ora Marta goditi il rientro, dopo casomai vai a riposarti un po'».

«A riposare? Non se ne parla nemmeno, ho tanti di quegli arretrati in casa che non so nemmeno da dove iniziare».

La risposta che mamma diede ci fece molto piacere, aveva aperto in noi uno spiraglio di ottimismo.

Tra una chiacchiera e un'altra ci alzammo da tavola abbastanza tardi, papà accompagnò nonna a casa prima di andare in farmacia mentre io e Claudio ce ne andammo in camera a studiare.

Ogni tanto sia io che mio fratello davamo una controllatina a mamma, senza che lei se ne accorgesse; il gesto che aveva compiuto ci metteva ancora un po' di timore e questo divenne più forte quando la vidi entrare in camera di Andrea: la mia angoscia aumentava sempre di più man mano che passavano i minuti e lei non usciva.

Mi avvicinai allora alla porta e guardai sperando non mi vedesse: stava spolverando la cameretta, poi dal comodino tirò fuori il pigiama che Andrea aveva indossato l'ultima volta, lo avvicinò al viso e poi lo mise sotto il cuscino, quando improvvisamente:

«Entra Mavi, lo so che mi stai guardando».

«No, non ti stavo guardando, è che…», non sapevo più cosa dire.

«Entra dai, che parliamo», disse dolcemente mamma «so che in questo periodo vi ho dato molte preoccupazioni, ed è naturale che abbiate paura di qualche mio nuovo colpo di testa ma vi assicuro che non accadrà più, si raschia il fondo una sola volta nella vita e quando riesci a riemergere, vedi la vita sotto un altro aspetto».

La guardai e l'abbracciai:

«Mamma, non puoi capire quanto mi allietano queste tue parole, noi abbiamo un estremo bisogno di te, non sentirti mai sola, nel bene e nel male, perché le tue sofferenze sono le nostre, non puoi immaginare quanto a me e a Claudio manchi Andrea, era il nostro fratellino da amare e coccolare, se qualche volta non ti abbiamo dato questa impressione sappi che mascheravamo il nostro dolore per attutire il tuo, mamma io ho bisogno di te».

Detto questo scoppiai a piangere, mamma allora mi strinse forte a sé; era da tanto che non succedeva.

«Ora asciugati le lacrime e fila a studiare», disse lei sorridendo.

Stavo per uscire dalla stanza quando mi chiamò:

«Mavi, i carabinieri vi hanno fatto sapere qualcosa riguardo l'orologio di Andrea?».

La richiesta di mamma mi fece ritornare alla mente una cosa importantissima che, con tutto quello che era accaduto, avevamo dimenticato:

«Non ci hanno fatto più sapere nulla, forse sarà il caso di andare a domandare, ma sono sicura che se lo avessero trovato ci avrebbero avvisati».

«Andrea ci teneva così tanto a quell'orologio, oltre a togliergli la vita gli hanno portato via anche l'orologio quei delinquenti; mi hanno reso impotente, non posso vendicare mio figlio, ma auguro loro una vita d'inferno», disse mia madre con profondo odio.

Detto ciò uscimmo insieme dalla stanza di Andrea, mamma se ne andò in salotto e io continuai a studiare.

Prima di cena venne Brigida a trovarci, a mamma fece molto piacere, parlarono tanto, io e Claudio stemmo un pochino con loro dopodiché pensammo che era meglio lasciarle da sole e così ritornammo ai nostri impegni.

~

I giorni passavano e mamma recuperava sempre di più, ci disse anche che avrebbe ricominciato ad andare nel suo ambulatorio, iniziava a sentire la mancanza dei suoi animali.

Questa notizia fece a noi tutti un immenso piacere.

Pensavo molto ad Alessandro che nel frattempo aveva fatto perdere nuovamente le sue tracce, provai anche varie volte a chiamarlo, ma niente, non rispondeva nessuno, questo mi demoralizzava, era segno evidente che di me non gli interessava nulla.

In casa facevo del tutto per non far trapelare il mio dispiacere, non volevo essere causa di nuove preoccupazioni e ci riuscii, ma non con Claudio che, essendo a conoscenza dei miei problemi, capì subito che in me c'era qualcosa che non andava e così un pomeriggio mi domandò se lo avessi più visto:

«No, è scomparso, si è volatilizzato», risposi con triste ironia.

«Eppure, non so perché, ma sono convinto che prima o poi si rifarà vivo, e se la cosa ti può consolare, anche in giro non si è più visto».

«Beato te che sei così ottimista, come fai, bah…», risposi sconsolata.

«Cara sorellina, a me non serve molto tempo per individuare chi ho di fronte, e in questo caso mi è bastato parlarci una sola volta per capire», rispose tronfio.

«Capire cosa?».

«Che a suo modo ti vuole bene».

«Davvero? E quando pensi che si farà vivo?», chiesi tutta infervorata.

«Mi hai per caso preso per un veggente? Non ho mica la sfera di cristallo!», rispose ridendo.

«Però caro il mio mago da strapazzo, sei riuscito a tirarmi su, ora vado a studiare con più allegria».

«È l'unica cosa giusta che puoi fare», disse ridendo.

«Ah, ah, ah», risposi anche io sorridendo.

Verso le diciassette mamma chiamò me e Claudio.

«Ragazzi venite qui, devo dirvi una cosa!».

Io e mio fratello scendemmo e trovammo mamma pronta per uscire:

«Dove vai?», chiese Claudio.

«Vado in negozio, credo di essere abbastanza pronta per ricominciare a lavorare, però fatemi un in bocca al lupo, serve sempre», disse sorridendo.

«Brava, bravissima, fai bene ad andare, vedrai come starai meglio, vuoi che ti accompagno?», chiese Claudio.

«No, vado da sola, è tanto che non prendo più la macchina, però se volete potete venire a trovarmi».

«Io tra un po' vado da Marina, però, se faccio in tempo, passo con lei», rispose Claudio.

«Mamma io sicuramente vengo, finisco di studiare e sono da te», dissi.

«Bene, sono contenta, a dopo», rispose mamma che ci baciò e se ne andò.

«Non sembra vero di vederla così, ci sta mettendo tanta buona volontà», disse Claudio.

«Sì, è vero, però anche noi ora le stiamo dando più attenzioni e più amore».

«Probabilmente hai ragione».

Dopo mezz'ora mio fratello uscì ed io ne approfittai per telefonare ad Alessandro, pochi squilli e risposero: era una donna, sentendola rimasi paralizzata; lei, dall'altra parte, continuava:

«Pronto, pronto, ma chi è?».

Nel mentre riconobbi la voce di Alessandro che domandava chi fosse.

Agganciai istantaneamente.

Quello schifoso bastardo aveva portato un'altra donna dentro casa e chissà quante altre volte l'aveva fatto, e io che avevo pensato di essere stata l'unica a vedere la sua casa, che povera illusa.

La gelosia mi stava consumando, avrei voluto averlo davanti agli occhi per dirgli tutto quello che pensavo e tirargli qualcosa addosso.

Ero imbestialita e lo ero talmente tanto che, senza pensarci un attimo, riprovai a chiamare, questa volta rispose lui e, al secondo suo "pronto", dissi:

«Sei solo un lurido porco», e attaccai.

Ecco, finalmente ero soddisfatta, mi ero sfogata e mi sentivo più leggera, così mi preparai per bene e uscii per andare da mia madre; fu molto contenta di vedermi e mi disse che, prima di andare in negozio, era passata a trovare Andrea:

«Ogni volta che vado da lui mi sembra di vivere un incubo, è impossibile che lui sia chiuso lì senza più la possibilità di vedere, giocare, correre e fare tutto quello che faceva prima; ho fatto bene a tornare a lavorare, avevate ragione voi, mi distrae; lo sai che Saetta quando mi ha visto impazziva dalla gioia? (Nei giorni che mia madre si trovava in ospedale, era stata sostituita da una collega)».

«E ora dov'è, vorrei vederlo».

«È di la, penso stia dormendo, andiamo a vedere».

In effetti Saetta dormiva paciosamente ma come lo chiamammo, subito aprì gli occhi e come mi vide mi saltò letteralmente addosso cominciando a darmi i "bacini":

«Mamma, ma perché non lo portiamo a casa?».

«Lo porterei volentieri ma Saetta ha bisogno di spazio, non che casa nostra sia piccola, ma per lui ci vorrebbe un bel giardino».

«Allora dai nonni in cascina?».

«Impossibile, già ne hanno quattro, Saetta non è un cucciolo, per lui sarebbe difficile integrarsi con gli altri cani».

«E allora dagli altri nonni, loro ce l'hanno il giardino».

«Mavi, i nonni anche se sono giovanili hanno pur sempre una buona età, e poi, con zia Sonia sono già molto occupati, però fammi una cortesia, se ti capita, anche a scuola, informati se c'è qualcuno che potrebbe prendersi cura di lui, ha bisogno di una famiglia povero cucciolone», disse mamma accarezzandolo.

«Mamma, che ne dici se facciamo una sorpresa a papà?».

«Sì, ottima idea, oggi è il mio primo giorno, posso anche chiudere prima».
Chiuso il negozio ce ne andammo in farmacia:

«E voi due che ci fate qui?», disse sorpreso papà.

«Io, a pochi metri da qui ho il negozio e lei è venuta a trovare la sua mamma al suo primo giorno di lavoro», disse ironicamente mamma.

«Ma brava, sei tornata a lavorare! Bravissima, perché non me l'hai detto?», disse papà abbracciandola.

«Perché l'ho deciso all'improvviso».

«Bene, mi fa piacere, e ora che fate?», domandò papà.

«Se vuoi ti aspettiamo e andiamo a casa insieme», rispose mamma.

«Mi farebbe piacere, ma purtroppo oggi pomeriggio è passato papà a trovarmi dicendomi che è preoccupato per Sonia, sono un po' di giorni che non parla, sta sempre chiusa in camera sua, non sanno cosa fare e mi ha chiesto se potevo parlarci un po'».

«Mi dispiace, se vuoi accompagniamo Mavi a casa e poi vengo con te».

«Perché io non posso venire? Non sono una bambina», dissi indignata.

«Non è per questo, è solo che vorrei evitarti altri momenti tristi», disse mamma.

Forse mamma aveva ragione, ce ne erano già troppe di tristezze nelle nostre vite così, senza più replicare, mi feci accompagnare a casa:

«Non so a che ora torneremo, vedo un po' come vanno le cose e vi faccio sapere, però se te o Claudio avete fame mangiate tranquillamente, la cena è pronta va solo riscaldata», disse mamma.

«Ok, fateci sapere e salutatemi i nonni e zia».

Quando arrivai a casa trovai Claudio, con lui c'erano anche Marina ed Emanuele che mi vennero incontro per salutarmi:

«Da quant'è che non ci vediamo, sei diventata una latitante, ma che fine hai fatto? Ho chiesto molte volte di te a Claudio, te l'ha detto?», domandò Emanuele.

«Sì, me l'ha detto (ma non era vero…) è solo che ho talmente tanto da studiare da non aver più un momento libero per le distrazioni».

«A proposito quand'è che vieni a fare un po' di lezioni da me?», mi chiese Marina.

«Vedi Emanuele, ecco la prova che non dico bugie, neanche da Marina sono più andata», e rivolgendomi a Marina continuai «in settimana però vengo da te e ripassiamo un po', promesso».

«Ti aspetto, vieni quando vuoi, mi fai un colpo di telefono e ci mettiamo d'accordo».

«Ma papà e mamma?», chiese Claudio.

«Sono andati dai nonni, zia Sonia in questi giorni non sta tanto bene», e gli spiegai.

Dopo poco telefonò mamma dicendoci di iniziare a cenare perché ne avrebbero avuto ancora per un po' e che ci avrebbe raccontato tutto al suo rientro.

«Volete mangiare con noi?», chiese Claudio a Marina ed Emanuele.

«Io non posso, papà stasera è di turno in ospedale e a mamma non ho detto nulla, quindi preferisco andare a casa, non voglio farla cenare da sola, sarà per un'altra volta», disse Marina.

A quel punto anche Emanuele preferì andarsene, prima però mi chiese se sarei andata con la loro comitiva sabato sera a mangiare la pizza:

«Ci penserò e ve lo farò sapere tramite Claudio».

Li salutammo e, una volta andati via, Claudio mi disse:

«Capisco che stai passando un momento antipatico, però distrarti ti farebbe bene, e poi conoscere ragazzi nuovi potrebbe servirti o a dimenticarlo o a confrontarlo».

«Hai ragione, però ho paura che non sarei una piacevole compagnia».

«Questo lascia che siano gli altri a dirlo, comunque ti consiglio di farci un pensierino».

«Ok, ora che ne dici se cominciamo a mangiare?».

«Sì, io apparecchio e tu riscaldi la cena».

Avevamo appena finito di cenare che arrivarono papà e mamma:

«Bravi, avete mangiato, avete fatto bene, noi abbiamo assaggiato qualcosa dai nonni», disse papà».

«Come sta zia Sonia? Mavi mi ha accennato qualcosa».

«Male, l'ho vista veramente male, non mangia, si chiude sempre in camera sua e non parla con nessuno, ho provato a parlarci ma l'unica cosa che ha detto è che il passato come il suo non si può cancellare», disse papà avvilito.

«Tutto qui, non ti ha detto nient'altro e i nonni cosa dicono?», chiesi.

«Sì, mi ha detto solo questo, i nonni poverini non sanno cosa fare, sono preoccupati anche del fatto che ogni tanto esce senza dire dove va, con chi va e se provano a chiederle qualcosa si innervosisce e si rivolta sgarbatamente».

«Più di tanto non possono fare, ha trentotto anni, non possono impedirle di uscire, è proprio un problema», disse mamma che continuò «ragazzi io me ne vado a letto, sono stanca, buonanotte a tutti».

Dopo averla salutata papà la chiamò di nuovo:

«Brava, sono fiero di come stai reagendo e questo mi rende felice».

Mamma ci guardò, ci fece un sorriso e se ne andò in camera.

~

Il mattino dopo, approfittando che non sarei dovuta andare a scuola, dopo aver aiutato mamma con le faccende domestiche, andai dai nonni paterni, era un periodo difficile per loro e bisognava stargli vicino.

Zia Sonia non era in casa però mi chiesero di aspettarla.

«Mi raccomando, quando la vedi, non farle capire che ti abbiamo detto qualcosa, anche ieri, con Massimiliano e Marta, le abbiamo fatto credere che erano venuti a trovarci per caso, senza un motivo, ultimamente è diventata molto suscettibile e per ogni cosa scatta come una molla, non so più cosa fare figlia mia», disse nonna.

«Vedrai nonna che tutto passerà, probabilmente è un periodo di depressione; ma la cura che le avevano prescritto in ospedale continua a seguirla?».

«Macché! Ha smesso di prendere tutto, dice che non sono i medicinali a farla stare bene».

«E nonno cosa dice? Come sta?».

«Nonno è più preoccupato di me ma non lo dà a vedere, si vede che è teso, meno male che ogni tanto va in farmacia da tuo padre, almeno lì si distrae un po'».

Nel mentre sentimmo aprire la porta, era zia Sonia, come mi vide accennò un saluto e se ne andò in camera sua.

«Sonia, vieni qui, Mavi è venuta a trovarci, stai un po' con noi», disse la nonna.

Lei tornò indietro e si mise seduta, mi fece una brutta impressione, era nuovamente dimagrita, gli occhi erano spenti; io le parlavo ma lei mi guardava senza ascoltarmi, la sua mente era altrove, nel vuoto.

«Sono stanca, vado un po' a riposare, ci vediamo Mavi e grazie di essere venuta».

Detto questo zia Sonia si alzò e se ne andò.

Nonna allora la chiamò di nuovo:

«Sonia ma non pranzi con noi, ho fatto la lasagna che ti piace tanto».

Lei, senza neanche rispondere, fece cenno con la mano che non avrebbe mangiato.

«Hai visto anche tu com'è ridotta, non ascolta nessuno, cosa devo fare? Ora che viene il nonno ci sarà l'ennesima discussione, non ce la facciamo più, siamo esasperati».

«Hai ragione nonna, non immaginavo fosse così cambiata, quando l'ho vista sono rimasta spiacevolmente colpita».

Nel frattempo arrivò il nonno:

«Oh Mavi, come sono contento di vederti, sei qui da molto?».

«Un pochino, però ora vado che è quasi ora di pranzo».

«Perché non pranzi con noi?», domandò nonno.

«Magari, dai Mavi, telefono io a tua mamma», disse anche nonna.

«Va bene, ho una fame…».

«A proposito, Sonia è in casa?».

«Sì», rispose tristemente nonna.

«Bene, allora vado a dirle che è ora di pranzare», disse severamente nonno.

«È meglio di no, già gliel'ho chiesto io e mi ha detto che non ha fame».

Nonno stava andando in camera dalla figlia quando lo fermai:

«Nonno resto a pranzo da voi solo se mi prometti che non ti alteri, tutte queste arrabbiature ti fanno male, non si può fare sempre questo, casomai provo a chiederglielo io, va bene?».

«Sì vai tu, ma tanto sarà un buco nell'acqua».

E aveva ragione, infatti, dopo aver bussato alla sua porta senza aver risposta, entrai e vidi che stava dormendo, stavo per andarmene quando involontariamente feci rumore con una sedia e lei si svegliò, senza neanche aprire gli occhi chiese chi era:

«Sono io zia, scusami se ti ho svegliato ero venuta a chiederti se volevi venire a pranzo, dato che rimango anche io ci avrei tenuto molto».

Zia si voltò verso di me e fissandomi disse:

«Non chiedetemi cose per me inutili, a me non serve più mangiare, però vieni dammi un bacio, voglio portarlo con me».

Andai da lei e le diedi un bacio, avrei voluto chiederle il significato di quelle parole ma evitai, così uscii dalla sua stanza e raggiunsi i nonni che avevano già apparecchiato la tavola.

Cercai di stemperare l'atmosfera tesa che c'era, raccontando loro di me, della scuola e di come mamma, piano piano, si stava riprendendo.

Nel tardo pomeriggio me ne andai, contenta di avergli fatto un po' di compagnia.

Prima di tornare a casa passai un attimo in merceria e uscendo mi trovai di fronte Alessandro che, senza salutarmi, disse:

«Prima di chiamarmi lurido porco sarebbe meglio che sentissi le motivazioni per cui non mi sono fatto più vedere».

Mentre lui parlava, io lo guardavo incantata, quegli occhi e quello sguardo mi rapivano, era un'emozione indescrivibile; potevo anche essere arrabbiata o delusa, ma ogni volta che lo vedevo il mio cuore scalpitava, e poi era maledettamente bello, anche quando, come in quel momento, era nervoso.

«Mi stai ascoltando o no? Non ho tempo da perdere, perciò se hai altro a cui pensare, per me il discorso può anche finire qui», disse acidamente.

«Guarda che ho sentito tutto, tuttavia non ho ancora ben chiari i motivi della tua irreperibilità», dissi con più acidità di lui.

«È morta mia madre», disse lapidario.

Nel sentire quella frase rabbrividii, tutta la mia rabbia scomparve, mi sentivo una stupida, d'istinto gli presi la mano e avvicinandomi gli chiesi quando era accaduto.

«Il giorno dopo che ci siamo visti, era malata già da un po' ma non me l'aspettavo, non mi ero abituato all'idea che prima o poi l'avrei persa».

«Non sai quanto mi dispiace, scusami se ho pensato male, però mettiti nei miei panni, non ti fai più né vedere e né sentire, poi provo a chiamarti e risponde una donna... quale reazione ti aspettavi? Io non ho dimenticato le parole che mi hai detto l'ultima volta».

Alla mia domanda non rispose, ma abbracciandomi disse:

«Ho bisogno di parlarti, dobbiamo chiarire molte cose».

«C'è ben poco da chiarire, l'ultima volta hai detto abbastanza», dissi con profonda mestizia.

Come era solito fare, anziché rispondermi, mi disse di vederci il lunedì pomeriggio al solito posto e, tenendomi la mano, aggiunse:

«Lunedì conoscerai anche la donna che ha risposto al telefono», detto questo mi diede un bacio sulla guancia e se ne andò.

Anche se ero sollevata dal fatto che la sua assenza fosse dovuta ad un evento serio (purtroppo per lui) e non ad altro, la gelosia era diventata ormai irrefrenabile, così lo rincorsi e gli dissi:

«Per tua mamma mi dispiace ma ti giudico sempre allo stesso modo (alzando sempre più la voce) come un lurido porco infame (Oddio non mi controllavo più)».

Di rimando lui tornò indietro mi guardò e mi mollò una sberla, stavo per ridargliene una anche io ma lui mi fermò:

«Smettila di fare la ragazzina viziata e capricciosa e prenditi le tue responsabilità, quello che è successo tra me e te lo abbiamo voluto entrambi, almeno questa volta posso dire di non aver rubato niente, ora basta ci vediamo lunedì se lo vorrai».

Detto questo se ne andò definitivamente ed io, senza né controbattere né voltarmi, me ne andai a casa.

Claudio come mi vide disse ironicamente:

«Sempre più felice eh?»

«Lasciamo stare non ho voglia di parlare, sono esausta».

«Scommettiamo che tutta questa allegria si chiama Alessandro?», continuò Claudio cercando di stuzzicarmi.

«Sì, è Alessandro, sei soddisfatto? Ora però smettila», risposi istericamente.

«Per me ti sei bevuta il cervello, comunque vorrei sapere se stasera vieni con noi a mangiare la pizza».

Già, la pizza, me ne ero completamente dimenticata…

«Allora? Vieni?», continuò.

«Non sono di buon umore, sarei solo un peso e io non voglio rovinarti la serata».

«A me non la rovini, non preoccuparti di questo, ti farebbe bene uscire un po', ti distrai e fai due chiacchiere, dai vieni, mi fa piacere!».

Se fosse stato per me sarei restata a casa a rimuginare, tuttavia mi dispiaceva dire di no a mio fratello, anche perché molto probabilmente aveva ragione, un po' di divago ci voleva e così accettai; andai in camera a prepararmi continuando a pensare all'insolenza di Alessandro, nemmeno una volta aveva provato a rassicurarmi anzi… Si poteva essere più sfacciati di così? No, di sicuro su quello eccelleva.

Mi dispiaceva solo per sua madre, non so quale rapporto avesse avuto con lei, anche se la prima volta che andai a casa sua quando vidi la foto di due donne in un porta ritratti, dopo avermi spiegato che erano la mamma e la sorella, me le descrisse con gli occhi pieni di gioia; quante cose ancora non sapevo, che rapporto avesse con i suoi, se aveva anche dei fratelli, un padre, nulla, non sapevo proprio nulla, come poteva esserci qualcosa di concreto tra noi se non sapevamo niente l'uno dell'altro? Alessandro era impenetrabile, ma forse era questo che voleva, lasciare un muro fra di noi; ma oramai era troppo importante per me e di sicuro quel muro lo avrei abbattuto (sperando sempre che non mi abbattesse prima lui, considerando lo schiaffo… Il solo pensarci mi imbestialiva).

«Mavi ma ti stai restaurando? Ci aspettano per cena, non per il digestivo!», disse mio fratello entrando in camera.

«Ho fatto, ho fatto, a volte mi domando come fa una ragazza come Marina a stare con un quadrupede come te», risposi ridendo.

«Ho parecchie doti nascoste, carina».

«Beh, ce le hai nascoste così bene che non le vede nessuno!».

Claudio allora, scherzando, mi prese per un orecchio e mi fece uscire dalla stanza:

«Vedi, se non uso le buone maniere non riuscirei mai a stanarti».

Noi uscivamo e papà e mamma rientravano:

«Vedo che Claudio è riuscito a convincerti, sono contento, mi fa piacere vedervi uscire assieme», disse papà.

«Mi raccomando però state attenti e tu Claudio non correre con la macchina, se tardate fate un colpo di telefono e se non ci trovate a casa è perché siamo dai nonni paterni», disse mamma.

Anche lei era felice nel vederci uscire ma aveva paura, paura che potesse succederci qualcosa e questo la faceva stare in ansia; io e Claudio allora la tranquillizzammo, rassicurandola che se avessimo tardato l'avremmo avvertita.

La serata passò allegramente, la comitiva era molto piacevole, Emanuele passò tutto il tempo accanto a me; in modo molto discreto mi faceva il filo.

Come siamo contorte a volte noi donne, se un ragazzo è con noi dolce, premuroso e trasparente, lo snobbiamo, se invece accade il contrario, cadiamo ai loro piedi diventando dei veri e propri zerbini. Io non ero ancora arrivata a questo, e penso che mai sarei scesa così in basso, si spera sempre di non commettere mai questi errori, ma se purtroppo accade è giusto ravvedersi in tempo.

Emanuele, nel corso della serata, mi aveva proposto se qualche volta potevamo uscire io e lui da soli, all'inizio cercavo di eclissare il discorso ma, all'ennesima richiesta, fui costretta ad essere diretta e a dirgli che per il momento non avevo intenzione di approfondire la sua conoscenza.

Ci rimase molto male e mi chiese se c'era qualcun altro. Io gli risposi che non c'era nessuno e lui di rimando:

«Dalle voci che girano non sembrerebbe».

«Quali voci?».

«Voci, voci di quartiere e sai, quando iniziano a girare...», disse con un sorriso sarcastico.

A quel punto, sentendolo così pungente, perché ferito nell'essere stato rifiutato, risposi:

«Beh, se hai sentito questo perché mi hai chiesto di uscire con te? Lo trovo inopportuno e sciocco».

Con queste parole Emanuele non replicò più, mi salutò e se ne andò via mettendo una scusa con gli altri.

Forse ero stata troppo dura con lui, ma ero stata indotta, di sicuro non ero pentita, anzi, ero compiaciuta di me stesa, così avrei dovuto comportarmi anche con Alessandro, e ultimamente infatti le cose non gliele mandavo a dire.

Dopo aver mangiato la pizza gli altri della comitiva decisero di andare al pub invece io, Claudio e Marina andammo via, non volevamo far stare in pensiero mamma e poi anche Marina non poteva far tardi.

Papà e mamma erano già rientrati e stavano parlottando in cucina, come ci sentirono arrivare ci vennero incontro domandandoci se eravamo stati bene e noi gli rispondemmo di sì.

Io gli chiesi di zia Sonia e papà fece una faccia preoccupata:

«Non sta bene e va sempre peggio, non so più cosa fare, proprio ora con mamma stavo dicendo che Sonia sembra un automa, ho persino pensato che sia tornata a drogarsi».

«Di nuovo?», domandai stupita.

«Gliel'ho anche detto ai miei, ma nonno dice che a casa non mancano i soldi, ha visto gli estratti conti e non ci sono così tanti prelievi, lui pensa che si imbottisca di psicofarmaci».

«E non glieli possono nascondere?», domandò Claudio.

«È una parola! Zia Sonia non è una ragazzina, anche se tutti noi da quando l'abbiamo ritrovata la coccoliamo e la proteggiamo come una bambina è pur sempre una donna adulta, per questo è quasi impossibile imporgli la nostra volontà», disse mamma che continuò «sarà meglio andare a dormire, a volte parlare non serve più quando ormai la nostra mente ha già deciso il nostro destino».

«Che vuoi dire?», chiese papà incuriosito dalle parole di mamma.

«Voglio dire che secondo me con Sonia potremmo parlare per ore o giorni, ma non concluderemmo nulla, lei sa già quello che vuole e lo sta cercando e nessuno di noi potrà mai farle cambiare idea».

«E tu hai capito cosa cerca?», chiese ancora papà.

«Penso di sì, ma non ho voglia di parlarne ora, potrei sbagliarmi e farvi agitare senza motivo, spero solo che si riprenda, che abbia la forza di reagire e dimenticare il passato che non le fa vivere il presente, ora però ragazzi vi do la buonanotte, a domani», ci baciò e se ne andò.

Dopodiché anche io, papà e Claudio andammo nelle nostre camere a dormire.

La domenica passò tranquillamente, vennero a trovarci mia cugina Elettra con il marito (non si erano più trasferiti e lei ne era molto felice) i quali ci invitarono per una cena a casa loro il sabato successivo.

~

La settimana iniziò con un gran batticuore, mi sarei dovuta vedere con Alessandro ed ero molto indecisa se andarci o meno: la parte sentimentale di me aveva una voglia immensa di vederlo mentre quella razionale e orgogliosa, no; volevo farmi desiderare, fargli capire con la mia assenza che i suoi comportamenti mi avevano ferito, ero combattuta, ma l'arrivo casuale di Marina mi tolse ogni dubbio; infatti, proprio da un discorso che lei mi fece, venni indirizzata sul da farsi; saranno state le sedici, da poco erano andati via papà e mamma per andare a lavoro, Claudio era ancora all'università quando arrivò inaspettatamente Marina, nel vederla rimasi sorpresa e le chiesi come mai:

«Oggi è un anno che io e Claudio stiamo insieme e ho pensato di venire qui per lasciargli un regalo, è una sorpresa, ma ti ho disturbato?».

«Ma no, figurati, mi fa piacere, dimmi un po', lui non si ricorda di questo giorno?».

«Macché! Claudio è negato, non si ricorda nessun tipo di ricorrenza, ma ormai sto imparando a conoscerlo e quindi non mi arrabbio, è così, non lo fa apposta e poi penso che se si ama veramente bisogna accettare pregi e difetti e su questi ultimi parlarne e discuterne per poter migliorare insieme».

«Condivido appieno e ti ringrazio molto».

«E di cosa devi ringraziarmi?», chiese sorpresa lei.

«Venendo qui e dicendo queste parole inconsapevolmente mi hai tolto un dubbio».

«Oh, meno male, è così brutto avere dubbi, specialmente in amore», disse Marina con ironia facendomi l'occhiolino, aveva capito che stavo riferendomi ad Alessandro (pochi giorni prima le avevo raccontato ogni cosa riguardo la mia storia d’amore con lui, finalmente senza nascondere più nulla) poi sorridendo continuò «o vuoi farmi credere che il tuo interesse ora è per un altro, ad esempio… Emanuele, tanto per fare un nome a caso? A parte gli scherzi, ma lo sai che è rimasto molto male per come lo hai trattato?».

«Mi dispiace ma non ho voluto illuderlo, non ho assolutamente la mente serena per poter approfondire l’amicizia con lui».

«Lo so e hai fatto bene anche perché Emanuele per te si è preso una bella cottarella, mentre tu sei persa per un altro».

«Mi lusinga che Emanuele abbia preso una sbandata per me, peccato però che piacciamo sempre alle persone che non ci interessano, viceversa quelle che ci attraggono non ci considerano proprio…».

«Questo è pessimismo puro, sarebbe come mettere in dubbio l’amore che c’è tra me e Claudio, tra tuo padre e tua madre e così via, ti voglio bene e mi dispiace che la pensi così perché questo ti porta solo tanta sofferenza, lo so che parli in questo modo perché sei arrabbiata, ma se pensi che ad Alessandro di te non gliene importi nulla perché non glielo dici? Dopodiché lo mandi a quel paese».

«È proprio quello che intendo fare oggi».
Le dissi questo e le raccontai dell’appuntamento che avevo e dei dubbi che lei era riuscita a togliermi.

«Sono contenta che ora hai le idee più chiare, solo così riuscirai ad affrontarlo; ma come fai ad incontrarlo? Ai tuoi cosa dici?».

«È vero, non ci avevo pensato, loro sanno che oggi io e te non ci saremmo viste, quindi non posso neanche utilizzare questa scusa. Se almeno avessi qualche amica… Il problema è che a scuola non c’è una ragazza con cui mi trovo bene, forse sarò strana io, però è così».

«Senti, facciamo così, ora usciamo insieme e se sarà necessario dirai che oggi, quando sono venuta qui, ti ho chiesto di accompagnarmi a fare un po’ di compere, va bene?».

«Marina sei grande, grazie, oggi sei stata la mia salvezza in tutti i sensi», le dissi abbracciandola.

Detto questo uscimmo e, dopo esserci allontanate da casa, ci dividemmo per rivederci più tardi.

Quando arrivai Alessandro era già lì, cosa insolita perché ero sempre io a dover aspettare.

Come mi vide, scese dalla moto:

«Ero certo che saresti venuta».

«Ti sbagli, fino all'ultimo sono stata indecisa», risposi un po' piccata.

Alessandro allora si fece una gran risata, mi tirò per un braccio e mi baciò.

Lì per lì cercai di allontanarmi ma era inutile e, come sotto l'effetto di un sonnifero, mi lasciai andare, non riuscivo a ribellarmi, ero nelle sue mani e amavo starci, d'incanto dimenticavo rabbia, paura, tutto.

«Come posso credere che oggi non saresti venuta da me; sono convinto che se solo te lo chiedessi, faresti qualsiasi cosa con me, anche qui, incurante che ci vedono», mi disse stringendomi.

«Ma come ti permetti di dire queste cose, per chi mi hai preso?», dissi facendo la finta offesa.

«Ti ho preso per una ragazza innamorata, tutto qui, mamma mia come sei permalosa, dai, ora andiamo che ti devo far conoscere una persona, non sei curiosa anche tu di sapere chi è la donna che ha risposto al telefono?», disse con una gran faccia da schiaffi.

«No, non me ne importa un bel niente», risposi mentendo spudoratamente.

Lui, senza neanche rispondere, mi invitò a salire sulla moto e partimmo.

Arrivati davanti ad un negozio di oggettistica del centro, ci fermammo e scendemmo.

«Ma dove mi hai portata?».

«Dai, entra», disse dolcemente.

«Silvia, ci sei?», domandò Alessandro.

Nel mentre, dal retro, sbucò una ragazza.

Era molto carina, capelli lunghi, neri, ondulati e occhi nerissimi, tipicamente mediterranea.

«Prima di fare le presentazioni devo farti un richiamo, non si lascia così incustodito il negozio, potrebbe entrare chiunque e tu cosa fai?».

«Hai ragione, non succederà più», disse la ragazza.

«Va bene, perdonata, e ora vi presento; Silvia lei è Mariaviola, per le persone care solo Mavi; e lei è Silvia, una delle donne più importanti della mia vita».
Nel sentire quelle ultime parole mi irrigidii, Alessandro se ne accorse, si avvicinò e sorridendo disse:

«Ma che sbadato, mi sono dimenticato un particolare, lei è mia sorella, ti sei ingelosita eh?».

«Ma sei proprio un cretino», dissi tirando un sospiro di sollievo e ricordandomi solo in quel momento che Silvia era la stessa ragazza della foto nel portaritratti che avevo visto in casa di Alessandro, ma accecata dalla gelosia non l'avevo riconosciuta.

«Non farci caso, Ale è dispettoso, gli piace giocare, comunque sono molto contenta di averti conosciuta», disse lei porgendomi la mano.

«Anche a me ha fatto molto piacere conoscerti».

«Silvia, dopo che nostra madre è morta, è venuta a vivere con me, ormai non c'è rimasto più nessuno e così, avendo notato che questo negozio era stato messo in vendita e sapendo quanto lei lo desiderasse, gliel'ho comperato», disse Alessandro.

«Hai fatto bene, ma tutte queste cose che ci sono in negozio le fai tu?», chiesi a Silvia.

«Sì, ma non sono sola, Ale mi dà una mano, anche lui ha una grande vena artistica, non gliel'hai mai detto?», chiese lei rivolta al fratello.
Ma prima che lui potesse rispondere dissi:

«No, non mi ha detto nulla, del resto sono molte le cose che non so di tuo fratello», risposi un po' scocciata.

«Ogni cosa a suo tempo e poi lo faccio per te, non vorrei sconvolgerti più di quanto non lo abbia già fatto», disse sfacciatamente Alessandro che continuò «beh, ora che vi siete conosciute sarà bene che riaccompagno Mavi a casa, non vorrei crearle altri problemi, con te Silvia ci vediamo più tardi».

Detto ciò salutai Silvia che mi diede un forte abbraccio.

Salimmo così sulla moto e Alessandro mi riaccompagnò dove ci eravamo incontrati:

«So che sei arrabbiata con me dall'ultima volta che siamo stati insieme, per quello che ho detto e non detto, ma i gesti, il fatto di volerti vedere, di averti fatto conoscere mia sorella a me tanto cara, dovrebbe farti capire qualcosa».

«Io non voglio solo capire, ma anche sentire determinate parole che fanno piacere, sebbene la volta scorsa mi hai detto chiaramente che non provi nulla per me».

«Smettila! Non hai capito proprio niente, devi imparare a conoscermi», disse lui lievemente alterato.

Ma io, per niente intimorita, replicai:

«Perché, stai facendo qualcosa per farti conoscere? Di te non so nulla, se non dalle voci della gente che tu per giunta non hai mai smentito; quindi mi spieghi come faccio a capirti?».

«Vivendomi, solo così capirai chi sono e mi aiuterai ad esternare tutto ciò che ho dentro, piano piano poi ti parlerò di me», rispose lui prendendomi per mano.

Stemmo per un po' a guardarci, senza dire una parola, poi disse:

«Non hai idea di quanto sto soffrendo per la morte di mia madre, era tutto per me, ha sacrificato la sua vita per me e mia sorella, avrei voluto fartela conoscere, di sicuro le saresti piaciuta, vedi, anche di fronte a questo dolore immenso, non riesco ad esternare ciò che vorrei».

«Cosa vorresti esternare? Provaci».

«Vorrei urlare, sfogare tutta la mia rabbia, dire ciò che veramente sono, che ho fatto e che cosa ho avuto dalla vita, ma non c'è tempo, dobbiamo andare, devi andare, per questo prima ti ho detto che devi vivermi se vuoi conoscere di me qualcosa».

«Mamma mia com'è tardi!», dissi improvvisamente dopo aver guardato l'orologio.

«Vai, corri, altrimenti ti segregano in casa», disse lui.

«Non andiamocene via sempre nervosi, io ne risento, tu sicuramente no, è ovvio, quindi basta, salutiamoci serenamente», risposi dolcemente, evitando di cadere nella polemica.

«D'accordo, però voglio vederti domani, sempre se puoi».

«Va bene tesoro, farò del tutto per venire».

Detto questo mi baciò e se ne andò.

Di corsa arrivai dove Marina mi stava aspettando e come mi vide mi rimproverò:

«Mavi, è più di mezz'ora che ti aspetto, così corriamo dei rischi».

«Lo so, hai ragione, ma quando sto con lui il tempo passa in un baleno».

«Io questo lo capisco, figurati, però se vogliamo che nessuno ci scopra dobbiamo essere prudenti».

«D'ora in poi sarò puntuale, ti do la mia parola, però dovrei chiederti un altro favore per domani…».

«Sì, ho già capito; io domani alle diciotto ho un appuntamento con Claudio, quindi ti prego di essere puntuale».

«Stai tranquilla».

La salutai e me ne andai.

~

Il giorno dopo io e Alessandro stemmo insieme, e approfittai della situazione per chiedergli cosa realmente provasse per me:

«Dovresti capirlo in questi momenti cosa provo per te».

«Non è vero, perché questo potrebbe essere tutto e niente».

«Se avessi bisogno di una donna per quello che pensi tu non hai idea di quante potrei averne, persino alcune tue compagne di classe».

«Quindi ci hai provato anche con loro? Se fosse sei proprio un verme», risposi con rabbia.

«Gelosa vero? Non hai idea di come questo mi faccia piacere, comunque non ho dato interesse a nessuno, anzi le ignoro, sono loro che continuano a fare le cretine, mi credi?».

«Mah, ci proverò (non gli dissi che sapevo di Virginia, non mi sembrava il caso) ora però torniamo al discorso di prima, quindi dovrei capire che se stai con me non è solo per l'intimità che viviamo, allora?».

«Allora cosa?», chiese sorridendo.

«Voglio sentirti dire cosa provi per me, le mie orecchie lo pretendono, altrimenti mi alzo e me ne vado», e mentre lo dicevo cominciavo a prendere la mia roba.

«Fermati, ma dove vai? Io ti amo», disse a bassa voce.

«Cosa hai detto? Non ho capito?».

«Che ti amo», con un tono di voce leggermente più alto.

«Sono un po' sorda, devi alzare la voce», dissi fiera di quello che avevo appena sentito.

«Ho detto che ti amooooooo!!!!!», disse urlando da rompermi i timpani.

«Ora si che va bene», dissi mentre lo baciavo «sono contenta, posso farti un'altra domanda?».

«Ora stai esagerando, però dai, fai questa domanda».

«Non hai mai parlato di tuo padre, perché?».

«Perché non esiste e per quel po' che c'è stato ha solo causato enormi danni a me e alla mia famiglia», disse incupendosi.

«Di che genere?».

«Menando mia madre e terrorizzando me e mia sorella, con minacce e botte da orbi, abbiamo trovato pace solo quando è morto, ti basta?».

«Sì e mi dispiace molto, ora comincio a capire il perché dei tuoi comportamenti», dissi accoccolandomi a lui.

Avrei voluto sapere di più, ma evitai.

Stemmo qualche minuto in silenzio poi, pensando che era bene battere il ferro finché era ancora caldo, seguitai:

«È tutto vero quello che si mormora sul tuo conto? Tu eri lì quella volta in cui c'è stata la rapina nel supermercato dov'è morta una donna, dimmi la verità, io ti ho riconosciuto».

«Lo sapevo, ma saprai anche che non sono stato io a sparare».

«Questo non ti fa meno delinquente, anche alla rapina alla tabaccheria c'eri tu e lì ti sei anche ferito vero? Ma perché Alessandro, perché? E chissà quante altre cose hai fatto», dissi con tanta tristezza.

«Ma ora ho smesso, non frequento più quelle persone».

«Ah sì? E come faccio a crederti? Quale sarebbe il motivo di questa tua redenzione?», chiesi con sarcasmo.

Alla mia domanda si rattristò, gli occhi gli brillavano ma non di gioia.

Allora, in maniera più dolce, glielo richiesi e lui rispose:

«È successa una cosa terribile di cui non voglio parlare e da allora ho chiuso definitivamente con quel mondo marcio, devi credermi».

Non insistetti per sapere qual era stato il motivo, avevo capito che doveva essere qualcosa di molto doloroso, tuttavia gli chiesi come riusciva a mantenere la casa, la macchina, la moto e tutto il resto:

«Ho messo su una piccola azienda edilizia e sembra stia andando molto bene, mamma prima di morire aveva venduto alcuni terreni che possedeva e il ricavato lo ha dato a me e mia sorella, ora è rimasta solo la casa di famiglia però né io né Silvia abbiamo intenzione di venderla, adesso sai tutto o quasi, ti basta?».

«Sì e no, è quel quasi che non mi piace».

«Non ti ho ancora detto che ho ripreso a studiare, mi mancano quattro esami per laurearmi e ora ci sto provando».

«Ma è bellissimo, sono contenta! E in cosa ti devi laureare?», chiesi piena di gioia.

«In architettura, però ora basta domande, voglio chiedere io qualcosa a te».

«Sentiamo, sono tutta orecchie».

«Io ho accontentato te e pertanto tu devi accontentare me».

«Se posso, volentieri».

«No, devi», disse deciso Alessandro che continuò «adesso io ti considero parte di me e sono geloso di tutte le mie cose, quindi se vuoi stare con me devi accettare alcune regole».

«E quali sarebbero?»

«Quando non sei con me non voglio che esci con nessuno», mi disse in maniera categorica.

«Hai parlato di regole, le altre quali sono?».

«Ce ne è un'altra, ma riguarda la scuola quando l'avrai finita perciò è prematuro parlarne, allora, sei d'accordo?».

«Va bene, ora però devo andare», gli dissi, avendo promesso a Marina che sarei stata puntuale.

«Presto arriverà il giorno che questi distacchi non ci saranno più», e mi diede un bacio.

Ci lasciammo dandoci appuntamento per il giorno successivo.

Acconsentii scioccamente a tutte le sue richieste, lo amavo troppo ed ero totalmente incapace di contraddirlo; anziché arrabbiarmi, sia perché mi aveva paragonato ad una cosa e sia per quel suo parlare così dittatoriale, ne fui lusingata, vidi quel suo atteggiamento come una forma di grande amore. Solo con il tempo capii che avrei dovuto lottare parecchio per riottenere la mia libertà.

Arrivai da Marina in perfetto orario e dopo poco arrivò anche Claudio:

«Dove siete andate a far danni», disse lui scherzosamente.

«Siamo andate in centro e ci siamo prese un aperitivo», rispose Marina.

«Avete fatto bene, mi fa piacere; Mavi, vuoi che ti accompagniamo a casa?», mi chiese mio fratello.

«No, faccio due passi, grazie, ci vediamo dopo».

Li salutai e me ne andai.

Passata l'euforia del momento cominciai a pensare razionalmente a tutto quello che mi aveva detto Alessandro.

Di cose belle ne aveva dette molte, il suo amore per me, che stava proseguendo gli studi, il cambiamento di vita che aveva avuto, tutto molto piacevole, però mi aveva anche confermato il suo passato da delinquente, che c'era lui alla rapina dal tabaccaio e che sempre lui era presente anche a quella nel supermercato che costò la vita alla povera signora Erminia.

Tutto questo era terribile, avrei dovuto mantenere questo segreto per tutta la vita e già cominciava a pesarmi terribilmente. Ero diventata complice di molti misfatti.

Cosa non stavo facendo per amore. Troppo.

~

Il giorno dopo avevamo appena finito di pranzare che squillò il telefono, andai a rispondere ed era nonno Biagio, era molto agitato, gli chiesi così di calmarsi perché non capivo cosa stesse dicendo:

«Di' a tuo padre di venire immediatamente qui, riguarda zia Sonia».

«Va bene nonno, ma cos'è accaduto?»

«Ora non posso parlare, tu digli solo di venire qui», e riattaccò.

Andai da papà a riferire ogni cosa:

«Addirittura! E cosa sarà successo? Non ti ha detto nient'altro?».

«No papà, era molto nervoso».

«Massimiliano vuoi che veniamo anche noi?», chiese mamma.

«No, ora vado io e se sarà il caso vi chiamo, intanto telefono al mio collega, sarà meglio che vada lui ad aprire la farmacia».

Una volta rimasta sola con mamma le chiesi cosa avesse, avendola vista un po' strana:

«Non preoccuparti non ho nulla, sono solo un po' stanca».

«Io sono convinta che non vuoi parlare e forse non vuoi farlo con me».

«Ma no tesoro, che dici, è solo che non voglio angosciarti».

«Ma mamma a me fa piacere poterti aiutare e sentire i tuoi problemi, dai parliamone».

«Questa mattina è venuta in negozio la mamma di Daniele, un compagno di classe di Andrea, voleva vedere un cagnolino da regalare al figlio, da lì abbiamo iniziato a parlare di Andrea, di com'era, di come è morto, di quanto manchi ai suoi compagni di classe e specialmente a suo figlio, poi mi ha chiesto se i carabinieri erano andati avanti con le indagini. Ecco, in quel momento mi sono sentita morire, io sto piangendo la perdita di mio figlio e non vivo più, mentre chi l'ha ucciso è libero ancora di fare del male; quel farabutto ha ancora la possibilità di vedere, parlare, ridere e gioire, ed è un assassino, mentre mio figlio, che era un angelo, no, è chiuso in una bara a soli dodici anni».

Detto questo scoppiò a piangere, io mi avvicinai e l'abbracciai senza dire nulla, aveva ragione e parlare sarebbe stato inopportuno.

Una volta calmatasi, mi chiese se nel pomeriggio avevo impegni:

«Devo studiare, perché mamma? Hai bisogno di me?».

«No, nulla, devi studiare e non voglio distrarti».

Avevo capito che voleva chiedermi qualcosa, ma evitai di insistere perché oltre all'impegno dello studio, mi sarei dovuta incontrare con Alessandro.

Mamma tornò a sistemare la cucina mentre io me ne andai in camera a studiare.

Non ero apposto con la coscienza, l'aver fatto finta di non capire che mamma aveva bisogno di me mi faceva sentire in colpa, era mia mamma, fino a poco prima aveva pianto con me e io non potevo farle questo, anche se con dispiacere, l'appuntamento con Alessandro poteva aspettare.

Così, poco prima che uscisse per andare al lavoro, glielo dissi:

«Mamma, dato che non ne ho ancora per molto, realmente non hai bisogno di nulla? Dimmi la verità».

«E va bene sarò sincera, questa mattina la mamma di Daniele mi ha detto che sarebbe passata nel pomeriggio con lui, e io non me la sento di stare da sola, così sarei contenta se ci fossi anche tu, ti va?».

«Ma certo, vuoi che vengo adesso con te?».

«No, fai con comodo, ha detto che sarebbe passata intorno alle diciassette e trenta».

«Ok, allora ti raggiungo tra poco».

Come mamma uscì telefonai ad Alessandro; rispose lui:

«Come mai questa telefonata, non dobbiamo vederci?».

«Ti ho chiamato proprio per questo, oggi non posso venire», e gli raccontai il perché, rassicurandolo però che il giorno dopo ci saremmo visti.

«È una scusante per uscire con qualcun'altro?», disse.

«Ma no! Cosa dici? È la verità, credimi».

«Fai quello che vuoi, se preferisci stare con tua madre fai pure, non so se domani sarò libero per vederci, ci sentiamo, ciao».

Detto questo chiuse la comunicazione.

No, questo era troppo, gli dico che voglio stare vicino a mia madre spiegandogli anche il perché e lui cosa fa? Mette in dubbio le mie parole chiudendo la telefonata.

Così, senza pensarci un attimo, telefonai nuovamente, ma rispose la sorella:

«Alessandro è appena uscito, era molto nervoso, senza volerlo ho sentito la vostra telefonata e penso si sia ingelosito, lui è fatto così, è buono e caro ma se lo contraddici sono problemi e questo non è giusto».

Le raccontai allora quello che era successo:

«Hai preso la decisione migliore, non si può abbandonare la propria madre per un diversivo e te lo dice una che la mamma l'ha persa da poco e non sai cosa farei per riaverla, per quel po' che ti ho conosciuto ho capito che sei una brava ragazza, non farti condizionare dalle idee di mio fratello, è molto possessivo con le persone che ama e ha un carattere molto forte, se sei debole tende a sovrastarti, fai sì che ciò non accada, anche perché, per quanto amore possa esserci, con il tempo ogni relazione si sgretola».

«Grazie Silvia, ho apprezzato molto le tue parole».

«Ma figurati, non devi ringraziarmi, quando vuoi vieni a trovarmi in negozio».

«Certo, quanto prima ti verrò a trovare», la salutai e attaccai.

Dopodiché chiamai subito Marina per informarla che era tutto rimandato al giorno seguente.

Mentre stavo andando da mia madre ripensavo alla telefonata intercorsa con Alessandro e a quello che mi aveva detto la sorella.

Aveva ragione, Alessandro voleva dominarmi e purtroppo ci stava riuscendo, a conferma di ciò erano le mille paure che iniziavano a vagare nella mia mente, avevo il timore che non volesse più vedermi o, perfino, che mi avrebbe tradita dopo quella discussione. Ero entrata nel panico, ma allo stesso tempo mi vergognavo di me stessa e della mia stupida fragilità.

Arrivai da mia madre e dopo poco arrivarono anche Daniele con la mamma, avevo fatto bene ad andare, effettivamente vederlo fu emozionante, era come rivedere il mio fratellino. La mamma di Daniele come promesso gli regalò un bel cagnolino, lui era felicissimo.

Prima di andarsene gli diedi un bel bacio, e lui mi disse:

«Sai che Andrea era il mio migliore amico? Gli volevo tanto bene e ora mi manca».

A me e la mamma ci si strinse il cuore, mia madre lo abbracciò trattenendo le lacrime, dopodiché se ne andarono.

«Grazie per essere venuta, mi sono sentita meno sola, a proposito ha telefonato papà per caso?», chiese mamma.

«No».

«Ora telefono ai nonni».

Al telefono rispose nonna e le disse che papà era uscito da poco per andare in farmacia, mamma allora le chiese cos'era successo:

«Ci sono stati dei problemi con Sonia, ti racconterà tutto Massimiliano, non ho voglia di parlarne, scusami ma sono stanca, non ce la faccio più».

«Va bene, la capisco, non si preoccupi», la salutò e attaccò.

«Chissà cos'è successo Mavi, nonna era molto avvilita».

«Speriamo nulla di grave mamma».

«Sì, speriamo tesoro».

Aspettai con mamma l'ora di chiusura del negozio e prima di andare a casa decidemmo di passare in farmacia, ma papà non c'era; Mirko, il suo collega, ci disse che non era venuto.

Arrivammo a casa e papà non era ancora rientrato, trovammo Claudio che era tornato da poco dall'università; mamma gli raccontò della telefonata fatta alla nonna e poi si mise a preparare la cena.

Papà arrivò dopo le ventuno, era esausto; una volta seduti a tavola, mamma gli domandò cosa fosse accaduto:

«Oggi papà e mamma sono andati a prendere Sonia alla caserma dei carabinieri».

«E perché?», chiesi.

«Perché l'hanno trovata seduta davanti a una chiesa ubriaca fradicia, era fuori di sé, urlava e diceva parolacce; una pattuglia che passava di lì l'ha presa e portata in caserma, hanno poi telefonato ai miei, che sono andati a prenderla».

«Ma tu l'hai vista Sonia, cosa ti ha detto, perché ha fatto questo?», chiese mia madre.

«Sì l'ho vista, ho provato a parlarci, ma è stato inutile, ha detto solo che prima o poi tutto questo sarebbe finito; poi se n'è andata a dormire».

«Certo che quelle parole sono un po' ambigue», disse Claudio.

«Hai ragione, considerando anche che sono parole dette da una donna che non ha più voglia di vivere, perché è questo che trapela dal suo comportamento; sarà meglio tenerla d'occhio il più possibile», disse mia madre.

Nessuno la contraddì, lei più di ogni altro poteva capire lo stato in cui si trovava zia Sonia, visto che aveva provato in prima persona la voglia di non vivere.

«Hai ragione, ma non è semplice, dovrebbero solo legarla per non farla uscire. Bisognerebbe seguirla, ma i miei non sono nelle condizioni di farlo. Anche io e mia sorella non potremmo riuscirci, il tempo che papà e mamma ci avvisano e lei è già riuscita a far perdere le tracce, quindi…».

«Domani prima di andare in negozio la vado a trovare», disse mamma.

«Ti dispiace se vengo con te?», chiesi.

«No anzi, mi fa piacere».

«Ah, dimenticavo di dirvi che quando sono andato via da casa dei miei, sono passato dai carabinieri e ho lasciato detto di telefonare a me per qualsiasi comunicazione, ho dato il numero di telefono di casa e della farmacia, qualsiasi notizia preferirei comunicarla io ai miei genitori», disse papà che continuò «e voi ragazzi come va?».

«Si studia papà, studio molto e divertimento poco», rispose ridendo Claudio.

«Poi io ho un ansia. Questi esami si avvicinano sempre di più…».

«Per i divertimenti c'è tempo, capisco che ci vogliono anche quelli, però lo studio è basilare, immagino la tua ansia, pensa che io già due mesi prima avevo gli incubi, mi sognavo spesso di essere bocciato, ma stai tranquilla andrà tutto bene», disse papà.

Poi chiese a mamma come stava e cos'aveva fatto e lei le raccontò del pomeriggio passato assieme:

«Sono stata molto contenta di aver avuto Mavi con me, mi ha aiutata molto».

«La famiglia è questo, esserci nel momento del bisogno, ora però ragazzi vado a dormire, a domani».

Salutammo papà, io gli diedi il bacio della buonanotte, finii di aiutare mamma a riordinare la cucina dopodiché ce ne andammo tutti a dormire.

Prima di addormentarmi continuavo a riflettere sul comportamento di Alessandro, ero convinta che me l'avrebbe fatta pagare e ciò mi incuteva agitazione, la paura di perderlo era grande, però il vedere mamma così contenta per esserle stata accanto alleviava le mie angosce.

~

La mattina dopo a scuola fui interrogata in due materie, e andai molto bene, tanto che la professoressa fu molto soddisfatta:

«Brava Mariaviola, vedo che ti sei rimessa in carreggiata, continua così».

«Grazie professoressa, sono contenta di essermi ripresa perlomeno nello studio».

Mi diede una pacca sulla spalla e se ne andò.

Suonò la campanella e, mentre stavo andando a fare ricreazione con alcune compagne, la perfida Virginia mi venne vicino:

«Lo sai che l'ex dipendente di tuo nonno sembra aver messo la testa a posto? Alcuni miei amici lo hanno persino visto all'università ad una lezione di architettura, certo non gli manca proprio nulla, bello, intelligente e anche abbastanza ricco, quasi quasi ci faccio un pensierino, a te non dispiace vero?».

Non le risposi, volevo evitare di cadere nelle sue istigazioni ma lei, non contenta, continuò:

«Cos'è non rispondi? Sei gelosa per caso? Ti capisco, con la libertà che ti danno i tuoi, anche volendo non avresti il tempo per frequentarlo».

«Innanzitutto i miei genitori mi danno la giusta libertà e poi come potrei essere gelosa di te? Ti ha già scaricato una volta non pensi che basta?».

Lei, sentendo quelle parole, diventò tutta rossa:

«Non so chi ti abbia detto questa cattiveria, ma sappi che neanche tu sei il suo tipo, ci sono tante ragazze belle e disponibili che gli ronzano attorno».

Non le risposi, le avrei dato troppa soddisfazione e la cosa finì li.

Forse avevo esagerato, le avevo fatto fare una brutta figura davanti a tutti, ma se l'era cercata.

La gelosia cresceva sempre di più, continuavano a frullarmi per la testa le parole che Virginia mi aveva detto riguardo le ragazze che gli giravano attorno; adesso poi avrebbero avuto maggior campo libero, specie dopo la discussione telefonica che c'era stata, di sicuro un modo per vendicarsi sarebbe stato proprio quello di buttarsi tra le braccia di una di loro.

Nel primo pomeriggio come d'accordo, io e mamma andammo a trovare zia Sonia.

I nonni quando ci videro furono molto contenti.

«Dov'è Sonia?», chiese mamma.

«È in camera sua, quando non esce se ne sta ore e ore chiusa lì dentro, e dire che sembrava essersi ripresa così bene, ora invece è tornata nella sua abulia, la cosa ancora più triste è che non vuole farsi aiutare da nessuno, non sai quante volte io e Biagio proviamo a parlarle, ma lei mette un muro, siamo disperati, ora ha iniziato anche a bere, ma ti rendi conto?», disse esasperata mia nonna.

«Lo so, è terribile vedere un figlio che si lascia andare e non poter far nulla», disse mia madre.

«Scusami se mi sono sfogata, tu hai già il tuo dolore, perdonami».

«Ma si figuri, capisco ancora di più quello che state passando».

«Ora vado da lei e le dico che siete qui, vediamo se viene».

Andò da zia Sonia ma lei, alzando la voce, disse:

«Non voglio più vedere nessuno, basta commiserazione, sto bene, voglio io tutto questo, lasciatemi in pace una buona volta!».

Nonna a testa china tornò da noi:

«Avete sentito anche voi, non vuole nessuno».

Nonna allora ci invitò a bere una tazza di tè e proprio in quel momento zia Sonia uscì dalla sua stanza, si mise una giacca e, senza salutarci, aprì il portoncino di casa e se ne andò.

«Chissà ora dove andrà e a che ora tornerà», disse nonna.

«Ma nonno dov'è?», chiesi.

«È venuto a trovarlo un suo vecchio amico e sono andati a fare una passeggiata, all'inizio non voleva andarci, ma l'ho convinto, qualche distrazione ci vuole, ultimamente ha continui sbalzi di pressione, troppi dispiaceri uno dietro l'altro».

«Hai fatto bene nonna, ci manca solo che si ammala nuovamente».

«Adesso dobbiamo essere tutti coesi, solo così possiamo affrontare queste situazioni», disse mia madre.

Mia nonna fece un cenno di sorriso, stemmo un altro pochino, poi andammo via perché mamma sarebbe dovuta andare a lavoro.

Mi accompagnò sotto casa e mi chiese cos'avrei fatto:

«Ora studio e probabilmente dopo mi vedrò con Marina».

«Brava tesoro, a più tardi», mi diede un bacio e se ne andò.

Salii su casa e mi misi subito a studiare, avrei voluto telefonare ad Alessandro ma evitai, non tanto per orgoglio, quanto per il timore di ricevere brutte risposte.

La cosa andò avanti così per più di una settimana, non si era fatto né più vedere né sentire.

Stavo veramente male.

~

Una sera, tornando da casa di Marina, lo vidi in macchina in compagnia di una ragazza.

Come mi vide si avvicinò e abbassò il finestrino:

«Ciao, come stai?».

Io non gli risposi e continuai a camminare.

Lui allora si fermò, scese dalla macchina e stringendomi il braccio disse:

«Ho detto ciao come stai, perché non rispondi?».

«Di come sto non deve interessarti e ora per cortesia lasciami che ho da fare».

«Prego, vai, come vedi anch'io ho molto da fare, addio cara».

Stava per risalire in macchina quando, colta da una rabbia accecante, esplosi:

«Sei un bastardo, non farti più vedere!».

Lui tornò indietro e mi mollò una sberla (un'altra, troppo) poi, con una calma che celava una forte rabbia, disse:

«Non provare mai più a dire quella parola, non permetterti mai più di offendere la dignità di mia madre, sei solo una stupida ragazzina che non ha capito niente, ho sbagliato io ad innamorarmi di una come te».

Non mi diede neanche il tempo di parlare che salì in macchina e se ne andò.

Ritornai a casa, andai in camera mia e mi buttai sul letto a piangere.

Avevo rovinato tutto, l'avevo perduto per sempre.

«Mavi, ma cos'è successo, cosa hai fatto?».

Era mio fratello che, sentendomi piangere, entrò in camera.

Singhiozzavo, non riuscivo a parlare, allora Claudio si sedette sul letto e mi accarezzò i capelli:

«Ora calmati dai, tra un po' arrivano papà e mamma, non vorrai mica farti vedere in questo stato? Ti va se ne parliamo? Vedrai che poi starai meglio».

«Ho incontrato Alessandro, tra noi è finita», risposi laconicamente asciugandomi le lacrime.

«Ti ha lasciato lui?».

«Non me lo ha detto esplicitamente, ma da come si è comportato penso proprio di sì».

E gli raccontai ogni cosa.

«Avete sbagliato tutti e due, lui, perché sbaglia nell'importi le cose e poi per lo schiaffo che ti ha dato, e tu per aver detto quella parola».

«Ma io quando l'ho visto in macchina con una donna non ci ho visto più e non appena mi ha istigato, sono scoppiata!».

«Secondo me era proprio questo il suo scopo, farti ingelosire e tu ci sei cascata».

«Sono una stupida, ecco cosa sono, ha ragione lui e ora è tutto finito per colpa mia», dissi ricominciando a piangere.

«Tu non sei solo stupida ma sei anche immatura, perché non pensi a quanto lui sia tirannico nei tuoi confronti? Se non fai come dice lui sono guai; per non parlare poi della sberla che ti ha mollato, non mi sembra sia la prima volta o sbaglio? Può succedere e non è scusabile che ci sia una sberla in un momento di rabbia, però se sommi questa al fatto che ti proibisce di uscire se non solamente con lui, allora posso anche pensare che se tu non rispetti i suoi comandi, le mani potrebbe alzartele più volte, e perciò aggiungo che oltre ad essere stupida e immatura sei pure cieca, ma non vedi che sei così giovane e con lui avresti una vita da reclusa?», disse Claudio visibilmente irritato.

Come dargli torto, ma il mio amore superava ogni ragione.

L'arrivo di papà e mamma mise fine al nostro discorso.

«Ora sciacquati bene il viso, sembri un ranocchio e poi qualche volta pensa positivo, non tutto è perduto e se alle volte lo è, può anche essere un bene».

Detto questo mio fratello uscì.

Nei giorni successivi tentai di non pensarlo, ma era difficile, a scuola inoltre facevo uno sforzo enorme per essere attenta alle lezioni, gli esami erano vicini e non potevo permettermi il lusso di distrarmi.

~

Una domenica pomeriggio, mentre papà e Claudio stavano sentendo le partite alla radio e io e mamma stavamo vedendo un programma in tv, squillò il telefono:

«Vado io, aspetto una telefonata da Marina, sicuramente sarà lei», disse Claudio che andò a rispondere.

Tornò dopo un po' con una faccia da cadavere, infatti scherzando gli dissi:

«Marina deve averti fatto una proposta di matrimonio per ridurti in questo stato!».

Senza neanche guardarmi andò dritto da papà:

«Claudio che c'è, sei stravolto, ma era Marina?».

Mio fratello con la voce tremolante disse:

«Papà non era Marina, erano i carabinieri, hanno trovato zia Sonia nel parco, hanno detto di andare subito lì».

Papà si alzò dalla poltrona e andò immediatamente a vestirsi, noi facemmo altrettanto e dopo poco uscimmo tutti.

Arrivati al parco vedemmo i carabinieri e l'autoambulanza, scendemmo dalla macchina e ci avvicinammo, zia Sonia era riversa a terra, un'immagine straziante, e lo fu ancora di più quando ci accorgemmo che aveva il laccio emostatico ancora stretto al braccio e la siringa accanto.

Era morta.

Mamma nel vedere tutto questo scappò via, io la raggiunsi, ero sconvolta, papà e

Claudio andarono vicino al corpo di zia, papà cominciò ad accarezzarle il viso, poi, con gesto di rabbia, le tolse il laccio e allontanò quella schifosa siringa. Non avrebbe potuto farlo, ma in quel momento non ci pensò, le diede un bacio sulla fronte e lasciò che i barellieri prendessero il suo povero corpo per portarlo in ospedale.

Nel frattempo io e mamma eravamo entrate in auto aspettando che papà e Claudio ritornassero:

«È brutto doverlo dire ma me l'aspettavo, il suo unico desiderio era quello di morire, solo ora è felice, ha trovato la pace; so già cosa pensi, che anch'io vorrei morire per stare in pace, è vero, l'ho pensato e anche provato a farlo, ma voi tre siete stati la mia ancora di salvezza, solo avendo questi amori puoi avere la forza di tornare a vivere, zia Sonia purtroppo non aveva niente di tutto questo anzi le erano stati strappati in maniera drammatica; sì è vero, aveva l'amore dei suoi genitori, dei fratelli, ma non basta, forse ora avrà raggiunto quello che di tanto caro aveva perso, chissà, ma perlomeno ha smesso di sentire la loro mancanza».

«Sapere che per te siamo stati e siamo tutt'ora la tua ancora di salvezza, mi rende felice», le dissi accarezzandole il viso e continuai «ciò che hai detto è la triste verità, solo ora zia è serena o almeno si spera».

Nel mentre vedemmo arrivare papà e Claudio, salirono in macchina e andammo tutti e quattro a casa di zia Lara.

Quando papà le diede la notizia scoppiò a piangere:

«E dire che proprio stamattina ero andata a trovarla insieme ad Elettra, sembrava serena, ci aveva persino promesso che in settimana saremmo andate insieme a fare shopping. Perché si è uccisa, perché?».

«Perché era disperata, nostra sorella non riusciva più a convivere con i suoi fantasmi».

«Come faremo a dirlo a papà e mamma, come sopporteranno questo dolore?».

«Questo è il compito più difficile, dobbiamo farci forza Lara, andiamo ora».

Arrivammo dai nonni e quando ci videro furono felicissimi:

«Ma che bella sorpresa ci avete fatto, come mai tutti assieme, vi eravate messi d'accordo?», domandò nonna.

Papà l'abbracciò e la fece accomodare in poltrona.

«Che bello vedervi tutti riuniti, peccato che manca Sonia, ma non tarderà a venire, è da un po' che è uscita; allora mi spiegate perché siete tutti qui? Ci siamo per caso dimenticati qualche anniversario? Può succedere alla nostra età», disse nonno.

«Papà, siediti accanto alla mamma, vi dobbiamo parlare», disse papà.

Nonno allora capì che era successo qualcosa, si sedette vicino alla nonna prendendole la mano:

«Ma che c'è? Perché questi visi tristi», domandò nonna iniziando ad agitarsi.

«Papà, mamma, quello che sto per dirvi non è facile da accettare ma dobbiamo farci forza, Sonia…», disse papà non riuscendo a finire la frase.

«Cos'è successo a Sonia, su parla», disse nonno cercando di non perdere la calma. Intanto zia Lara si era avvicinata a loro.

«Sonia, poco fa, è stata trovata dai carabinieri nel parco», disse papà che non finì di parlare perché nonna lo interruppe:

«Cosa ha combinato questa volta, si è ubriacata di nuovo?».

«No, purtroppo Sonia è stata trovata senza vita dopo essersi iniettata una dose di droga», proseguì papà con estremo dolore. Nel sentire quelle parole i nonni impallidirono:

«Ditemi che non è vero, ditemi che è solo un brutto sogno, vi prego!», esclamò nonna afflitta dal dolore.

«Mamma, tutti noi vorremmo che lo fosse, ma purtroppo è la realtà, Sonia non c'è più», disse zia Lara.

«Ma perché il destino si è accanito così? Se aveva deciso che non dovevamo godercela questa figlia, perché ci ha dato questa illusione per poi togliercela di nuovo e per sempre? Non doveva portarmi via quel mio esserino così fragile, come farò, ditemi voi come farò!», ribatté disperata la nonna.

«Voglio andare da mia figlia, e poi chi lo dice che si è suicidata, può anche essere stata uccisa», disse mio nonno, che fino a quel momento era rimasto in silenzio.

«Certo papà, infatti le faranno l'autopsia per accertare la verità», rispose papà.

«Mamma bisognerebbe preparare i vestiti da portare a Sonia, vuoi che ci penso io?», disse zia.

«No, lo faccio io», rispose nonna che si diresse in camera della figlia accompagnata da zia Lara e mia madre.

«Guardate quante belle cose aveva, ultimamente indossava sempre la stessa roba, quante volte abbiamo discusso per questo, forse non l'ho saputa comprendere, dovevo starle più vicino, Sonia, tesoro mio, perdonami se ho sbagliato», disse piangendo mentre guardava i vestiti.

«Non dire così, sei sempre stata un ottima madre, purtroppo con Sonia ultimamente era diventato impossibile parlare, non crearti colpe che non hai», disse zia.

Nell'appoggiare alcune cose da portare via sulla scrivania, mia madre si accorse che sotto la lampada c'era una lettera; lo disse alla nonna che immediatamente la prese. Sopra c'era scritto *"Per mamma e papà"*.

Nonna uscì subito dalla stanza per raggiungere il nonno.

«Biagio, Sonia ci ha lasciato una lettera, io non riesco a leggerla, fallo tu».

Nonno allora l'aprì; iniziava così:

"Caro papà, cara mamma, già so che quando leggerete questa lettera io, con mia immensa gioia, non ci sarò più.

Avrei voluto dirvele a voce queste parole, ma negli ultimi tempi non avevo più voglia di fare o dire nulla e voi ne siete stati dolorosamente testimoni.

Questa mattina invece, sapendo che sto per raggiungere ciò che desidero, sono felice e ciò mi aiuta a dirvi tutto quello che leggerete.

Per prima cosa, miei adorati genitori, non datevi colpe che non ci sono, avete fatto e dato tutto per me, anche se non lo meritavo, mi avete dato sempre tanto, tanto amore.

Non piangete, e questo lo dico anche a mio fratello, mia sorella e a tutti i miei cari, perché adesso sarò felice.

Io non sono morta ora, ma tanti anni fa quando entrai in quello sporco mondo, quando incontrai Fabio che amavo nonostante fosse stato la causa della mia rovina, la sua morte fu per me un gran dolore, tuttavia la vita mi diede il colpo di grazia quando morì anche il mio piccolino, non ebbi nemmeno la gioia di poterlo cullare, accarezzare, nulla; gli avevo dato la vita, ma allo stesso tempo anche la morte.

Come potevo essere felice dopo tutto questo?

Ora però lo sarò e se non è solo utopia, forse rivedrò il mio bimbo, Fabio, e anche il mio nipotino Andrea, quindi, cosa c'è di più bello?

Ma se tutto ciò non fosse, va bene lo stesso, perché ho smesso di soffrire.

Vi abbraccio tutti, vi sarò sempre accanto con immenso amore."

Sonia

Nessuno di noi riuscì a trattenere le lacrime, nonna ebbe un malore ma subito si riprese, nonno invece era rimasto impassibile, non uno sfogo di dolore o rabbia, nulla; ad un certo punto, si alzò, prese la giacca e uscì.

Papà lo fermò chiedendogli dove stesse andando:

«Vado da mia figlia, voglio stare un po' da solo con lei».

«Aspetta, ora veniamo anche noi», disse papà.

«No, voglio andare da solo».

Detto questo se ne andò senza che papà potesse replicare.

Più tardi lo raggiunsero mio padre, zia Lara con suo marito e Claudio.

Io rimasi a casa con mamma e nonna la quale, dopo il malore che aveva avuto, non riusciva a stare in piedi; la convincemmo così a prendere un calmante e a distendersi un po'.

Mia madre era molto scossa, come del resto anche io; non era stato facile accettare il primo grande dolore della mia vita, la scomparsa del mio fratellino era una ferita ancora aperta, non c'era giorno che non lo pensavo o che non mi veniva spontaneo chiamarlo o cercarlo, e ora dopo poco tempo, assistere alla morte voluta di mia zia, non era facile da superare; un dolore dietro l'altro, perché?

Questa domanda così angosciosa la rivolsi a mia madre:

«Tesoro mio, questa domanda penso se la sia posta ogni componente di questa famiglia, non hai idea, quando è morto Andrea, di quante volte me la sia posta anche io e oggi ancora di più, e credimi ancora non so darmi una risposta; è vero, la morte esiste, ne siamo tutti consapevoli e ahimè nessuno ne è indenne ma vista da vicino così repentinamente ti distrugge, solo il tempo, l'amore e lo star vicini l'un l'altro può aiutare».

Mentre stavamo parlando sentimmo dei lamenti provenire dalla camera di nonna.

Andammo subito da lei, la trovammo seduta sul letto singhiozzante; ci avvicinammo cercando di calmarla:

«Marta aiutami, solo tu puoi capire cosa vuol dire perdere un figlio, come si può continuare a vivere? Stamattina ero riuscita anche a farle fare colazione, ero così contenta… abbiamo pranzato assieme poi ha fatto una telefonata dopodiché è uscita, le ho chiesto dove andava, e lei mi ha risposto che doveva fare un'ultima cosa e che poi sarebbe stata sempre con me. Ora queste parole suonano in maniera diversa, perché non l'ho capito subito che aveva brutte intenzioni, perché non l'ho fermata? Ora sarebbe ancora qui!», disse nonna straziata dal dispiacere.

«Con il senno di poi tutto sarebbe più facile, ma credo che Sonia era da tempo che premeditava questo gesto disperato e nessuno di noi sarebbe riuscito a farle cambiare idea, so quanto sta soffrendo e io, per quel che potrò l'aiuterò, ma ora è presto, ora niente e nessuno può lenire questo dolore».

«Vorrei vedere mia figlia», chiese nonna.

«Sarà meglio che ci vada domani, ora si riposi, tra un po' torneranno anche gli altri, domani se vuole ci andiamo insieme».

Nonna annuì, si alzò e si sedette sulla poltrona aspettando che rientrassero tutti.

I primi a tornare furono papà e Claudio, la nonna come li vide gli andò incontro:

«L'avete vista? Come sta?».

«Mamma, in che senso?», chiese papà.

«Se sta bene, se ora il suo viso è sereno, lo so che è morta, non sono impazzita, stai tranquillo», rispose nonna che nel frattempo domandò anche dove stessero il nonno e zia Lara.

«Lara è andata un attimo a casa ma tra poco sarà qui, papà invece è voluto uscire da solo, si è comportato stranamente, anche quando stavamo da Sonia, non ha detto una parola, è rimasto tutto il tempo a fissarla, la mia paura è che esploda d'improvviso e con il cuore malandato che ha non si scherza», disse papà.

«Che dirti Massimiliano, cercherò di stargli ancora più vicino, oramai questa è l'unica cosa da fare, aiutarsi l'un l'altro».

Aspettammo che zia e nonno arrivassero dopodiché ce ne andammo a casa, con i nonni sarebbe restata zia Lara.

~

Il giorno dopo chiesi a Claudio di accompagnarmi all'obitorio.

Rimasi basita nel vedere il viso di mia zia completamente rilassato, l'opposto di quando era in vita; la osservavo e pensavo alle volte che mi aveva dato i consigli e a quelle in cui mi ero rivista in lei, tutto ciò mi rabbrividiva.

«È impressionante come in così poco tempo ci ritroviamo in questo luogo funereo», dissi.

«Lo so, purtroppo questa è la nostra esistenza».

«Vorrei anche io essere filosofa come te, aiuta molto».

Claudio mi mise una mano sulla spalla e uscimmo dall'obitorio.

«Ti andrebbe di accompagnarmi a comperare un libro?».

«Certo Claudio, andiamo».

La libreria si trovava in centro, poco più avanti del negozio di Silvia, lei era fuori a parlare con una signora, quando mi vide congedò la signora e si avvicinò, mi diede un bacio e si presentò a mio fratello.

«Ho saputo di vostra zia, mi dispiace molto, ma com'è successo?».

Non sapevo cosa dire, se la verità o meno, così ci pensò Claudio:

«Nostra zia si è tolta la vita, aveva sofferto molto e non era mai riuscita a superare alcuni suoi drammi».

«Capisco, scusate se sono stata un po' indiscreta, ma non avrei immaginato…».

«Figurati, non scusarti, non potevi saperlo», dissi vedendola visibilmente a disagio.

Nel frattempo uscì dal negozio Alessandro, salutò Claudio amichevolmente facendogli le condoglianze, con me, invece, fu molto formale.

Chiese quando si sarebbero svolti i funerali e Claudio gli rispose che si sarebbero celebrati l'indomani mattina.

«Mi avrebbe fatto piacere presenziare ma domattina ho un esame all'università e non posso mancare, comunque cercherò di fare il possibile», disse Alessandro.

«Ma dai? Non sapevo che frequentassi l'università».

«Eh già, mi mancavano solo quattro esami alla laurea e, dopo un periodo da dimenticare, ho ripreso ciò che di concreto avevo iniziato, domani è il penultimo».

«Mi congratulo con te, è bello vedere persone che hanno voglia di emergere, complimenti», disse soddisfatto mio fratello stringendogli la mano.

«Il passato purtroppo non si può cancellare, e non nascondo di aver fatto degli errori, l'importante è non ricaderci più e cercare di migliorare, questo è ciò che mi sono prefissato».

«Condivido appieno, complimenti di nuovo e in bocca al lupo per domani», disse Claudio.

Alessandro lo ringraziò, dopodiché ci salutammo e ce ne andammo.

«Non mi avevi parlato di queste evoluzioni, che fai, di lui mi racconti solo le cose brutte?».

«Ma no, è che non ce n'è stato il tempo, altrimenti mi avrebbe fatto piacere dirtelo (in quell'occasione gli raccontai anche che aveva aperto un'azienda e che si era comprato un bel villino) a proposito, avrai notato l'indifferenza totale che ha avuto nei miei confronti? C'è stato un momento in cui mi sono sentita persino di troppo».

«Beh sì, in effetti non ti ha proprio considerata, ma sai, è stato molto chiaro, ha detto che con il passato ha chiuso, e forse per passato intende anche te», disse mio fratello ironicamente.

«Ma che fai, incalzi? Invece di consolarmi mi butti ancora più giù?», chiesi un po' indignata.

«Ma dai, scherzavo, possibile che non capisci mai? Era evidente che il suo atteggiamento nei tuoi confronti era dovuto alla rabbia che prova, vuole fartela pagare, ma sono convinto che soffre anche lui».

«Sbaglio, o hai cambiato idea nei suoi confronti?».

«Anche lui è cambiato nei miei e poi, sono del parere che tutti, chi più e chi meno, nella vita possono sbagliare, ed è giusto dare delle chance».

«Claudio sii sincero, pensi che tra me e lui sia tutto finito, che non gliene importa più nulla di me?».

«Non credo, però sii consapevole che se torni con lui, o fai come dice o sono rogne».

«Lo so, anche Silvia me l'ha detto».

«A proposito, lo sai che Silvia è molto carina? Deve essere anche molto dolce, ci andrò più spesso da quelle parti», disse ridendo.

«E io lo dico a Marina».

«Ma scherzavo… però è carina davvero, comunque grazie per la solidarietà, che sorella…».

«Sono contenta di essere uscita con te, per un po' abbiamo dimenticato quello che è accaduto».

«Già, purtroppo la vita è così, si ride, si piange e ultimamente in casa nostra la felicità se n'è proprio andata».

~

Il giorno dopo tutta la nostra famiglia si ritrovò di nuovo unita per un altro funerale e tutto questo a soli pochi mesi di distanza dalla morte di Andrea.

L'omelia fu molto toccante, il parroco disse che intenzionalmente, non aveva voluto sapere in che modo era morta Sonia, perché in ogni caso non si sarebbe mai rifiutato di benedire la salma di una persona, specialmente di chi ha dentro così tanta sofferenza da non voler più vedere sorgere il sole.

Finite le esequie accompagnammo il feretro al cimitero. I nonni erano sconvolti:

«Non c'è più giustizia terrena, ma neanche divina, perché io vecchio rimbambito ho dovuto vedere seppellire il mio nipotino e mia figlia che erano nel pieno della loro vita, perché?», disse nonno stremato da quel dolore che stava divenendo consuetudine.

Aveva ragione, perché? Non c'era risposta ma solo mistero.

All'uscita dal cimitero c'era Alessandro, mamma lo vide, gli fece un'occhiataccia e guardò subito me, io feci finta di nulla e continuai a camminare, Claudio invece gli andò incontro, lo salutò e chiamò anche me, io allora li raggiunsi.

«Mi dispiace non essere venuto in chiesa ma gli esami si sono prolungati».

«Figurati, grazie per essere qui, piuttosto com'è andato l'esame, quanto hai preso?», chiese Claudio.

«È andato bene ho preso ventotto».

«Bravo, complimenti», rispose Claudio.

«Ti ringrazio».

«Mi piacerebbe molto continuare a conversare, ma come vedi non è il momento più adatto, spero ci saranno altre occasioni», disse mio fratello che lo salutò per raggiungere gli altri.

Stavo andando via anche io quando Alessandro mi fermò:

«E tu, non mi fai i complimenti?», disse lui prendendomi la mano.

«Lasciami, se ci vedono è finita».

Come sentì queste parole, mi lasciò bruscamente:

«Se persisti con questo modo di fare allora possiamo veramente dire basta a questa storia, non voglio avere accanto una donna che non sa agire, prendere una posizione e che si vergogna del proprio uomo, addio Mavi».

«No, aspetta, non dire così, dammi la possibilità di spiegarti», dissi agitata.

«Non credo ci sia ancora molto da spiegare».

«Ti prego, già ho il mio dolore, non infierire anche tu, il mio comportamento è dettato solamente dal timore di scatenare il putiferio in casa e non da altro», dissi trattenendo le lacrime.

«Io non sto infierendo, ma non posso nemmeno scusare sempre le tue paure; comunque se vuoi possiamo vederci domani».

Detto questo, prese la moto e se ne andò.

Io raggiunsi gli altri, poi mi avvicinai a Claudio chiedendogli se mamma avesse notato la mia assenza:

«Continuava a guardare, ma ho cercato di distrarla».

«Sicuramente mi chiederà spiegazioni».

«Ci puoi contare, vede quel ragazzo come fumo negli occhi, però ora non ci pensare, può anche darsi che non dica nulla».

Lo speravo, ma non ne ero convinta.

Infatti, una volta rientrati a casa, mamma, mentre stava preparando la cena e approfittando del fatto che papà era nel suo studio e Claudio in camera sua, mi domandò cosa ci facesse "quello" fuori dal cimitero:

«Probabilmente, essendo venuto a conoscenza del lutto, ha voluto porgerci le sue condoglianze», dissi sperando che bastasse quella spiegazione più che plausibile.

«Ma ancora non ha capito che non è desiderato?», disse aspramente.

Non le risposi, e la cosa la indignò:

«Forse ho sbagliato, è da te che è desiderato».

«Mamma ti prego, non ricominciamo, smettiamola qui», dissi cercando di mantenere la calma, ma lei no, già stava partendo a ruota libera, allora, vedendo che le cose stavano prendendo una brutta piega, andai ad avvisare papà e Claudio che la cena era pronta, riuscii così, almeno per quel momento, ad evitare una discussione.

Purtroppo era solamente un'illusione, infatti, mentre eravamo a tavola, mamma chiese a papà se anche lui mi aveva vista parlare con "quello":

«Certo che ho visto, ma non l'ho ritenuto un evento di tale importanza da doverlo riferire, non le stava mettendo le mani addosso, solo allora sarei intervenuto».

Anche Claudio disse che non c'era nulla di male tanto da averci parlato anche lui.

«E da quando in qua ci parli anche tu?», chiese allibita mia madre.

«Ora sinceramente non ricordo quando è stata la prima volta, lo saluto e se capita ci fermiamo a parlare, qual è il problema mamma?».

«Il problema? È un delinquente! Non voglio che i miei figli parlino con una persona di quel genere, è chiaro il concetto?».

Non credendo alle mie orecchie, Claudio replicò quasi a sfidarla:

«Quale concetto? Solo il tuo. Io comprendo che sei una mamma protettiva e ora ancora di più, ma devi capire che, sia io che Mavi, siamo abbastanza grandi per decidere con chi parlare, e non puoi decidere tu al nostro posto e poi se per te, perché nella vita una persona ha sbagliato, non merita più rispetto e fiducia, beh, sappi che per me non è così, per quanto mi riguarda una persona può sbagliare, ma può anche cambiare, come potrebbe essere il caso di questo ragazzo».

«Non ci posso credere, anche tu ti sei schierato dalla sua parte; hai sentito anche tu Massimiliano?», domandò sbigottita.

«Marta, lasciagli vivere la loro vita e le loro esperienze, stai tranquilla, i nostri figli sono in gamba, sanno quello che fanno, dagli un po' di fiducia, ora basta, non mi va di sentirvi discutere, ci sono cose peggiori».

Mamma annuì, ma era palese il suo disaccordo, si era solo resa conto che non era più il caso di dire nulla, papà era molto giù.

Ma non sarebbe finita qui (ahimè) prima o poi sarebbe ritornata all'attacco.

~

Il giorno dopo, sempre con l'aiuto di Marina, andai all'appuntamento con Alessandro.

Ero più emozionata del solito, avevo paura, paura di perderlo.

Arrivai puntualissima, lui no, arrivò dopo un quarto d'ora, nel frattempo pensavo a come mi sarei dovuta comportare, se essere dolce o fredda e distaccata; ero agitata.

Come arrivò si scusò del ritardo e mi chiese se era da molto che aspettavo:

«Tu che dici?», risposi stizzita.

«Ti ho già chiesto scusa e pensavo bastasse, comunque il mio ritardo è dovuto all'insorgere di alcuni problemi con degli operai della ditta, ma come mai sei così distante? Non mordo mica».

«Lo so, ma preferisco così».

«E perché? Forse hai paura che standomi vicino questa freddezza possa andar via lasciando spazio a ciò che realmente vorresti fare?», disse con arroganza.

Aveva ragione, desideravo abbracciarlo e baciarlo, tuttavia non lo ammisi, anzi:

«Ti stai sbagliando di grosso, l'unica cosa che voglio è chiarire».

«E cosa c'è da chiarire? Mi sembra di essere stato abbastanza chiaro la volta scorsa, sei tu che devi scusarti per quello che hai detto».

«Io non ho nulla da farmi perdonare mio caro».

«A no? E la parola bastardo che mi hai detto?».

«È stata detta in un momento di rabbia e… sì lo ammetto, anche di gelosia, quindi è comprensibile, tu piuttosto, ti sei dimenticato dello schiaffo che mi hai dato? Sei tu a doverti scusare».

«Se la metti su questo piano allora neanche io devo chiederti scusa, è stato un gesto di nervosismo e poi…».

«E poi cosa?».

Con non poco imbarazzo proseguì:

«Ho agito da geloso e possessivo, sei contenta? Ora l'ho detto ma ciò non cambia le cose, adesso che abbiamo chiarito cosa vogliamo fare?», chiese con insolenza.

«Per me nulla, posso anche andarmene», dissi fingendomi tranquilla, mentre dentro mi sentivo morire al pensiero della sua risposta.

«Anche per me va bene così, quindi ti saluto, ciao e buona giornata».

Se avessi ricevuto una bastonata sarei stata meglio, così, prima che lui potesse vedermi piangere, mi voltai e me ne andai senza salutarlo; sentivo il rombo della sua moto allontanarsi sempre più, era finito tutto, ero demoralizzata, come avrei fatto senza di lui.

Cominciai così a vagare senza una meta, mi sedetti su una panchina e, con il viso tra le mani, diedi sfogo a un pianto liberatorio, quando all'improvviso mi sentii dire:

«Alzati, e smettila di piangere».

Alzai il viso, era lui, non potevo crederci, stavo sognando forse, no, non stavo sognando perché mi sentii prendere per un braccio e tirare su:

«Dai, sali».

«No, lasciami stare», risposi singhiozzando.

«Muoviti, finiscila», disse ancora nervosamente.

Provai a ribellarmi, ma lui con forza mi fece alzare dopodiché montai sulla moto.

Partì come un razzo, quando si fermò, avevo lo stomaco sottosopra.

Eravamo davanti casa sua, mi fece scendere e io lo seguii.

Una volta dentro casa, mi strinse forte a se e cominciò a baciarmi, non capivo più niente, mi sentivo in una morsa, quando mi lasciò ero stravolta, meravigliosamente stravolta.

«A volte le parole non bastano e per un tipetto come te sono inutili, ora hai capito qualcosa?».

«Sì, forse, ma ho paura di illudermi, dimmi tu cos'hai voluto farmi capire».

«Il fatto che sono tornato indietro per venirti a prendere, la mia voglia così grande di stringerti, di baciarti, sono dovuti all'amore grande che ho per te, so di essere un esseraccio, di essere estremamente geloso e possessivo, ma io amo così, sei tu a dover decidere se accettarmi così come sono, oppure no».

«Ti amo troppo per non volerti, però cerca di smussare qualche lato del tuo carattere, se veramente mi ami devi farlo».

Lui mi guardò e mi prese la mano:

«Tu non hai idea di quanto io sia cambiato per te, ho sconvolto la mia vita e non me ne pento anzi…ma non chiedermi altro, non so se riuscirei».

Non gli domandai più nulla, sarebbe stato inutile, le sue parole furono abbastanza esaustive, tuttavia c'era ancora una cosa che volevo sapere e gliela chiesi:

«Chi era quella ragazza che stava in auto con te la sera che poi abbiamo discusso?».

Alla mia domanda fece una grande risata:

«Ma era Silvia, possibile che non l'hai riconosciuta? È proprio vero che la gelosia acceca», disse lui continuando a ridere.

«Non è possibile», risposi io sbalordita.

«Ah non è possibile? Se vuoi puoi chiedere direttamente a lei».

«No, certo che ti credo, probabilmente quella sera non sono riuscita a distinguere bene chi fosse perché era buio e poi non ho mai nascosto di essere gelosa, con la differenza che la mia è una gelosia sana mentre la tua è insopportabile».

«Non ricominciamo con questo discorso, mi sembra che tu abbia accettato il mio modo di pensare, quindi basta, non ne parliamo più».

Non replicai, aveva ragione; mi stavo scavando la fossa da sola, ma ancora non lo avevo capito.

Era arrivato il momento di andar via, non potevo fare tardi, visto anche il comportamento che stava riavendo mia madre nei miei riguardi, non volevo darle il motivo per iniziare un'ennesima discussone.

«Ti prego, non correre come prima, andavi talmente veloce che qualsiasi cosa vedevo, sembrava piccola come una formica».

«Stai tranquilla, non corro, prima ero nervoso», disse abbracciandomi.

«E ora, come stai?».

«Bene, ora sto bene, mi dispiace solo che te ne vai».

«Anche a me».

Salimmo così sulla moto e mi riaccompagnò verso casa.

Prima di andarsene mi chiese se ci saremmo visti il giorno dopo, e io, senza pensarci due volte, gli risposi di sì. Ero estremamente incosciente, non pensavo minimamente ai pericoli a cui potevo andare incontro.

~

Un giorno, approfittando che ero uscita prima da scuola perché mancava un'insegnante, mi misi a parlare con alcune compagne di classe degli imminenti esami, ognuno di noi dava sfogo alle proprie ansie quando tutto ad un tratto, una mia compagna, rivolgendosi a tutte noi, disse:

«Guardate chi c'è».

Mi voltai insieme alle altre e vidi Alessandro.

Era sulla moto, accanto al marciapiede di fronte dov'eravamo noi.

Il mio cuore ebbe un sussulto.

«Chissà perché è qui, sta guardando verso noi, che facciamo?», disse Carolina, una delle mie compagne.

«Proviamo a salutarlo, può darsi che si avvicina», rispose un'altra.

«Chissà che non stia aspettando proprio me, avrà capito che nessuna è alla mia altezza e sente la mia mancanza», disse scioccamente Virginia.

Mentre ognuna di loro faceva le proprie fantasiose deduzioni, Alessandro accese la moto avvicinandosi a noi:

«Mavi, sali», disse lui senza salutare nessuno.

A quella richiesta il mio viso divenne di mille colori, mi voltai verso le mie compagne e le vidi guardarsi l'un l'altra non capendo cosa stesse succedendo.

«Mavi forza, non abbiamo molto tempo, sali», disse Alessandro che nel frattempo era sceso dalla moto, dandomi un bacio sulle labbra.

A quel punto non potevo più far finta di nulla, con orgoglio e vanità (sapevo l'invidia che avrebbero provato le mie compagne e specialmente Virginia) salii sulla moto; per l'ennesima volta mi comportai incoscientemente, incurante del dopo.

«Dove mi stai portando?», gli chiesi, avendo notato che quella strada non l'avevamo mai percorsa.

«Tra poco lo vedrai».

Dopo una ventina di minuti ci fermammo, eravamo davanti a un enorme fabbricato, non capivo perché eravamo lì e glielo chiesi:

«Questo è ciò che ho fatto per te e grazie a te, è la ditta che ho aperto, la nostra ditta, ci tenevo a fartela vedere, vieni, entriamo», disse con orgoglio.

«Ma non c'è nulla, è completamente vuota».

«I macchinari li ho ordinati, devono arrivare, ma ora andiamo al piano di sopra, c'è ancora da vedere».

Arrivati al piano superiore, ci fermammo davanti a una porta, l'aprì:

«Questo sarà il mio studio, che ne pensi?».

«Ma è bellissimo, lo hai arredato molto bene, bravo, ottimo gusto sono fiera di te».

«Sapevo che avresti apprezzato».

Dopodiché prese un foglio che era appoggiato sulla scrivania e a lettere cubitali, scrisse: "TI AMO A 360°".

«Ti desidero sempre, in ogni momento della giornata, anche ora».

«Anch'io», dissi baciandolo e continuai «ora però devo tornare a casa, è tardi, non sai quanto mi infastidisce doverti dire così ogni volta».

«Sono stanco di dover fare sempre attenzione al tempo quando sto con te, perché non vieni a vivere con me? Così non ci saranno più questi problemi».

La sua richiesta, da un lato mi sbalordì, dall'altro mi lusingò, anche a me pesava molto dover guardare sempre l'orologio e vederlo di nascosto facendo attenzione che nessuno potesse vedermi, ma non avevo alternative, non potevo lasciare la mia famiglia e andarmene, avrei dato loro un grande dolore e glielo dissi, dopodiché aggiunsi:

«Chissà domani a scuola cosa diranno le mie compagne, che shock che avranno avuto».

«Più che scioccate penso che siano morte d'invidia».

«Ah ah ah, invidiose perché sto con te?», dissi ironicamente.

«Puoi ben dirlo, sai quante di loro avrebbero voluto essere al tuo posto? Sono molto ricercato», rispose fiero.

«Ricercato sì, ma dalla polizia», dissi scherzando, cosa che però lui non gradì, infatti si acciglò e disse:

«Non dirlo nemmeno per scherzo, con quel mondo ho chiuso», poi, accarezzandomi i capelli continuò «perdonami se ho questa reazione, ma ci sono cose del passato che mi fanno ancora male e che non riesco a dimenticare».

«Lo capisco, ma non devi reagire così a una battuta».

«Lo so, tu non hai colpa, è un mio problema, ora però andiamo altrimenti farai tardi e non voglio che ti rimproverino».

«Hai ragione, meglio evitare, ultimamente sto agendo in maniera un po' superficiale e non devo, mai abbassare la guardia».

Entrambi non avevamo ancora la benché minima idea di quante altre difficoltà ci sarebbero state.

Le prime iniziarono proprio il giorno dopo a scuola, come entrai in aula, sulla lavagna c'era scritto: "Mavi se la fa con un delinquente".

Cercando di mantenere la calma, cancellai tutto prima dell'arrivo della professoressa.

Durante la lezione, mi sentivo gli occhi puntati addosso.

A ricreazione, mi isolarono tutti tranne Dora (un'altra compagna di classe) che si avvicinò chiedendomi come stessi.

«Come vuoi che stia. Puoi dirmi chi ha scritto quella demenzialità sulla lavagna?».

«Non voglio fare la spia, però potresti immaginarlo».

«Ho capito. È stata Virginia».

«È stata tremenda, sembrava invasata, abbiamo provato a convincerla a non scrivere quelle frasi, ma non c'è stato nulla da fare, non che le altre siano state esenti dal commentare, e anche un po' pesantemente e se devo essere sincera anch'io sono rimasta stupita nel vedervi insieme, ma devi capire che è normale, tutti conosciamo la sua cattiva reputazione; con questo comunque non voglio giudicarti, perché quando si è innamorate, specialmente alla nostra età, non è facile essere razionali, comunque cerca di essere prudente».

«Grazie, ma so quello che faccio, non preoccuparti».

Rientrai in classe a testa alta, ma prima di sedermi dissi:

«Chi ha scritto quelle parole è una gran codarda, anziché scriverle, poteva dirmele a voce, aggiungo anche che oltre ad essere una codarda, è anche molto invidiosa e gelosa».

Detto questo mi misi seduta soddisfatta di aver detto quello che pensavo.

La reazione di Virginia non tardò molto, infatti all'uscita della scuola mi chiamò:

«Senti, non ho paura di te, sono stata io a scrivere quelle frasi, qual è il problema?».

«Innanzitutto, ho un nome, "senti" lo dici a qualcun altro e poi io non ho nessun problema, semmai sei tu ad averne dal momento che sei gelosa e invidiosa, vorresti essere al mio posto, ma per tua sfortuna ci sono io con Alessandro».

«Ancora per poco, ne sono certa, te lo godrai ancora per poco», disse piena di rabbia.

«Sei solo una povera sciocca illusa», le dissi guardandola con disprezzo.

Voltai le spalle e me ne andai.

Il pomeriggio raccontai tutto ad Alessandro, dicendogli anche che le sue minacce mi avevano angosciato.

«Ma no, che vuoi che faccia, è solo l'impulso rabbioso di una ragazza gelosa e umiliata, sai, in fondo a lei piacevo molto, ma per me era solo un diversivo, vedrai, le passerà», disse lui cercando di tranquillizzarmi.

Io, invece, ero convinta del contrario, ero certa che prima o poi si sarebbe vendicata, persone così non aspettano altro.

~

Il giorno dopo non mi vidi con Alessandro perché andai a trovare i nonni paterni. Quando mi videro furono contenti, come sempre del resto; li trovai molto giù, specialmente il nonno, non usciva quasi mai, neanche le sue partite a bocce lo distraevano più.

«Non so cosa fare, gli amici cercano di fargli compagnia, di farlo uscire, ma lui non vuole», disse nonna.

«Ora provo a parlarci io».

Andai nel suo studio, dove si era rifugiato dopo avermi salutato, bussai ed entrai:

«Nonno, posso?».

«Ma certo Mavi, entra, sono venuto qui per non disturbarvi, so di non essere una buona compagnia ultimamente».

«Ma nonno, che dici? A me fa sempre piacere stare con te, però mi dispiace aver saputo che non esci più con i tuoi amici, penso che un po' di distrazione ti farebbe bene».

«Te l'ha detto nonna vero? Lo so che è preoccupata per me, ma non posso farci nulla, cosa esco a fare, per annoiare gli altri?».

«No, per distrarti, per il tuo bene».

«Sai qual è la verità? È che io sto facendo del tutto per non avere distrazioni, perché so che se le avessi riuscirei a rasserenarmi un po' o perlomeno a non pensare di continuo a mia figlia e io questo divago non lo voglio, non sarebbe giusto, non posso essere felice senza Sonia».

«E la nonna, gli altri tuoi figli, noi nipoti, non esistiamo più? Ti ricordi quando eravamo noi a dirlo a mia madre? Ora anche tu vuoi fare la stessa cosa? Dai nonno provaci, fallo per noi», gli dissi abbracciandolo.

Lui mi guardò e rispose:

«È vero, è facile elargire consigli, la vera difficoltà sta nell'attuarli, comunque ci proverò piccola mia, te lo prometto».

Mentre stavamo tornando in salotto dalla nonna, suonarono alla porta, era Elettra, anche lei era venuta a trovare i nonni; ci salutammo, parlammo del più e del meno dopodiché le raccontai della promessa che nonno mi aveva appena fatto:

«Brava Mavi, hai fatto bene, deve essere in forma, altrimenti che bisnonno sarebbe?», disse mia cugina.

Tutti e tre la guardammo come babbei:

«Questo vuol dire che sei incinta?», domandò nonna.

«Sì, sono al primo mese, so che è presto ma non vedevo l'ora di dirvelo!».

La notizia diede molta gioia e anche uno scossone di vita ai nonni.

«Ah, finalmente una buona notizia in questa famiglia!», esclamò nonno.

Io ed Elettra stemmo ancora un po' con loro, dopodiché ce ne andammo via insieme.

Mentre la stavo accompagnando verso la macchina, vidi Alessandro che, senza alcun problema, si avvicinò salutando me e mia cugina, io, imbarazzatissima, ricambiai;

«Tu che ci fai qui?».

«Passavo qui per caso e ti ho vista; adesso però devo andare perché ho un appuntamento di lavoro», mi diede un bacio sulla guancia, salutò nuovamente Elettra e se ne andò.

«Ma che bel ragazzo, è un tuo amico?».

«Mah, diciamo di sì», risposi facendo la vaga.

«Mmmh, per me c'è qualcos'altro», disse lei furbescamente.

«Ma no, che dici…», risposi ammiccando un sorriso.

«Non me la racconti giusta, primo perché quando l'hai visto sei diventata rosso fuoco, secondo perché non credo possa essere un compagno di classe dal momento che non mi sembra un tuo coetaneo; comunque per me lui ti stava aspettando», disse lei facendomi l'occhiolino a mo' d'intesa.

«Ma che dici! Stai fantasticando, comunque ora devo andare», dissi sorridendo e senza aggiungere altro, la salutai.

La sera a casa diedi ai miei la notizia riguardo Elettra, solo Claudio non lo sapeva, papà e mamma invece sì, perché zia Lara nel pomeriggio era andata da loro:

«Non sta nella pelle, il pensiero di diventare nonna la riempie di felicità, ma i nonni come l'hanno presa?», mi domandò mio padre.

«Bene, sono stati molto contenti, "finalmente una buona notizia" hanno detto, poi ho fatto promettere a nonno di riprendere i suoi svaghi, tra cui le partite a bocce con i suoi amici».

«Brava, hai fatto bene, è importante in questi momenti stare vicino alle persone che hanno bisogno, l'indifferenza non aiuta, sono certo che nonno ha apprezzato e ti ascolterà».

«Secondo me invece non è giusto fargli promettere cose che ora non si sente di fare, sarà lui stesso, senza imposizioni, a decidere quando e se tornare alla routine di sempre, quello che lui sta passando è un dolore insormontabile», disse mia madre.

«Beh, cosa vuol dire, è normale che chi è intorno a noi faccia del tutto per aiutarci, se lo fanno, è sbagliato perché si intromettono, se non lo fanno invece sono menefreghisti, io penso che ognuno debba fare ciò che sente più giusto; quindi, a parer mio Mavi hai fatto bene ad insistere con il nonno, conosco mio padre, e so che ha bisogno di input, mia madre invece, anche se soffre terribilmente, riesce a reagire», disse papà.

Ero rimasta male per quello che aveva detto mamma, tuttavia ero contenta che mio padre mi aveva dato il suo appoggio.

«Che ne dici se domani invitiamo Elettra e Riccardo a cena?», chiese papà a mamma.

«Sì, volentieri, ora le telefono e glielo chiedo».

Papà, approfittando dell'assenza di mamma, mi chiese se tra me e lei stava andando tutto bene:

«Sì, non ci sono state più discussioni, perché?».

«Non lo so, noto un po' di tensione, ma forse è solo una mia impressione».

«Se devo dire la verità, anch'io noto la sua freddezza nei miei confronti, ma cosa posso farci? Se le basta vedermi solo parlare con una persona per innervosirsi, non è un problema mio».

«Non si sta parlando di una persona qualsiasi, ma di quella persona, se devi dire la verità, dilla tutta Mavi», disse mamma che nel frattempo, senza che noi ce ne accorgessimo, era tornata.

Stavo per risponderle quando Claudio astutamente, per scongiurare l'inizio di una ennesima discussione, si intromise:

«Elettra cosa ti ha detto?».

«Ha detto che verrà, è stata molto contenta dell'invito, e tu Claudio, hai fatto bene a cambiare discorso, non avevo proprio voglia di discutere».

Il discorso si chiuse lì.

~

La mattina dopo, non potendo avvisare Alessandro telefonicamente per dirgli che il pomeriggio non ci saremmo potuti incontrare perché veniva a trovarci Elettra, decisi di andare da Silvia e comunicarlo a lei.

Le faceva sempre molto piacere vedermi, così, dopo aver servito una cliente, si dedicò a me:

«Eccomi da te, come stai?».

«Bene grazie», e le spiegai il motivo della mia visita.

«Gli riferirò volentieri quello che mi hai detto, ma se puoi aspettare un po', Alessandro dovrebbe essere qui a momenti, mi ha detto che mi avrebbe portata a pranzo fuori».

«Va bene».

Ci mettemmo un po' a chiacchierare e dopo una mezz'ora Alessandro arrivò.

Fu meravigliato nel vedermi lì, gli spiegai il motivo e lui come al solito si innervosì, ma l'intervento di Silvia mi aiutò:

«Ma la vuoi smettere di comportarti così? Tu le togli il respiro!», poi rivolgendosi a me proseguì «e tu Mavi, non ti zittire come lui si innervosisce, specialmente se sai di essere nella ragione, devi dire la tua e far valere le tue idee, altrimenti mio fratello prenderà sempre di più il sopravvento».

«Hai finito?», chiese Alessandro nervosamente.

«Sì per il momento», rispose decisa Silvia.

Alessandro allora uscì dal negozio, io non sapevo cosa dire e cosa fare, mi sentivo a disagio, approvavo in pieno ciò che aveva detto Silvia ma non riuscivo a reagire, mi bloccavo, Alessandro su di me aveva il predominio assoluto.

Silvia capì il mio malessere e mi venne vicino:

«Non avvilirti, sei giovane e inesperta, può succedere di farsi prevaricare in amore, è per questo che mi sono permessa di intervenire, spero non ti abbia infastidito».

«Ma scherzi! Mi ha fatto piacere, hai perfettamente ragione, a me servono molto questi consigli, specialmente da chi, come te, Alessandro lo conosce bene, ora però mi dispiace che per causa mia voi due abbiate litigato».

«Non ci pensare proprio, tra me e Alessandro è già tutto passato».

Nel mentre Alessandro rientrò:

«Mavi, vogliamo andare? E tu sgrinfia fatti trovare pronta che alle tredici ti passo a prendere».

«Visto? Che ti avevo detto? È passato tutto, perciò stai tranquilla».

Arrivati nei paraggi di casa, prima di andarsene mi disse:

«Sono egoista, ma questo tu lo sai, ho voglia di averti accanto, basta con quest'ansia, ora va a finire che ci rivedremo lunedì, se tutto va bene», disse mestamente.

«Alessandro anche io desidero le stesse cose, ma cosa dovrei fare? Ho una famiglia a cui rendere conto».

«L'unico vero problema è che la tua famiglia mi odia, con un altro non avresti tutte queste difficoltà per uscire».

«Questo è vero, ma io spero che non sia sempre così e che con il tempo l'idea che hanno su di te possa cambiare».

«Se credi che questo accada, beh, ti dico già da adesso che sei solo un'illusa, loro mi odiano a prescindere, potrei anche fare miracoli ma si ricorderebbero sempre di me per com'ero».

«Però hai visto Claudio come ha cambiato atteggiamento?».

«È un caso isolato e tale rimarrà», rispose perentorio, poi aggiunse «se puoi domenica telefonami, starò a casa».

«Non è facile, ma ci proverò».

Detto questo ci salutammo.

Il pomeriggio aiutai mamma a preparare le varie pietanze e devo dire che mi piaceva molto dilettarmi ai fornelli, anche se combinai non pochi guai, come la crema per il dolce, che mamma fu costretta a rifare per ben due volte!

Quando Elettra e Riccardo arrivarono, era già tutto pronto, aspettammo l'arrivo di papà e ci mettemmo a tavola.

La serata sembrava svolgersi nel migliore dei modi, quando, una domanda di mia cugina stravolse la serena atmosfera.

Mentre stavamo mangiando il dolce, papà disse di quanto aveva sentito zia Lara emozionata e felice per questo nipotino in arrivo e aggiunse:

«Chissà Marta, quanto ancora dovremo aspettare per avere questa emozione».

«Riguardo me credo proprio che dovrete aspettare ancora un bel po', penso di avere una forte allergia al matrimonio», disse ridendo Claudio.

«Vuoi vedere che sarà Mavi la prima a rendervi nonni?», disse allegramente Elettra.

Io visibilmente impacciata risposi:

«Io? Ma figurati».

«E come potrebbe? Gli manca l'elemento base…», rispose mio fratello.

«Quello che ho visto l'altra sera mi sembrava essere un ottimo elemento, devo dire che hai dei bellissimi gusti, un gran bel centauro, che ne dici potrebbe andar bene quel ragazzo?», disse Elettra rivolta a me. Non avesse mai pronunciato quelle parole…

Cominciai ad arrossire, non riuscivo a tirare fuori un vocabolo, tanto che Riccardo intervenne:

«Ma lasciatela stare! Saranno anche affari suoi, l'avete messa a disagio».

La cosa poteva finire lì se mia madre non avesse cominciato a chiedere i particolari a mia cugina riguardo il centauro, Elettra non sapeva cosa fare, se parlare o meno, avendo anche notato un certo nervosismo da parte di mia madre la quale, vedendo il tergiversare di Elettra, si rivolse a me:

«Mavi, chi era il ragazzo dell'altra sera?».

«Un mio amico di scuola», risposi mascherando l'ansia che avevo.

«E il tuo amico di scuola ha la moto?», chiese sarcasticamente.

«Sì».

Mio padre allora, vedendo che l'atmosfera si stava scaldando, intervenne:

«Scusa Marta, ma qual è il problema? Avrà pur diritto Mavi di conoscere dei ragazzi, o vuoi che diventi suora? E poi un ragazzo non può avere la moto?».

«Infatti non sono questi i problemi, non sono pazza, Mavi sa benissimo perché mi sto alterando».

«Allora Mavi, dicci tu per quale motivo tua madre si sta innervosendo», chiese papà.

«Papà, non lo so, non capisco…», risposi frastornata.

«Non lo sai, o non vuoi dire che quel ragazzo che Elettra ha visto è quel delinquente che lavorava da mio padre?», incalzò mia madre sempre più adirata.

Cercai di dirle che non era vero, ma lei continuava ad insistere, fin quando Claudio intervenne:

«Mamma, perché vuoi rovinare la serata con le tue ipotesi, smettiamola».

«No caro, non sono ipotesi, ne sono convinta, e lei lo sa perfettamente», e rivolgendosi a Elettra continuò «quel bel ragazzo che hai visto, non è altro che un mascalzone, perditempo e buono a nulla, ecco chi frequenta mia figlia».

«Basta mamma, basta, non ne posso più», dissi esasperata.

«Sei contenta ora? Che cosa credi di aver ottenuto facendo così? Stai solo allontanando sempre di più Mavi da te», sbottò papà incollerito.

«Io non credo che Mavi frequenti gente di questo tipo, mi sento in colpa per aver parlato, ma non immaginavo tutto questo», disse mia cugina tentando di calmare gli animi.

«Tu non hai colpa, è mia madre che esagera, nella vita tutti possono sbagliare, ma anche redimersi, mia madre è molto prevenuta nei riguardi di questa persona», disse mio fratello.

Mamma sentendosi tutti contro, inveì ancora di più:

«Brava Mavi, sei riuscita a far stare dalla tua parte Claudio e tra un po' anche tuo padre, ma con me non ci riuscirai, non potrei mai accettare che mia figlia vada in mano a una bestia».

Con queste ultime parole scoppiai a piangere e me ne andai in camera mia.

La serata, iniziata bene, finì nel peggiore dei modi.

Claudio venne in camera mia cercando di calmarmi; ero stanca di quelle continue discussioni che giorno dopo giorno degeneravano sempre più e glielo dissi:

«Hai ragione, questa volta mamma ha davvero esagerato, davanti a degli ospiti non avrebbe dovuto dire quelle parole».

«Ma ti rendi conto della figura che mi ha fatto fare? Della poco di buono che se la intende con un delinquente, che giudizio avranno ora di me?».

«Non credo che Elettra e Riccardo abbiano un opinione malevole nei tuoi confronti, penso più che siano rimasti sbigottiti dall'eccessiva esaltazione di mamma, anche papà era sconcertato».

«Ha ragione Alessandro a dirmi che sono solo una povera illusa, lui in questa famiglia non verrà mai accettato».

«Questo non è detto, io per esempio non sono più ostile come un tempo, anche papà non l'ho mai visto e sentito riluttante nei suoi riguardi, è solo mamma ad essere così».

«E ti sembra poco? Credimi Claudio, sai quanto sono legata alla famiglia, ma non permetterò a nessuno di ostacolare questo mio sentimento, io so come Alessandro si comporta con me e come sia cambiato, sta per laurearsi, ha completamente chiuso con il passato, e poi la cosa più importante è che ci amiamo».

Claudio non rispose, mi accarezzò i capelli e mi diede la buonanotte; prima che se ne andasse gli chiesi se l'indomani mattina saremmo usciti:

«Va bene, a domattina, adesso cerca di riposare un po'».

«Lo spero».

~

La mattina dopo non scesi per fare colazione, non avrei sopportato lo sguardo inquisitorio di mia madre, così rimasi nella mia stanza fino a quando i miei non uscirono per andare al cimitero.

Claudio stava bevendo il latte e quando mi vide me ne offrì una tazza:

«Non ne ho voglia, ho lo stomaco chiuso, ti ha detto qualcosa mamma?».

«No, ma non aveva una bella espressione, era estremamente tesa…».

«Sei pronto per uscire?».

«Sì, dove vuoi andare?».

«Un posto vale l'altro, ho solo voglia di fare quattro passi e poi devo anche fare una telefonata».

«Ad Alessandro immagino».

«Sì, gliel'ho promesso».

«Ok, andiamo».

Passeggiammo a lungo e arrivammo nei pressi del parco e la prima cosa che ci venne in mente fu quando ci andammo l'ultima volta con Andrea che scorrazzava con la sua bicicletta, com'erano struggenti quei ricordi.

«Quanto mi manca, darei non so cosa per riaverlo qui con noi», dissi.

«Cosa non si farebbe per riaverlo accanto il cucciolo di casa e invece è quasi un anno che non c'è più, quei delinquenti invece sono ancora liberi, a divertirsi e fare altri danni, sono stati capaci persino di rubargli l'orologio; mi credi Mavi, se ce li avessi davanti, li ammazzerei con le mie mani, oltre il dolore c'è tanta rabbia, non esiste perdono per gente simile», disse Claudio pieno di livore.

Dopo lo sfogo che aveva avuto, si mise a piangere, ed io con lui, ne avevamo bisogno.

«Era da un po' che avevo questo nodo alla gola, a casa, giustamente, non si può affrontare questo discorso, gli amici, per quanto sia, non puoi sempre angosciarli, solo con Marina qualche volta parlo di Andrea... scusami se ti ho rattristato».

«No, hai fatto bene, è un dolore che ci accomuna e solo sfogandoci tra noi riusciamo a capirci e consolarci».

Detto ciò, entrambi d'accordo, decidemmo di passare al cimitero dove incontrammo papà e mamma che stavano andando via:

«Ciao ragazzi, anche voi qui?», disse mio padre.

«Sì, abbiamo fatto una passeggiata dopodiché abbiamo deciso di venire qui».

«Noi adesso andiamo a casa, volete venire con noi?», disse mia madre.

«No mamma, io devo fare ancora alcuni giri e ho chiesto a Mavi di accompagnarmi».

«Va bene, allora ci vediamo dopo», dissero entrambi i miei genitori.

Stemmo ancora un po' da Andrea poi, mentre stavamo uscendo, mio fratello disse:

«Ti ho salvata vero?».

«Perché?».

«Ma come perché? Non devi telefonare ad Alessandro? Se andavamo con papà e mamma non avresti potuto!».

«Già, è vero, me ne ero completamente dimenticata! Andiamo, altrimenti si farà tardi».

Ci fermammo alla prima cabina telefonica e lo chiamai, fui sbrigativa, non mi andava di far aspettare Claudio e lo spiegai ad Alessandro che, caso strano, capì senza polemizzare.

Ero così stupita dal suo atteggiamento che lo dissi anche a mio fratello:

«Beh, segno positivo, finalmente sta capendo, può darsi anche che la sorella lo stia aiutando a crescere, a capire che se ami una persona non puoi tarparle le ali».

«Sì, hai ragione, conoscendo Silvia posso immaginare che ci sia il suo zampino in questo cambiamento, meno male, speriamo solo che duri».

Detto questo tornammo a casa, mi cambiai e andai ad aiutare mamma ad apparecchiare la tavola.

Il pranzo trascorse serenamente, con mamma non c'era più l'atmosfera di un tempo, ma almeno non litigammo.

Finito di mangiare, dopo aver aiutato a riordinare la cucina, me ne andai in camera mia a studiare, gli esami si avvicinavano sempre di più e non c'era tempo da perdere.

~

I giorni che mancavano alla fine dell'anno scolastico passarono in fretta e l'ultimo fu all'insegna dei saluti e degli "in bocca al lupo" reciproci.

Mi misi di buona lena a studiare e ovviamente, per farlo, dovevo un po' rallentare gli appuntamenti con Alessandro, cosa che lo infastidì, arrivò anche al punto di dirmi che non gli interessava nulla se mi diplomavo o meno, queste parole mi contrariarono non poco. Andai su tutte le furie, ma come? Riguardava il mio futuro e a lui non interessava?

Non mi feci condizionare, per me era importante, il mio primo traguardo dopo tanti anni di studi e nessuno doveva ostacolarmi, per Alessandro la donna doveva solo stare a casa, una mentalità assolutamente maschilista, cosa che io non avrei mai potuto accettare, ero cresciuta con idee e modi di vivere differenti e mia madre ne era l'esempio, non ha mai trascurato la sua famiglia, ma nemmeno il suo lavoro e non avevo mai sentito mio padre lamentarsi.

Si può immaginare quindi con quale serenità studiavo tra lui così e mia madre sempre sulle sue; solo papà e Claudio mi erano vicini, infatti, non appena avevano un momento libero, mi davano la possibilità di ripetere loro ciò che avevo studiato, facendomi anche delle domande, e tutto questo per me era di gran sostegno.

Ciò si protrasse fino alla sera prima degli esami, che Claudio pensò di farmela passare in allegria, portandomi a cena fuori con Marina ed altri amici; mancava solo Emanuele e chiesi a Claudio il perché:

«Non è potuto venire a causa di un impegno familiare, comunque non posso negarti che è ancora un po' risentito del comportamento che hai avuto l'ultima volta con lui».

«Gli ho solo fatto capire che non ero intenzionata ad un rapporto serio, sono stata sincera, dovevo illuderlo forse?».

«No, hai fatto bene, probabilmente si era illuso da solo».

Mi dispiacque ma non potevo farci nulla, era stato giusto così e a lui, prima o poi, sarebbe passata.

Aveva fatto proprio bene Claudio ad organizzare la cena con gli amici, mi divertii molto, se restavo a casa probabilmente sarei stata tutto il tempo a pensare agli esami e quant'altro.

~

Il fatidico giorno arrivò e, al contrario di molti, ero contenta, così, nel bene o nel male, mi sarei tolta un pensiero, un po' come il mal di denti, tolto il dente, tolto il dolore.

Ovviamente l'agitazione c'era, avevo il cuore a mille, la paura era così tanta che mi sembrava di aver dimenticato tutto ciò che avevo studiato. Menomale che non fu così, le prove scritte andarono abbastanza bene e lo stesso fu per il colloquio, anche se in quest'ultimo caso ebbi inizialmente un momento di panico tanto che l'insegnante dovette farmi coraggio, capendo il mio attimo di smarrimento.

Per tutta la durata degli esami non mi vidi con Alessandro, anche se come potevo gli telefonavo e ogni volta che lo sentivo era sempre ostile, questo modo di fare mi innervosiva ma saggiamente tralasciai; come lui aveva pensato al suo futuro e ad emergere, lo stesso dovevo fare anche io. Non sentivo ragioni.

Finalmente arrivò il giorno in cui avrebbero esposto i quadri, ero agitatissima; Claudio si propose di accompagnarmi.

Una volta arrivati davanti alla scuola, chiesi a lui di andare a vedere i risultati, a me mancava il coraggio.

Tornò dopo poco con una faccia per niente felice, capii subito che non c'erano buone notizie.

«Allora, com'è andata? Dalla faccia che hai, non mi sembra bene».

«Non ce l'hai fatta, ti hanno bocciato», disse Claudio senza mezzi termini.

Non era possibile, non ci potevo credere, eppure mi ero impegnata al massimo, mi sentivo male, sudavo freddo, Claudio, accortosi che da lì a poco sarei svenuta, mi strinse entrambe le braccia dicendomi:

«Ma dai! Sei stata promossa, però è possibile che credi a tutto? Ti ho messo paura eh?».

«Messo paura? Per poco non svenivo, ma sono scherzi da fare?» dissi ridendo, ma con tanta voglia di strozzarlo.

«E certo, solo così si apprezzano le cose, non lo sapevi? Beh, ora lo sai, comunque brava».

«Con quanto sono uscita?».

«Con cinquantaquattro, non è male».

«Sì, mi posso accontentare».

«Penso che ci sia un'altra persona che vorrebbe complimentarsi con te, guarda lì chi c'è».

Mi voltai e poco distante c'era Alessandro, timidamente lo salutai, poi mi voltai di nuovo da mio fratello che disse:

«Vai, lo so che stai fremendo, anche lui ha diritto di condividere con te questo momento così bello».

«Grazie Claudio, grazie, grazie!», e lo riempii di baci.

Corsi così da Alessandro dandogli la bella notizia:

«Anche se non ti sono stato vicino come avrei dovuto, sono contento», e mi diede un bacio.

«Beh, in effetti non ti sei comportato bene, se dovevo fare affidamento su un tuo aiuto morale, allora potevo anche sprofondare», dissi un po' severamente.

«Hai ragione, ma che ci devo fare, la lontananza mi innervosiva, ora però direi che dobbiamo festeggiare, che ne pensi?».

«Penso proprio che sarebbe il caso, anche perché è l'unico modo che hai per farti perdonare, cosa mi hai preparato?».

«Vieni, andiamo così lo vedrai».

Salutai mio fratello, salii sulla moto e partimmo, incurante se qualcuno poteva vedermi.

Mi portò a casa sua e festeggiammo la promozione nel migliore dei modi, stando insieme.

Prima di andarcene, tirò fuori dalla tasca un pacchettino:

«Aprilo».

Lo aprii e dentro c'era un anello, era bellissimo:

«Su, mettilo, anzi no, devo farlo io».

Prese l'anello e me lo mise, ero emozionatissima, la mano mi tremava:

«Ti piace?».

«È bellissimo, non me lo sarei mai aspettato, grazie».

«La pietra rossa sta a simboleggiare la mia passione e la mia gelosia, non devi toglierlo mai».

«E come potrei?», dissi abbracciandolo.

Arrivata a casa, poco prima di entrare, mi ricordai di levarmi l'anello; papà e mamma erano lì ad aspettarmi e come mi videro mi vennero incontro abbracciandomi e complimentandosi.

«Già lo sapete?», chiesi stupita.

«Certo, prima di andare all'università Claudio è passato da noi e ci ha informati, dicendoci anche che saresti andata con alcune compagne a festeggiare», disse papà.

«Sì, sono stata un po' con loro, abbiamo parlato dei nostri progetti futuri, siamo tutte ancora un po' confuse».

Grande il mio fratellone, mi aveva tolto da un grande impiccio.

«Non hai ancora idea di quale facoltà scegliere?», chiese mia madre.

«No, sono ancora incerta».

«Hai ancora un po' di tempo per pensarci, ora goditi questo momento», disse papà che, rivolgendosi alla mamma, continuò «che ne dite se stasera ce ne andiamo in un bel ristorantino a festeggiare?».

«Per me va bene», rispose mamma.

Dopo mangiato, mamma mi chiese se avevo impegni nel pomeriggio.

«No, perché?».

«La settimana prossima Brigida deve andare ad una cerimonia e mi ha chiesto se l'accompagnavo a vedere qualche abito, ti va di venire con noi?».

«Certo, volentieri».

Prima di andare a prendere Brigida passammo da nonna Gina e nonno Bartolomeo e anche loro, non appena seppero della mia promozione, furono molto felici:

«Brava Mavi! Siamo orgogliosi, questo è un pensierino per te, eravamo certi che ce l'avresti fatta», disse mia nonna dandomi un pacchettino dove dentro c'era una catenina d'oro con l'iniziale del mio nome.

«Grazie nonni! È bellissima», dissi abbracciandoli.

«Siamo felici che ti sia piaciuta, però devi farci una promessa, ora che hai finito con gli impegni scolastici, vieni a trovarci più spesso».

«Ve lo prometto».

Dopodiché ci salutammo e andammo a prendere Brigida, e anche lei si congratulò con me.

Dopo vari giri riuscimmo a trovare il vestito che più le piaceva.

Al ritorno, prima di riaccompagnarla a casa, andammo a comperare dei fiori che mettemmo davanti ad una piccola lapide che papà e mamma avevano fatto costruire sul luogo dove era avvenuto l'incidente di Andrea.

«Non finirò mai di maledire chi ha causato la morte di mio figlio, dal primo all'ultimo, non dovranno avere mai pace», disse mamma con profondo odio.

«Oltre a non soccorrerlo lo hanno anche derubato, che vergogna», disse Brigida.

«Non esiste frase o parola per descriverli, gli animali sono molto meglio, non posso pensare che lo hanno privato non solo della vita ma anche del regalo che io e il papà gli avevamo fatto con tanta gioia per il suo compleanno», disse mia madre con le lacrime agli occhi.

«Dai Marta, ora basta, non torturarti con questi pensieri, pensa che tutte e tre assieme abbiamo passato un bel pomeriggio».

«Hai ragione Brigida, grazie».

«E di cosa cara, le amiche a cosa servono altrimenti?».

Mia madre le fece un sorriso e la riaccompagnammo a casa.

Durante il viaggio di ritorno né io né mamma dicemmo una parola, anche se facevamo finta di nulla, tra noi c'era imbarazzo, si capiva che era delusa, a me dispiaceva molto, ma non osavo dirglielo.

La sera poi, come papà aveva proposto, ce ne andammo tutti e quattro a cena fuori, fu una piacevole serata, stemmo bene. Papà aveva scelto un bel ristorante, il cibo era ottimo e a rendere tutto più sereno era il dissolversi dell'ansia che aveva lasciato il posto alla serenità e alla gioia del primo scalino superato nella vita di uno studente.

~

Con il passare dei giorni assaporavo sempre di più quanto fosse soddisfacente aver ottenuto il diploma, dovevo solo decidere quale facoltà scegliere e a tal proposito, per aiutarmi a capire, Claudio spesso mi portava con sé all'università.

Nel frattempo mi iscrissi a scuola guida, devo dire che la mia famiglia si mostrò molto disponibile nel darmi qualche lezione, anche se, ogni volta che mi mettevo al volante, facevano gli scongiuri!

Ero decisamente una frana.

Tutt'altro che disponibile era Alessandro, già non aveva accettato l'idea che prendessi la patente, figuriamoci se si sarebbe mai degnato di insegnarmi.

Tutto sembrava essere apparentemente calmo quando due eventi ribaltarono ogni cosa.

Una sera mamma tornò a casa furibonda, papà non era ancora rientrato mentre io e Claudio eravamo nelle nostre stanze; cominciò a chiamarmi ad alta voce e io, non pensando che fosse accaduto qualcosa di grave, ignara, scesi tranquillamente.

Come mi vide mi mollò un ceffone, ero allibita e le chiesi il perché; con quel perché scatenai il finimondo:

«Te lo dico subito, oggi pomeriggio sai chi è venuta a trovarmi in negozio?».

«Chi?».

«È venuta la tua amica Virginia».

«Innanzitutto non è una mia amica, e poi perché è venuta?».

Nel frattempo venne mio padre il quale si accorse, come era ovvio che fosse, che i toni si stavano scaldando:

«Abbiamo ricominciato? Vi sentivo dall'ascensore».

«Come non si può ricominciare, dopo quello che ho saputo!», disse irosa mamma.

«E che avrai saputo mai stavolta?», chiese papà ironicamente, cercando di spegnere la tensione, ma senza riuscirci.

«Oggi pomeriggio è venuta a trovarmi Virginia, una compagna di classe di Mavi, passava da quelle parti, mi ha visto ed è entrata per salutarmi e complimentarsi per la promozione dopodiché mi ha chiesto se ero contenta del ragazzo che frequenta nostra figlia, lì sono caduta dalle nuvole».

«Di quale ragazzo parla?», chiese papà.

«Domandiamolo a Mavi, lei ce lo saprà dire», disse mamma sempre più inviperita.

«Ma non so a chi si stesse riferendo, io non ho nessun ragazzo», dissi fingendomi tranquilla.

«A no? E chi era quel ragazzo con la moto che ti è venuto a prendere a scuola? Un fantasma? O quel delinquente?», disse mamma.

«Ma cosa dici, quale ragazzo con la moto? Quale delinquente? Basta, smettila di fare illazioni, non ce la faccio più, mi stai rovinando la vita, la gioventù», dissi alzando la voce.

«Sono io che ti sto rovinando la vita o sei tu che lo stai facendo da sola? Continui a coprire quel lestofante, a negare la realtà, facendoci credere che Virginia abbia detto una montagna di bugie, cosa che non credo affatto, per quel poco che l'ho conosciuta devo dire che è di gran lunga superiore a te come figlia».

Nel sentire quelle parole sbottai:

«Se lei è meglio di me è perché probabilmente ha una madre migliore di te!».

Senza pensarci un attimo, mamma mi diede un altro manrovescio e avrebbe continuato se papà non l'avesse fermata, sembrava impazzita.

Claudio, che intanto era sceso, mi allontanò.

«So di aver esagerato con le parole ma sono stata indotta, ogni momento è buono per tirar fuori la rabbia che ha e che trovo esagerata e poi anche lei non è stata tenera né con le parole né tantomeno con i gesti», dissi trattenendo le lacrime a mio fratello.

«Qui la cosa sta degenerando, non sapevo che fosse venuto a prenderti anche a scuola… forse dovevi essere più cauta».

«Lo so, io avrò anche sbagliato ad agire con spontaneità alla luce del sole, però ti rendi conto della reazione di nostra madre?».

«Certo che me ne rendo conto, oramai è fuori controllo… ma come mai questa tua compagna di classe si è permessa di raccontare di voi due?»

«Perché Alessandro, prima di incontrare me, ha avuto un brevissimo flirt con Virginia».

«È stato lui a lasciarla?».

«Sì, lei ne era innamorata, e a questo punto credo lo sia ancora, mentre per lui era solo un diversivo».

«Ecco spiegato tutto, si è vendicata, ha il dente avvelenato ed è gelosa di te, queste persone possono essere molto pericolose».

«Hai idea di quello che ha combinato quella perfida strega? Ma gliel'ha farò pagare, non finisce qui».

«Speriamo che non sia lei a combinarne un'altra, in questo momento si sentirà umiliata e l'unico modo per star bene è fare del male, in questo caso a te e Alessandro, perciò stai molto attenta».

Nel frattempo entrò papà, mi chiese come stavo e si sedette sul letto:

«Mi spieghi cos'è successo? Qual è la verità?».

«In parte quello che mamma è venuta a sapere è la realtà, ma solo in parte, perché non è vero che il ragazzo che frequento è un delinquente, ha avuto un passato un po' burrascoso ma ora è cambiato completamente, sta per laurearsi, ha aperto un'attività in proprio e poi con me è splendido, io sto bene con lui», dissi con tutta onestà.

«Tutti possono sbagliare nella vita, l'importante è capirlo e cambiare, bisogna sempre dare una chance, ma tua madre non è così, per lei una persona o è sempre buona o viceversa, ed è difficile farle cambiare idea, tu ci tieni molto a lui vero?».

Con il capo annuii.

«Hai provato a parlare con tua madre dei cambiamenti di questo ragazzo?».

«Non mi dà la possibilità di farlo, come sente il suo nome va in escandescenza».

«Proverò a parlarle io, casomai domattina, speriamo bene», disse desolato papà uscendo dalla stanza.

Com'era ovvio, non scesi a cena e Claudio mi portò un panino.

«Non ti ho portato nient'altro perché mamma non ha preparato nulla, se n'è andata in camera sua e non è più scesa, anch'io e papà ci siamo arrangiati così».

«Mi dispiace che questa situazione ricada anche su voi due, ma non è colpa mia».

«Non preoccuparti, speriamo che papà riesca a farla ragionare, ora vado che domani ho un esame, cerca di riposare, buonanotte».

«Buonanotte anche te».

La mattina dopo mi svegliarono le voci concitate di papà e mamma, aprii la porta della mia camera per sentire meglio e capii che erano in cucina, mamma strillava e papà non era da meno, raramente l'avevo sentito così furente.

Ad un certo punto sentii sbattere forte il portoncino di casa, sarei voluta scendere, ma non osai, il pensiero di trovare mamma mi spaventava, così me ne tornai a letto, stetti solo alcuni minuti e mi rialzai, fremevo, ero ansiosa, non ce la facevo più a rimanere chiusa in camera.

Decisi così di scendere e trovai papà che stava bevendo il caffè.

«Ci hai sentiti vero?».

«Sì, ma perché alzavate la voce?».

«Come ti avevo promesso ieri sera ho provato a parlarci ed ecco il risultato, dopo avermene dette tante, ha sbattuto la porta e se n'è andata, ci ho provato Mavi ma è come parlare ad un muro, pensavo di fare una cosa buona parlandole mentre, al contrario, credo proprio di aver peggiorato la situazione», disse papà nervosamente.

«Papà credimi, se potessi me ne andrei di casa, così non creerei più problemi a nessuno», dissi con un groppo alla gola.

Papà si alzò e mi abbracciò:

«Non dire più queste cose, è vero, ci sono delle difficoltà che insieme cercheremo di affrontare ma tu non sei e non sarai mai un problema, ok?».

«Ok», risposi poco convinta.

«Mi raccomando, evitiamo qualsiasi cosa possa scaturire un contrasto, so che non è facile, però mettiamocela tutta».

«Ci proverò papà».

Sapevo che non era facile, con mia madre non c'era soluzione, tranne una, che io cancellassi dalla mia vita Alessandro ma io non l'avrei mai fatto.

Quel giorno, la prima cosa che evitai, fu quello di rimanere a pranzo, andai così a trovare i miei nonni alla cascina, dove già sapevo che mi avrebbero trattenuto per mangiare con loro.

Chiesi a nonna se poteva avvisare lei mamma che non sarei tornata a casa; il fatto che non lo facessi io un po' la insospettì e quando sentì il tono di voce di mia madre, il dubbio che tra me e lei fosse successo qualcosa, si concretizzò.

«Che cosa è accaduto?», mi chiese nonna senza girarci intorno.

E io, senza nasconderle nulla, le dissi che avevamo avuto un'accesa discussione:

«Per quale motivo?».

«Per la sua possessività e diffidenza».

«Ma ci sarà pure un soggetto, o sbaglio?».

«Sì».

«Sai Mavi, voglio essere sincera, dai discorsi di tua madre e da qualche parola che è uscita involontariamente da Brigida, penso di sapere chi sia il soggetto di tutte queste discussioni; francamente nel periodo che era qui da noi non ha mai dato problemi, tranne il fatto che tuo nonno, essendo diffidente e prevenuto come tua madre, abbia pensato che gli ammanchi che c'erano dipendessero da lui, vuoi perché era l'ultimo arrivato e anche perché era l'unico di cui non si sapeva nulla. Ora non so se il nonno avesse ragione o meno, però di sicuro, con tutti gli eventi successivi che si sono verificati, quel ragazzo non ha fatto niente per discolparsi, anche quando vennero qui i carabinieri per chiedere delle spiegazioni, lui non disse nulla».

«Nonna, io non dico che sia stato uno stinco di santo, neanche lui rinnega il passato, ma ora è profondamente cambiato (e le raccontai tutte le sue evoluzioni) e poi ci amiamo, ora mi domando, perché dovrei chiudere il mio cuore al suo amore? Solo perché nel passato ha commesso degli errori?».

Alla mia domanda non rispose ma continuò:

«Il tuo ragionamento può anche essere giusto, ma ricordati che dovrai fare i conti con tua madre e non sarà facile, è sempre stata irremovibile su certe cose, difficilmente cambia idea, e questo per me è sbagliato, ma lei è uguale al nonno, secondo loro se nasci quadrato non puoi diventare tondo, ma non è così, certi angoli a volte si possono smussare, non diventare tondi, ma quasi».

«È vero nonna, come sei saggia, magari mamma fosse come te».

«Su, su, ora non esagerare, anch'io ho i miei difetti, è solo che con l'età si sono sopiti e poi si sa, noi nonni con i nipoti siamo sempre migliori», disse accarezzandomi i capelli «ora vai a chiamare il nonno, il pranzo è pronto, evitiamo di parlare davanti a lui di queste cose perché sarebbe come parlarne a tua madre».

Assicurai nonna che non avrei aperto questo argomento e andai a chiamare il nonno che si trovava in una delle stalle a parlare con il veterinario.

Come mi vide mi venne incontro tutto contento:

«Ah, finalmente sei venuta! Da quant'è che non dai un occhiata ai tuoi animali? Lo sai che ci sono parecchi nuovi nati? Ho chiamato apposta il veterinario per fargli dare una controllatina».

«Come stanno?», chiesi al veterinario mentre andavo a guardarli.

«Sono tutti in gran forma, il signor Bartolomeo, tratta bene i suoi animali», rispose il veterinario il quale, dopo aver parlato ancora un po' con il nonno, se ne andò.

Io e nonno allora ci avviammo verso casa dove nonna già aveva messo il desinare sulla tavola.

Passai un bel pomeriggio, per tutto il tempo non pensai a nulla, né ai problemi che c'erano con mamma né ad Alessandro, era stata una giornata di grande serenità. Cosa che non trovai rientrando a casa.

Approfittando che ero sola, anche se da lì a poco i miei genitori sarebbero rientrati, telefonai ad Alessandro in ufficio.

«Ah! Ma allora sei viva!», esclamò.

E non lo disse a mo' di battuta, ma seriamente.

«Se non mi sono fatta sentire un motivo ci sarà, non sarebbe meglio chiedermi il perché anziché fare del sarcasmo?», dissi io di pronta risposta

«Forse non te l'ho chiesto perché immagino che il motivo della tua assenza sia dovuto alle lezioni di guida», disse con ironia.

«Senti, se devi continuare a fare lo stupido, attacco, non ho tempo da perdere», risposi molto scocciata.

Lui allora, sentendomi così determinata e nervosa, cambiò tono:

«Forse ho esagerato però dai…dimmi cos'è successo».

«Sì, ma non puoi fare sempre così, se non mi faccio sentire c'è sempre una ragione», e gli raccontai ogni cosa.

«La reazione che ha avuto tua madre non mi stupisce affatto, te l'avevo detto che anche se facessi i miracoli, per lei sarò sempre un balordo, da quella serpe di Virginia però non me l'aspettavo, ma la pagherà».

«In che senso?».

«Non preoccuparti, è un problema mio».

Percepii una minaccia in quelle parole e glielo feci presente.

«Ti ho detto che è un problema che devo risolvere io, non puoi pretendere che dopo quello che ha fatto possa passarla liscia».

«Allora vuoi tornare alle maniere dure come un tempo?», domandai severamente.

«È questo ciò che pensi di me? Anche tu allora, come tua madre, non credi nel mio cambiamento, mi hai deluso Mavi», e attaccò.

Avevo sbagliato, lo avevo offeso, mi ero comportata come mia madre, perché? Forse anch'io non avevo piena fiducia in lui?

Probabilmente sì e non era un buon segno, dovevo scusarmi, provai allora a richiamarlo ma non rispose, provai altre due volte ma nulla, dovetti così smettere perché sentii i miei genitori tornare.

Con la tensione che già c'era in casa, ci mancava anche la discussione con Alessandro e il non aver potuto chiarire mi rendeva ancora più nervosa.

Non volevo cenare, mi sentivo a disagio ma papà venne a chiamarmi, dicendo che lo aveva chiesto mamma.

A malincuore andai e lei, senza neanche guardarmi, disse:

«In questa casa esistono delle regole, tra cui quella di pranzare e cenare tutti alla stessa ora e di stare a tavola anche se non va».

Detto questo iniziammo a cenare, nessuno di noi tre disse una parola, Claudio era a cena con degli amici.

Non mi dispiaceva tanto che mamma non parlasse con me, quanto il fatto che ci fosse tensione tra lei e papà e questo, nolente o dolente, mi faceva sentire in colpa.

~

La mattina dopo, come papà e mamma uscirono, telefonai a casa di Alessandro, pensavo di trovarlo, non era tardi, tuttavia Silvia mi disse che era già uscito:

«Ti ha detto dove andava?».

«No, ho preferito evitare, non era di buon umore, è da ieri sera che è intrattabile, tu sai qualcosa?».

«Sì, penso di sì, ed è per questo che volevo parlargli, casomai tra un po' provo a chiamarlo in ufficio».

«Ok Mavi, buona giornata».

«Grazie Silvia, speriamo lo sia, comunque buona giornata anche a te», e riattaccai. Non appena smisi di parlare con lei, provai a telefonare in ufficio, ma non c'era; provai più tardi, ma nulla, dopodiché uscii perché avevo una lezione di guida.

Alla fine della lezione, trovai Virginia davanti all'autoscuola; aspettò che salutassi l'istruttore per avvicinarsi e aggredirmi verbalmente:

«Ora non sei più capace di difenderti da sola? Hai bisogno del maschietto?».

«Ma che dici, di chi parli? Io non ho bisogno di essere difesa da nessuno».

«Ah no? Beh, allora sappi che il tuo caro oggi mi ha detto che non devo più osare infastidirti, ma com'è dolce e protettivo…», disse ironicamente lei.

«Se l'ha fatto, è stato di sua iniziativa, io non avrei avuto problemi nel dirti ciò che penso di te e ora che ne ho l'occasione te lo dico in faccia, il tuo comportamento è stato spregevole e meschino, mi fai tanto raccapriccio e pena! Come vedi, il coraggio per dirti ciò che penso di te non mi manca, ti brucia, ammettilo, che Alessandro mi ama così tanto vero?», dissi con tanta rabbia.

«A me che Alessandro ti ama non interessa proprio nulla e poi, sai che ti dico? Che fare ribrezzo a una che si fa spupazzare da un avanzo di galera, non mi fa né caldo e né freddo, anzi», disse lei con estrema cattiveria.

«Il problema è che vorresti esserci tu al mio posto, è l'invidia che ti sta logorando, anche gli avanzi di galera, come tu l'hai chiamato, hanno gusto e dignità, non starebbero mai con un verme come te, infatti, dopo averti usato, ti ha dato il ben servito, detto questo, mia cara, me ne vado, ho ben altro da fare, e sai a cosa mi riferisco», dissi beffardamente.

Mi voltai e me ne andai.

Virginia furiosa urlò:

«Sappi che non finisce qui, te e il tuo bellimbusto non mi mettete paura!».

«Neanche tu a noi brutta vipera!».

Continuai a camminare imperterrita, lasciandola sbraitare.

Prima di andare a casa decisi di passare al negozio di Silvia sperando di trovare Alessandro o quantomeno avere sue notizie.

Ma neanche lei lo aveva sentito.

«Sicuramente lo vedrò a casa per pranzo, devo dirgli qualcosa?».

«Magari! Puoi ribadirgli che lo aspetto oggi pomeriggio al solito posto?».

«Certo».

«Ah, dimenticavo… digli anche che non penso affatto quello che ho detto, lui capirà».

Detto questo ci salutammo e me ne andai a casa, dove trovai solo papà.

Che non ci fosse Claudio lo sapevo, era all'università, ma non capivo l'assenza di mamma e glielo chiesi:

«È passata in farmacia dicendomi che doveva fare alcuni giri e che poi sarebbero andati al negozio alcuni rappresentanti, quindi non avrebbe fatto in tempo a venire a casa».

«Papà, sei triste?».

«Abbastanza, questa situazione mi addolora molto, tua madre è distaccata anche con me, in un altro momento non avrebbe mai anteposto il lavoro alla famiglia, oggi invece l'ha fatto, e poi l'ho sentita molto evasiva riguardo alle commissioni che doveva fare, ho provato a sapere di più, ma ha tergiversato».

«Mi dispiace per tutto questo papà, ma non so come comportarmi, qualsiasi cosa faccio o dico, per mamma è sbagliata».

«Lo so, vedrai che passerà, ora non pensiamoci, che vogliamo prepararci per pranzo?», mi chiese cambiando discorso.

«Ci penso io».

Ricordandomi di come mamma preparava alcuni sughetti, riuscii a preparare un discreto pranzetto che papà apprezzò:

«Però, non sei così male in cucina, brava la mia piccola ma a proposito, come stanno andando le lezioni di guida?».

«Tutto ok, l'istruttore sembra soddisfatto, la settimana prossima ho l'esame di teoria, speriamo bene».

«Ma sì, la teoria non è difficile, la pratica è un po' più rognosa, casomai domenica ti faccio guidare un po'».

«Magari papà, mi sarebbe tanto d'aiuto».

Mentre stavamo conversando squillò il telefono e papà andò a rispondere, era la mamma.

Da come stava parlando intuii che mamma stava chiedendo di me e non appena finì la telefonata glielo chiesi:

«Sì, ha chiesto di te, voleva sapere se eri a casa e cosa facevi oggi».

«E tu cosa le hai risposto?».

«Lo hai sentito anche tu, le ho detto la verità, che eri a casa, che avevi preparato tu il pranzo e che non avevo idea di cosa avresti fatto nel pomeriggio».

«E poi che altro ti ha chiesto?».

«Nient'altro, mi ha salutato dicendomi che ci saremmo visti questa sera a casa».

Non so perché ma ero più agitata del solito, forse era dovuto al comportamento subdolo che aveva avuto mamma, da ciò che mi aveva fatto capire papà era stata misteriosa.

Dopo essersi preparato il caffè, mi chiese se volevo andare con lui in farmacia e aggiunse:

«Così, dato che non hai ancora le idee chiare su quale facoltà scegliere, potresti trovare ispirazione nel vedere quello che faccio io».

«Hai ragione, potrebbe essermi utile, ma ho promesso a Marina che sarei passata a trovarla, però domani pomeriggio ti prometto che vengo».

«D'accordo», mi salutò e se ne andò.

Corsi in camera a prepararmi, ero ansiosa, il pensiero di non trovare Alessandro all'appuntamento mi angustiava.

Arrivai con un quarto d'ora di anticipo, lui era già lì, tirai un sospiro di sollievo, mi avvicinai per dargli un bacio, ma lui si scansò.

«Sei ancora arrabbiato per l'altro giorno?».

«Più che arrabbiato, sono deluso e sconcertato, quelle parole le hai dette perché le pensi, per questo credo che non abbia senso un rapporto dove non c'è stima e fiducia, non ci sono basi stabili».

«Con questo vuoi dire che è meglio lasciarsi?».

«Non lo so, ho bisogno di riflettere».

«Ma io non penso affatto che tu possa tornare l'uomo che eri prima, sono certa del tuo radicale cambiamento e ne è la prova il fatto che per te sto andando contro la mia famiglia, e tu sai bene quanto sia a me cara, perciò come puoi pensare questo?», dissi con fervore.

Lui non rispose, mi venne vicino abbracciandomi, poi si scostò e disse:

«Proverò a crederti, ma quelle parole mi hanno ferito, per me questo è un tasto dolente e non voglio dubbi tra noi, probabilmente avrò ingigantito le tue parole, ma sono fatto così, come vedi sono pieno di difetti».

«Lo so, ma ti amo».

«Ti va se ce ne andiamo a casa mia così riusciamo ad evitare occhi indiscreti?».

«Volentieri».

Salimmo in moto e ci dirigemmo verso la sua casa.

Mentre eravamo seduti sul divano a berci una bibita e continuare il discorso precedente, suonarono alla porta.

«Aspettavi qualcuno?».

«No, ora vado a vedere».

Tornò poco dopo con il viso sconvolto:

«Che succede? Hai per caso visto un fantasma?», chiesi sorridendo.

«Peggio, molto peggio, fuori alla porta c'è tua madre».

«Mia madre? Non posso crederci! E ora cosa facciamo?», dissi sbarrando gli occhi dall'incredulità.

«Non lo so, non capisco come abbia fatto a sapere dove abito», disse lui visibilmente agitato.

Intanto il campanello continuava a suonare ininterrottamente, il cuore andava a mille.

«Forse, senza accorgermene, mi ha seguita!».

«Non credo, da quel po' che ho capito, se tua madre ti avesse vista salire sulla moto con me la sua reazione sarebbe stata repentina, piuttosto credo che ci sia lo zampino di Virginia», disse lui, avvicinandosi alla finestra per vedere se mia madre stesse ancora lì, avendo smesso di suonare il campanello.

«È ancora lì?».

«Sì, e avevo immaginato bene, c'è con lei anche quel verme di Virginia, maledetta», disse con rabbia Alessandro.

«Non abbiamo risposto, perché non se ne vanno? Che cosa aspettano?», chiesi angosciata.

«Stanno aspettando noi».

E mentre pronunciava queste parole, mia madre cominciò a chiamarmi ad alta voce.

«Mavi, esci fuori, tanto so che sei lì, e se credi che me ne vada, ti sbagli di grosso».

Per più di un quarto d'ora stetti dietro le tende della finestra, cercando di non farmi vedere e sperando che andasse via, ma niente da fare, stava lì imperterrita, attendendo che uscissi.

Perché voleva umiliarmi in quel modo? Non riuscivo a capirlo.

«Mavi, penso che l'unica cosa da fare sia quella di affrontarla, ora scendo e ci vado a parlare, tu intanto resta qui».

«Ma sei pazzo, cosa credi di ottenere? Ti riempirà di insulti!».

«Non capisci che non c'è soluzione? Prima o poi noi da qui dobbiamo pur uscire e lei non se ne andrà fino ad allora, l'unica soluzione è affrontarla».

Detto questo, mi diede una carezza sul viso e se ne andò.

Scesi anch'io, mi avvicinai alla porta per poter ascoltare meglio cosa si sarebbero detti.

«Sei uscito finalmente, dov'è mia figlia?».

Prima di rispondere a mia madre, Alessandro si avvicinò a Virginia:

«Hai fatto la cosa più ripugnante che una persona possa fare, la spia, cosa credi di aver ottenuto adesso? Nulla, solo il mio disprezzo e ora per cortesia vattene e non farti più vedere».

La prese per un braccio e con forza la allontanò.

Ma lei, cercando di fare resistenza replicò:

«E se non me ne volessi andare?».

«Se non te ne vai da sola, ti mando via io, a calci nel sedere, via, vai via!», urlò Alessandro.

Capendo che lo avrebbe fatto veramente, se ne andò, continuando ad insultare me e lui.

«Vai via verme schifoso e prega che i miei occhi non ti vedano più», gridò ancora Alessandro.

Poi tornò verso mia madre, che subito gli disse:

«È facile prendersela con le persone deboli vero? È così che sei abituato a fare?».

«Debole quella ragazza? Non si rende conto di ciò che sta dicendo, una persona così è solo viscida e malvagia, vuole il male degli altri e non merita rispetto, comunque mi dica cosa vuole, affronto senza problemi anche lei e non mi sembra una persona debole, anzi, tutt'altro».

«So che mia figlia è qui con te, dille di uscire immediatamente».

«Si sbaglia, sua figlia non è qui, la cerchi da qualche altra parte e ora, se non le dispiace, avrei altro da fare, quindi prego», e le fece cenno con la mano di andarsene.

«Ah sì? Mia figlia non è qui? Ora lo vedremo», disse mia madre che scansò Alessandro e tentò di entrare ma lui prontamente la fermò:

«Ma la vuole smettere, le ho detto che Mavi non è qui, se ne vada per favore!».

«Mi tolga le mani di dosso, quelle mani sporche non devono neanche sfiorarmi, me ne vado, ma dica a Mavi che non finisce qui».

Salì in macchina e se ne andò.

Alessandro allora rientrò in casa:

«Immagino non ci sia bisogno di dirti cos'è successo, avrai sentito tutto».

Feci cenno di sì con la testa.

«Ora sarà meglio andare, casomai evitiamo per qualche giorno di vederci, sono certo che tua madre d'ora in poi sarà la tua ombra e dove non è riuscita oggi riproverà domani e ogni giorno in cui ne avrà la possibilità».

«Riuscirà ad allontanarci vero?», chiesi con le lacrime agli occhi.

«Nessuno riuscirà mai ad allontanarmi da te, quando scelgo una persona per amore è per la vita, chiaro?».

«Chiaro. Mi abbracci ora? Ne ho bisogno».

Alessandro mi abbracciò, aspettammo una decina di minuti e poi uscimmo sperando che mia madre se ne fosse andata.

Non facemmo in tempo a varcare la soglia di casa che mia mamma comparve nuovamente; non se ne era andata, si era solo nascosta aspettando il momento in cui sarei uscita.

Come la vidi ebbi un sussulto.

«Lo sapevo che eri in casa, che stupidi ingenui, pensavate di averla fatta franca, ma non ti vergogni Mavi, per quanto ancora volevi prendere in giro me, la tua famiglia? Sei riuscita ad abbindolare persino tuo padre, facendogli credere che quello che dicevo era frutto della mia possessività, del mio vedere il male in ogni cosa. Chissà come rimarrà quando gli dirò che ti ho trovato a casa di questo delinquente. Che delusione, pover'uomo. Ora cosa credi, di tornare a casa? Puoi scordartelo, per te la nostra casa è chiusa per sempre, tu non sei più mia figlia ma solo una sgualdrina».

A quest'ultima parola Alessandro reagì:

«Ora è troppo, non si permetta più di offendere Mavi! Se per lei chi ama è una sgualdrina, allora lo è anche lei, anche lei ama suo marito!».

Nel sentire questo mia madre cercò di dargli uno schiaffo io allora, visto il degenerare della situazione, mi misi tra di loro e strillando dissi:

«Mamma basta, smettila, non è come credi tu, perché non proviamo a parlare con calma, civilmente!».

«Parlare con te che mi hai sempre mentito, che hai disonorato la nostra famiglia? Mavi, tu per me sei morta, ora non ho perso solo un figlio, ma due».

Detto questo si avviò verso l'auto, ma prima di andarsene aggiunse:

«Un giorno ti pentirai della scelta che hai fatto, ma non venire mai a piangere da me, addio Mavi».

La guardai andarsene senza riuscire a dire una parola, rimasi lì fin quando la macchina non scomparve dalla mia visuale.

«Mavi, entriamo in casa, è inutile stare qui».

Lo ascoltai ed entrai, non stavo bene, sentivo le mie gambe mancare; cominciai a vedermi ruotare tutt'intorno, Alessandro parlava ma io non riuscivo più a sentirlo, feci appena in tempo a dire che stavo male, che svenni.

Quando mi ripresi, accanto a me c'erano Alessandro e Silvia.

«Ehi, come va? Lo sai che ci hai fatto prendere uno bello spavento?», disse Silvia.

«Sai cos'è successo?», domandai debolmente.

«Sì, Alessandro mi ha raccontato, è terribile, immagino come ti senti ora».

«Mi sento vuota, senza senso, non mi sembra vero che sia accaduto tutto questo pandemonio, ora però devo andare a casa, devo parlare con papà e spiegargli ogni cosa».

«Te la senti di affrontare tutti?», chiese Alessandro.

«Non posso tirarmi indietro, devo far fronte alle conseguenze del mio comportamento».

Mi alzai e con Alessandro uscii.

Arrivata sotto casa, prima di scendere dalla macchina, Alessandro mi chiese se volevo che mi accompagnasse.

Apprezzai il gesto, ma preferii evitare.

Arrivai davanti alla porta di casa che tremavo, suonai sperando non venisse mia madre e così fu, fortunatamente aprì mio padre:

«Entra, tua madre mi ha raccontato ogni cosa».

Entrai, mi misi in un angolo del salone, mi sentivo un estranea:

«Mamma è in casa?».

«Sì, è in camera sua, sta riposando, ho dovuto darle alcune gocce per calmarla, era fuori di se».

Nel mentre venne Claudio che mi domandò come stavo:

«Male Claudio, sto male, non avrei voluto che succedesse tutto questo».

«Lo so, ma oramai è successo e non puoi piangerti addosso, ora bisogna solo trovare una soluzione».

«Papà, di qualcosa, non guardarmi senza dire nulla, mi fai soffrire più di quanto io già non soffra».

«Sono tanto deluso Mavi e non solo per quello che è capitato, ma soprattutto per come ti sei comportata con me. Pensavo che tra noi ci fosse sincerità, complicità e invece niente, mi hai nascosto tutto. Quante volte ti sono venuto vicino chiedendoti di aprirti con me? Ma tu nulla, muta come un pesce, ora vengo a sapere che tutto quello che diceva tua madre era vero; dimmi tu come posso stare, hai voluto che parlassi, ecco, solo questo posso dirti».

«Papà, io te lo avevo detto che questo ragazzo lo amavo, non te l'ho mai nascosto».

«Sì, ma non che andavi a casa sua a fare i porci comodi!», disse papà nervosamente alzando il tono della voce.

Sentendolo parlare così mi sentii a disagio, Claudio lo notò e intervenne:

«Papà, non stiamo nell'Ottocento, non bisogna aspettare il matrimonio per certe cose, anche se non so cosa sia realmente accaduto».

«Certo, è vero, ma prima di darti al primo venuto, devi conoscerlo, capire se è veramente l'uomo che fa per te. Considerando poi tutto quello che si dice su questo ragazzo, sarebbe stato meglio andarci con i piedi di piombo, cosa che, stando a quello che ha sempre detto mamma, e che poi suo malgrado ha verificato, Mavi non ha fatto».

Non ebbi il tempo di rispondere che sentimmo mamma scendere e come mi vide urlò:

«Fuori di qui, con che faccia ti presenti a casa nostra? Questa è la casa di gente onesta e tu non ne sei degna, vai dov'eri oggi e dove sei sempre stata, io qui non ti voglio!».

«Marta, ora calmiamoci e cerchiamo di ragionare», disse papà con tono deciso. Mamma non voleva sentire ragioni e continuò:

«Non c'è più nulla su cui ragionare, se invece per te non è così, devi scegliere, o me o tua figlia».

«Non mettermi davanti a questa scelta, non sarebbe giusto, è assurdo, è nostra figlia, non puoi chiedermi questo! Non te lo permetto!», rispose mio padre su tutte le furie.

«E allora non te lo chiedo, ho già capito le tue intenzioni», rispose mia madre, che subito andò in camera sua.

Papà la seguì e vide che aveva preso una valigia.

«Ma che fai, sei impazzita?».

«No, sono sempre più che mai lucida, non voglio dividere la casa con una figlia ignobile», disse ad alta voce, sperando che io sentissi.

Scoppiai a piangere, ora era troppo, non meritavo tutto questo disprezzo.

«Claudio, ora sono io che me ne voglio andare, non mi va più di stare in una casa dove vengo giudicata in questo modo, basta offese».

Mi alzai e andai verso la porta di casa, ma Claudio mi fermò:

«Ma dove vai? Cerchiamo di calmarci un po' tutti, ora tu te ne stai qui tranquilla e poi domani con calma cercheremo un rimedio».

«Con mamma una soluzione? Ma non vedi come mi tratta, quello che dice?».

Nel frattempo sentimmo papà esasperato urlare dalla camera da letto:

«Marta smettila, fermati, dove vuoi andare!».

«Me ne vado, finché ci sarà lei, io qui non metterò più piede!».

Detto ciò, uscì dalla sua stanza con la valigia mentre papà cercava di fermarla.

Questo non potevo accettarlo, vedere andare via di casa mia madre, no.

Presi coraggio e le andai vicino, non era lei a dover andare via:

«Mamma non andartene, sarò io a farlo e non perché non sono degna di questa casa, ma solo perché con il tuo comportamento mi hai costretto ad andar via, non riuscirei a stare qui neanche un minuto di più».

Non aspettai che lei potesse dire qualcosa, sapevo già che sarebbero stati solo insulti, voltai le spalle e, prima che mio padre o mio fratello potessero fermarmi, me ne andai.

Iniziai a correre, da lontano sentivo la voce di papà che mi chiamava, avrei voluto rispondergli, tornare indietro e abbracciarlo, ma non lo feci; piangendo me ne andai.

Nel correre non mi accorsi che mi ero allontanata un po', era tardi, non avevo una lira in tasca e non sapevo dove andare.

Dai nonni non era il caso, erano anziani e vedendomi arrivare a quell'ora da sola, si sarebbero spaventati, l'unica a cui avrei potuto chiedere aiuto era Elettra.

Mi avviai così verso casa sua, non ero mai uscita da sola di sera ed ero spaventata.

Quando arrivai erano quasi le ventidue.

Citofonai e rispose Elettra:

«Mavi ciao, come mai qui a quest'ora?», chiese stupita.

«Puoi farmi salire?».

«Ma certo, vieni».

Salii, come mi vide mi venne incontro e dal mio viso capì che era successo qualcosa; mentre entravamo in casa mi chiese con chi ero venuta:

«Sono sola».

«Sola?!? Non ti ha accompagnato nessuno?».

«No».

«Dai, vieni qui, mettiamoci sedute e raccontami cos'è successo».

Nel frattempo arrivò anche Riccardo, che aveva appena finito di farsi la doccia:

«Mavi, ma cos'è successo, hai una faccia…».

«È proprio quello che le stavo chiedendo», disse Elettra.

«Scusatemi se sono piombata a quest'ora e vi ho disturbato, ma non sapevo proprio dove andare», dissi piangendo.

Dopodiché raccontai loro ogni cosa.

Sia Elettra che Riccardo rimasero stupefatti dell'eccessiva reazione che aveva avuto mia madre.

«Ora dobbiamo avvisarli che sei qui da noi, chissà come starà in pensiero zio», disse Elettra prendendo il telefono.

Al primo squillo rispose mio padre, mia cugina gli disse che ero lì da loro e che stavo bene (se così si poteva dire), papà chiese di poter parlare con me e me lo passò:

«Piccola mia, stai bene? Ero in pensiero, ho telefonato a tutti, persino ai nonni con una scusa, per sapere se eri lì, ma non ho pensato ad Elettra, Claudio è venuto a cercarti con la macchina e ancora non è tornato, vieni a casa, ti aspetto».

«No papà, hai visto anche tu, la mamma è stata molto chiara, o me o lei, quindi non posso tornare, mi arrangerò, in fondo ha ragione la mamma, è quello che mi sono cercata».

«Ma io non voglio tutto questo, mi manchi, non posso pensare che mia figlia non dorme nella sua casa», disse papà con voce rotta.

«Anche tu papà mi manchi, anche io…», dissi piangendo e non riuscendo più a proferire una parola dall'emozione, passai il telefono ad Elettra che, come ebbe finito di parlare con mio padre, si mise di nuovo seduta accanto a me:

«È un momento brutto, ma vedrai che presto passerà, ora mangi qualcosa e poi vai a riposare».

«Grazie, ma non ho voglia di mangiare nulla, l'unica cosa che vorrei è che tutto tornasse come un tempo, ma credo che non sarà più possibile, è troppo forte la rabbia che mamma ha nei confronti miei e di Alessandro».

Elettra mi abbracciò e dopo aver bevuto una tazza di latte, andai a dormire; riuscii a prendere sonno che era già mattino.

Verso le otto sentii citofonare e dopo poco entrò mia cugina in camera dicendo che c'erano papà e Claudio ad aspettarmi.

Subito mi alzai e corsi da loro, ero felice di vederli, chiesi come stava mamma e se aveva detto qualcosa riguardo la mia assenza:

«Non ha detto nulla se non frasi poco piacevoli che preferirei non dover ripetere, con questo però non credere che stia bene anzi… per quanto riguarda me, il fatto di non saperti con noi mi fa star male, so che un figlio prima o poi, costruendosi un futuro e una famiglia, se ne andrà dalla casa natia, ma non così, cacciata in malo modo, questo io non lo farei mai, neanche con il peggiore dei figli», disse papà.

«Tu non mi hai allontanato ma mamma sì, non puoi capire cos'è stato per me andar via dalla mia casa, ma non ho avuto scelta, lo avete visto anche voi, non avrei mai permesso che andasse via lei, e lo avrebbe fatto, era troppo determinata e purtroppo lo è ancora».

«Tu hai tutte le tue ragioni, ma quella è anche casa tua, ieri sera hai trovato un appoggio qui da Elettra, ma poi, andrai a vagabondare da una casa a un'altra?», disse Claudio.

«No certo, ma al contrario di come si può immaginare, ho molta dignità e per quanto la voglia di tornare da voi sia tanta, non intendo più farmi offendere da mamma come ieri sera».

«Questo vuol dire che non verrai più?», chiese papà.

«Sì, a meno che non sia lei a volerlo».

«Scusate se mi intrometto ma voglio dirvi, e parlo anche a nome di mio marito, che per noi Mavi può stare qui tutto il tempo che necessita, ci fa piacere poterle dare un aiuto in questo momento», disse mia cugina.

«Grazie Elettra, sei veramente cara».

«Figurati è un piacere».

«Mavi dovrei dirti alcune cose, posso?», mi chiese mio fratello prendendomi in disparte, mentre mio padre parlava con Riccardo.

«Certo, dimmi».

«Ieri sera quando sono uscito per cercarti sono andato direttamente a casa di Alessandro perché ero sicuro che ti avrei trovata lì; quando ha saputo ciò che era successo ha insistito per venirti a cercare con me, era veramente addolorato, ho dovuto insistere molto per convincerlo che non sarebbe stata una buona idea; quando poi sono tornato a casa e papà mi ha detto dov'eri, con una scusa sono uscito di nuovo e sono andato da lui per dirgli dove ti trovavi. Prima che me ne andassi mi ha chiesto di dirti che oggi pomeriggio ti avrebbe aspettato al solito posto».

«Grazie Claudio, sono contenta che lo hai avvisato, grazie per essermi così vicino, così solidale, ciò mi fa sentire meno sola».

«Non devi ringraziarmi, ti voglio bene, non posso rimanere indifferente, ho constatato quanto Alessandro sia cambiato, spero che lo sia per sempre e che non ti dia delusioni, sono dalla tua parte, anche se sono sempre più convinto che continuando così, prima o poi mi troverò anch'io fuori di casa, devo cominciare a pensare a un posto dove andare», disse Claudio sorridendo per sdrammatizzare un po' la situazione.

Nel frattempo papà mi chiamò per dirmi che doveva andar via, altrimenti avrebbe tardato nell'apertura della farmacia:

«Farò di tutto per farti ritornare a casa, io per te ci sarò sempre, non scordarlo mai».

«Grazie papà».

Ci abbracciammo, mi misi a piangere e lui, come quando ero piccola, prese il fazzoletto e mi asciugò le lacrime, dopodiché se ne andò.

«A che prezzo dovrò pagare questo amore?», dissi rivolta a mio fratello.

«A qualsiasi prezzo, se ne vale la pena».

Già, ma ne valeva la pena? In quel momento sì.

«Senti Mavi», continuò Claudio «perché ora non vieni con me a casa, così prendi qualche vestito?».

«Sì è vero, dovrei cambiarmi, ma se c'è mamma?».

«Non credo ci sia, mamma ora lavora anche di mattina, quindi possiamo andare tranquillamente».

«Ok».

Il tempo di lavarmi e uscimmo.

Arrivati davanti all'uscio di casa, prima di entrare, mi guardai intorno con circospezione, il timore di incontrare mamma era tanto, mi rasserenai solo quando constatammo che il portoncino di casa era chiuso con tutte le mandate e ciò significava che non c'era nessuno.

Andai subito in camera mia a prendere alcune cose che misi in uno zaino, stavo per uscire dalla stanza quando sentii inserire le chiavi nella serratura, era mamma; mi rifugiai nella camera di mio fratello, non feci in tempo ad avvisarlo che era tornata che lo constatò lui stesso; mamma infatti, dal piano di sotto, disse:

«Claudio, sei a casa?».

«Sì mamma, sono appena rientrato», disse lui affacciandosi dalle scale.

«Claudio, e ora che facciamo? Se mi vede succede il finimondo», dissi sospirando per non farmi sentire.

«Tu stai qui, ora scendo e cerco di capire se esce di nuovo, mi raccomando non farti sentire, io torno subito».

Per evitare il benché minimo rumore, mi tolsi le scarpe e mi sedetti a terra.

Mi sembrava impossibile stare a casa mia e dovermi nascondere come una ladra, era un vero e proprio incubo.

Sentii aprire l'uscio di casa e richiuderlo, dopo poco Claudio entrò in camera:

«Mamma è uscita?».

«Sì, hai preso tutto?».

«Sì».

«Allora sarà meglio andare, non penso che mamma stia fuori per molto».

«Che hai Claudio?», gli chiesi, avendo notato in lui un atteggiamento diverso da prima; era incupito e nervoso.

«Mi dà fastidio dovermi comportare così con mamma, doverle mentire... mi sembra di tradirla, e questo mi fa star male».

«Lo so, fa male anche a me, anch'io l'ho pensato e non voglio più metterti in questa situazione, d'ora in poi eviterò».

«Dai, non fare così, ho sbagliato a dirtelo, e poi non è colpa tua se sono costretto a mentirle, ha esagerato e sta sbagliando, non ci devi rimanere male, è stato uno sfogo momentaneo, è già passato».

«Non tollero che per colpa mia si possa incrinare il rapporto tra voi due perciò dovresti farmi una cortesia».

«Sarebbe?».

«Non appena troverò un posto stabile dove abitare, dovresti portarmi tutto il resto della mia roba e ciò non credo ti creerà problemi, perché non dovrai mentire a nessuno, anzi, quando mamma lo saprà sarà felice», dissi con molta amarezza.

Stavamo scendendo le scale quando mamma rientrò.

Come mi vide andò su tutte le furie:

«Come ti sei permessa di venire qui?».

«Sono venuta a prendere alcune cose», poi mi feci coraggio e le chiesi come stava.

«Come può stare una madre che vede la propria figlia andare verso la rovina?», rispose con un tono di voce decisamente più calmo.

Approfittai allora per avvicinarmi a lei e abbracciarla, all'inizio cercò di scansarsi, poi si lasciò andare e ricambiò il mio abbraccio:

«Mamma, mi manchi, torniamo come prima».

«Se tu la smetti di frequentare quel delinquente», rispose irrigidendosi e scansandosi.

«Ma mamma, come puoi chiedermi questo, io per lui provo un sentimento molto forte».

Come sentì quelle parole, cambiò nuovamente atteggiamento:

«Vai via, non voglio più vederti, per me non esisti più e al più presto porta via tutta la tua roba, non voglio più vedere nulla di tuo!»

«Mamma stai sbagliando, pensi di risolvere qualcosa mandandola via di casa? Non pensi che l'avvicinerai sempre di più a quell'uomo che tanto detesti?», disse Claudio.

«Se è per questo, si è già avvicinata abbastanza a quell'uomo, comunque Claudio ti consiglio di non metterti in mezzo, se non vuoi farne anche tu le spese».

«E no mamma, è mia sorella, non posso abbandonarla, se tu hai questo coraggio non pretendere che lo abbiano tutti», rispose Claudio alterato.

«Basta, basta, non voglio essere la causa delle vostre liti, ora me ne vado e al più presto verrò a portarmi via ogni cosa!», dissi esasperata.

Aprii la porta e me ne andai, mio fratello mi seguì e con la macchina mi accompagnò da Elettra.

«Mi dispiace Mavi, mi sento impotente, hai ragione tu, con mamma non c'è via d'uscita», disse lui rattristato.

«Non devi sentirti così, non è colpa tua, a me basta sapere che mi sei vicino, che almeno tu non mi volti le spalle».

«Stai tranquilla, questo non accadrà mai, fatti sentire e se non puoi parlare con me telefona a Marina e dille ogni cosa, saprà poi lei come farmelo sapere».

«Va bene, farò così».

Arrivammo sotto casa di Elettra e ci salutammo.

Disturbare di nuovo mia cugina mi scocciava, nonostante lei facesse di tutto per farmi sentire a mio agio; mi coinvolse nel preparare il pranzo, mi parlò di come la sua vita era cambiata da quando si era sposata e ora ancora di più da quando era rimasta incinta, era veramente carina. Tuttavia continuavo a sentirmi fuori luogo, non mi ero mai allontanata da casa, d'improvviso la mia vita si era capovolta e non era facile abituarsi.

Il pomeriggio dissi ad Elettra che dovevo uscire perché avevo appuntamento con Alessandro, le raccontai la verità, basta con le bugie, sarebbe stato insensato mentire ancora.

Cosa dovevo nascondere ormai? Prima o poi, parenti e non, avrebbero saputo ogni cosa.

Quando arrivai all'appuntamento, Alessandro era già lì:

«Come stai?».

«Male, sono confusa e frastornata, mi manca la mia casa tremendamente, ed è solo da un giorno che sono andata via».

«Come ti trovi da tua cugina?».

«Bene, devo dire che sia lei che il marito sono carinissimi, ma non va…».

«È ovvio, chiunque al tuo posto si sentirebbe così, sei stata catapultata fuori in un batter d'occhio, senza neanche poterti difendere, ora però basta, ho deciso cosa fare».

«Cosa?».

«Tu da stasera vieni a vivere con me», disse perentoriamente.

«Hai deciso anche per me vedo!», dissi un po' seccata.

«Beh, penso sia la cosa migliore, non mi va di vederti sballottata di qua e di là, però sembra che non ti faccia piacere, credevo desiderassi anche tu questo».

Aveva ragione, ero stata un po' sgradevole così cercai di riparare alla mia acidità:

«Scusa se mi sono rivoltata così, ma ultimamente tutti stanno prendendo decisioni al mio posto e io devo accettare passivamente, sinceramente comincio ad essere stanca, sono scossa, non so più cos'è giusto o sbagliato nella mia vita».

«Io non ho deciso un bel niente, ti ho solo fatto una proposta che pensavo ti avrebbe fatto piacere, prima eri nervosa perché non potevi vedermi e stare tutto il tempo che avresti voluto, ora che ti chiedo di venire a vivere con me sembri scontenta, ma si può sapere cosa vuoi? Ma tu mi ami veramente?».

«Ma che dici, come puoi dubitare? Sono andata contro tutti, contro i miei principi per te, come puoi pensare una cosa simile, perché non capisci quanto sto soffrendo, che avrei voluto che le cose andassero differentemente, sei solo un egoista».

«Lo credi tu che io non capisco come ti senti, lo capisco eccome, trovo però che sia inutile piangersi addosso, comunque se preferisci fare la raminga andando ad elemosinare un posto per dormire, fai pure, non ti trattengo», disse lui bruscamente.

Un po' aveva ragione, potevo restare ancora da Elettra, ma per quanto? Un altro giorno, due e poi? Dai nonni (sia materni che paterni) non era il caso, l'avermi con loro avrebbe creato di sicuro dissapori con mia madre e non era giusto, non avevo alternative, dovevo accettare la proposta di Alessandro, e lo feci con gioia.

Così mi avvicinai a lui con dolcezza:

«È ancora valida la proposta?»

«E me lo chiedi! Cominciamo da stasera?».

«Ma non ho nulla con me, dovrei anche avvisare Elettra».

«Ora ti accompagno da lei, prendi le tue cose e vieni via».

«Va bene».

Arrivai da Elettra le dissi ciò che avevo deciso:

«Per me e Riccardo potevi restare ancora, ci avrebbe fatto piacere, ma sono contenta che Alessandro ti abbia chiesto di andare a vivere con lui, è segno evidente che il sentimento che prova per te è serio e questo dovrebbe lusingarti, promettimi però che verrai a trovarmi e non dimenticarti che se avrai bisogno di qualsiasi cosa potrai sempre contare su di noi».

«Contaci e grazie di tutto, tu e Riccardo siete stati meravigliosi, se non era per voi non so dove sarei andata quella sera».

«Figurati».

Dopo esserci salutati me ne andai.

Quando arrivammo a casa, Silvia era già lì e non fu per nulla stupita nel vedermi arrivare con quelle poche cose che avevo, Alessandro infatti già l'aveva avvisata.

«Finalmente un'altra donna in casa, non ce la facevo più a sopportare da sola questo despota (rivolgendosi al fratello e facendomi l'occhiolino), vedrai come io e te insieme riusciremo a domarlo», disse Silvia cercando di togliermi dal disagio iniziale.

Cominciò così la mia avventura, e che avventura!

Era la prima notte che dormivo con Alessandro, ero emozionata e intimidita, ma lui fu dolcissimo, mi tenne quasi tutta la notte abbracciata, in quei momenti dimenticavo ogni problema.

Bello fu anche il risveglio accanto a lui e fare insieme la colazione, con lui ogni cosa era splendida:

«Perché non contatti tuo fratello e gli racconti delle evoluzioni che ci sono state?», disse Alessandro.

«Già, ora lo chiamo».

Fortunatamente lo trovai a casa, era solo, lo misi subito al corrente della decisione che avevo preso e lui, oltre a non esserne sorpreso, disse anche che era stata la cosa più giusta che potevo fare.

Poi gli chiesi se poteva portarmi la mia roba, non appena avesse avuto un attimo di tempo.

«Per me va bene anche oggi pomeriggio sul tardi, meglio fare le cose quando non c'è mamma, a papà lo dico dove ti sei sistemata?».

«Sì, a papà sì, vedi tu quando è il momento migliore».

Il pomeriggio, anche se malvolentieri, Alessandro mi accompagnò all'autoscuola per fare una lezione, durante la quale vidi ciò che non avrei mai immaginato: Alessandro, da lontano mi stava seguendo, non era possibile!

Al ritorno, finita la lezione, lui, facendo finta di nulla e non immaginando che io lo avessi visto, mi chiese com'era andata.

«Dovresti saperlo meglio di me, visto che mi hai seguita per tutto il percorso, è questa la fiducia che hai?», chiesi inviperita.

«Beh, che c'è di male, ti ha infastidito?», rispose sfacciatamente.

«Certo che mi ha infastidito, ma come ti è venuto in mente? Deduco che hai nei miei confronti una grande stima».

«In te sì ma negli altri no, lo sai poi che se dipendesse da me la patente neanche te la farei prendere, a cosa ti serve, ci sono io», rispose lui candidamente.

«Ah sii? Invece io la voglio prendere e senza essere seguita, che non succeda mai più altrimenti…».

«Altrimenti cosa, mi lasci e te ne vai?».

«Non farei niente di tutto questo, ma non voglio più che accada e con questo basta, chiudiamo il discorso».

«Agli ordini, ora però andiamo».

Arrivati a casa, per farsi perdonare, cominciò a coccolarmi e a dire frasi bellissime, sapeva come prendermi.

«Vedi come è bello vivere insieme? Non dobbiamo più vederci frettolosamente o guardare sempre l'orologio per paura di aver fatto tardi».

«E già; è proprio bello».

Il suono del campanello ci fece ricomporre; era mio fratello.

Alessandro, lo aiutò subito a scaricare la mia roba, poi lo fece accomodare e gli chiese se voleva rimanere a cena con noi.

Claudio era imbarazzatissimo, non sapeva cosa dire, cercai così di toglierlo da quella situazione spiacevole:

«Anche a me farebbe piacere averti qui ma capisco il tuo disagio, in fondo - dissi rivolgendomi ad Alessandro - Claudio non ha molta confidenza con questa nuova situazione, forse sarà meglio che vi conosciate un po' di più, dandogli così il tempo di abituarsi a questi cambiamenti».

«Comunque Alessandro mi ha fatto piacere che tu me l'abbia chiesto, la prossima volta rimarrò con voi, promesso, ora vado».

Lo accompagnai alla macchina e prima che andasse via gli chiesi di venirmi a trovare:

«Non preoccuparti verrò, stai tranquilla; ma lo sai che mi fa un certo effetto vederti come padrona di casa? Sai, dopo che Andrea è morto, tu eri diventata la piccola di casa, ora d'improvviso sei cresciuta, vivi in un altro appartamento con un uomo… credimi, mi fa una strana sensazione».

«Ti capisco, la fa anche a me, sarà perché è successo tutto troppo in fretta ma non puoi immaginare quanto mi manchi casa, la mia cameretta, papà e mamma che mi trattavano come una bambina, ho molta nostalgia e se penso che sono passati solo pochi giorni… mah, forse è meglio non pensarci», dissi con malinconia.

«Prendila così, pensa che ti sei sposata e che quindi era ovvio andarsene di casa, tanto prima o poi tocca a tutti», disse lui cercando di sdrammatizzare.

«Sì, sarà meglio pensarla così, con la sola differenza che quando ci si sposa i genitori vengono a trovarti nella tua nuova casa, nella mia invece non ci verranno mai».

«Ora smettila, tira in dentro quelle lacrime che stanno per uscire e vai da Alessandro, ci vediamo in settimana».

Detto questo mi abbracciò e se ne andò.

~

Nei giorni a venire riuscii a vedere mio padre e ciò mi fece un immenso piacere, parlammo un po' di tutto, di quanto mi mancasse mia madre, di come trascorrevo le mie giornate e di quanto fosse positiva la convivenza con Alessandro:

«Sono contento che tu stia bene, anche se è inutile dirti che a casa manchi moltissimo».

«Lo so papà, anche voi mi mancate tanto, purtroppo però è andata così…», dissi mestamente.

«Dai su, non fare così, non essere triste, vedrai che tutto con il tempo si risolverà», disse accarezzandomi e continuò «sai che nonno Biagio non si è sentito bene?»

«Mi dispiace, vorrei andare a trovarlo, ma i nonni sanno di quello che è successo?».

«Sì, sono a conoscenza di tutto e avrebbero desiderio di vederti, sono un po' dispiaciuti per la reazione che ha avuto e che ha tutt'ora tua madre; vai da loro quando puoi».

«Oggi ci vado e andrò anche da nonna Gina e nonno Bartolomeo, sperando che anche loro abbiano la stessa voglia di vedermi».

«Questo non so dirtelo, tu vai e poi si vedrà».

«Papà un giorno verrai a trovarmi? Se non vuoi vedere Alessandro puoi venire quando lui è al lavoro».

«Ora piccola mia non posso e non perché non voglio vedere Alessandro, anzi, vorrei conoscerlo per avere un mio giudizio ma non posso per tua madre, già non accetta il fatto che io non abbia chiuso i rapporti con te, figuriamoci se sapesse che vengo a trovarti a casa, accadrebbe il finimondo», disse papà il quale accortosi di come mi fossi rabbuiata continuò «comunque te lo ripeto, non disperare, chissà che un giorno di questi non ti faccio una sorpresa», e mi diede un pizzicotto sulla guancia.

Lo capii e non insistetti, lo abbracciai promettendoci che ci saremo visti quanto prima.

Nel pomeriggio dissi ad Alessandro che sarei andata a trovare i nonni, si offrì di accompagnarmi, ma rifiutai, provò un po' ad insistere sperando in un mio cambiamento d'idea, ma invano, non mi piaceva dipendere da lui in tutto e per tutto, cosa che lui avrebbe voluto, così presi la bici e me ne andai.

Ebbi dai nonni paterni e materni due accoglienze completamente differenti, mentre i primi furono molto affettuosi e comprensivi, quelli materni no, da loro rimasi delusa e non da nonna Gina quanto da nonno Bartolomeo.

Nonna fu dolce, al contrario del nonno che fu molto freddo, mi fece persino una bella paternale, mettendomi a disagio:

«Bartolomeo non comportarti così, è sempre tua nipote», disse nonna cercando di stemperare la situazione.

«Nonna ti ringrazio ma non preoccuparti, ho sbagliato io a venire qui, ma solo così potevo rendermi conto di quanto non fossi ben accetta, mi dispiace tanto per te ma io qui non metterò più piede», voltai le spalle e me ne andai.

Nonna rimase male dell'atteggiamento del marito, ma cosa poteva fare? Lo sapeva anche lei che il marito era uguale alla figlia e la reazione di mio nonno non poteva che essere identica a quella di mia madre.

Uscendo dalla cascina incontrai Brigida con la madre che tornavano dalla spesa, le salutai senza fermarmi:

«Mavi, aspetta un attimo, perché vai via così di fretta, fatti abbracciare, è tanto che non ci vediamo», disse Brigida.

«Scusa, hai ragione, ma sono un po' nervosa e non vedevo l'ora di andarmene via».

«È per il nonno vero?».

«Sì, non si è comportato bene e mi è dispiaciuto».

«Ero presente quando tua madre è venuta a dire loro quello che era successo, lui non ha reagito bene vedendo sua figlia soffrire così per causa tua, ora non ti vede di buon occhio, considerando quanto sia legato a tua madre e quanto sia uguale la loro mentalità, anche per lui quello che hai fatto è inaccettabile».

«Pazienza, ma non posso fare altro, sapevo già che mi sarei presa le critiche di tutti o quasi, dovrò imparare a fregarmene, altrimenti non vivo più, mi basta la sofferenza che ho per come ha reagito mamma».

«Hai ragione, ti auguro tanta serenità, vienimi a trovare quando vuoi, mi farà sempre piacere vederti».

La ringraziai e me ne andai.

Arrivata a casa mi feci un bel bagno rilassante, ne avevo proprio bisogno; dopo poco arrivarono anche Alessandro e Silvia; Alessandro mi salutò a stento:

«Come mai sei così nervoso? È perché oggi non ho voluto che mi accompagnassi dai nonni?».

«No, non è per questo, anche se in quel momento mi ha infastidito».

«E cos'altro c'è?».

«Domani devo discutere la tesi e ho paura di non sapere niente, oggi in ufficio ho provato a ripassare qualcosa, ma non ci sono riuscito, avevo il buio totale».

«Ma no, vedrai che andrà tutto bene, anch'io agli esami di maturità pensavo di non sapere nulla, ma è l'emozione, capita a tutti».

«Dai fratellone non ci pensare, ora ti serve una buona cenetta e una bella dormita e vedrai domani come andrà bene».

«Domani venite anche voi vero?», chiese Alessandro.

«Ma certo, come potremmo mancare», rispose la sorella.

«E tu non rispondi?», mi domandò Alessandro.

«Certo che verrò, ma prima dobbiamo chiarire un po' di cose, il fatto che ti conosca non vuol dire dover accettare ogni tua imposizione», risposi risentita.

Il telefono che squillava interruppe il discorso che probabilmente si sarebbe acceso.

Andò a rispondere Silvia che tornò dopo poco dicendo ad Alessandro che un signore voleva parlare con lui:

«Non ti ha detto il nome?».

«No, gliel'ho anche chiesto ma non ha voluto dirmelo».

«Mah, andiamo a sentire chi è».

Quando Alessandro ritornò, il suo umore era peggiorato, ma né io né la sorella osammo chiedergli nulla.

Cenammo, dopodiché ce ne andammo a letto.

~

La mattina dopo tutti e tre ci alzammo presto, c'era tanta emozione.

Arrivammo all'università in perfetto orario.

Alessandro era teso come una corda di violino ma, quando arrivò il momento di andare davanti ai professori, dopo un attimo di esitazione, discusse la tesi nel migliore dei modi, prendendosi un meritato cento.

Dopo aver salutato e ringraziato i docenti, corse da noi e ci abbracciò.

«Sono felice, ce l'ho fatta, non mi sembra vero!», disse euforico.

«E invece è tutto vero, sei stato bravissimo, caro il mio architetto!», e lo abbracciai.

Alessandro avrebbe voluto festeggiare andando a cena fuori, ma io preferii celebrare l'evento a casa e in quella occasione invitai anche Claudio che accettò l'invito e fu molto contento per Alessandro.

La serata passò piacevolmente:

«Sono stato bene, ho avuto modo di conoscere meglio Silvia e devo dire che è molto carina, si vede che tra voi due c'è un bel rapporto; Alessandro è cambiato totalmente e mi dispiace che mamma non gli abbia dato la possibilità di farsi conoscere», disse mio fratello mentre lo stavo accompagnando alla macchina.

«Lo so, dispiace anche a me, spero sempre che con il tempo possa cambiare opinione».

«Me lo auguro anche io, per me e papà è veramente doloroso assistere a tutto questo, è ingiusto, però non dispero, nella vita tutto può cambiare, anche il giudizio di mamma».

«Speriamo, sarebbe un sogno».

«Ma certo, vedrai che andrà tutto bene, ora vado e grazie ancora per la splendida serata».

«Grazie a te, mi fa molto piacere sapere che sei stato bene», lo baciai e lo accompagnai alla macchina con la promessa che ci saremmo rivisti quanto prima.

~

Tutto sembrava andare per il meglio, certo i miei mi mancavano, mentre con papà ogni tanto riuscivo a vedermi, con mamma questo non accadeva, l'unico modo era vederla di nascosto mentre era al lavoro.

Riuscii anche, con l'aiuto di Silvia che si finse interessata all'acquisto di un cane, ad avere con me Saetta. Quando lo vidi fui felicissima e altrettanto lo fu lui che, avendomi riconosciuto, iniziò a baciarmi il viso.

Riuscii anche a prendere la patente e non fu un'impresa facile considerando come

Alessandro la pensava al riguardo, ogni lezione era inevitabilmente seguita o preceduta da una discussione.

Tuttavia le vere e proprie liti cominciarono ad esserci quando, dopo essermi presa più di un anno sabatico, decisi di iscrivermi all'università.

Così una sera lo comunicai ad Alessandro:

«Ora mi stai chiedendo troppo, per la patente ti ho accontentata ma per l'università non sento ragioni, il tuo diploma ce l'hai, basta e avanza».

«Ma che dici, mi hai accontentata? L'università no? Ma sei pazzo? La laurea è il mio sogno e voglio realizzarlo e in questo dovresti capirmi, anche tu l'hai realizzato, perché io no?», chiesi alterata.

«Perché io sono uomo e devo lavorare e la laurea mi è utile per questo, a te invece a cosa serve? Tu non andrai mai a lavorare, quindi discorso chiuso».

«No invece, il discorso è più che mai aperto, io voglio laurearmi e lavorare e inoltre non voglio da te nessuna imposizione, è chiaro?».

Lui allora furbamente, per evitare di litigare cambiò discorso:

«Perché invece di pensare a queste sciocchezze, non pensiamo a sposarci?».

«Sposarci? Ma è stupendo! Pensavo che non me lo avresti mai chiesto».

«Lo so e so anche che ti imbarazza molto questa convivenza non ufficializzata vero?».

«Sì, e così te l'ha detto Silvia? Come la vedo le tiro le orecchie», dissi sorridendo.

«Ha fatto bene a dirmelo, il matrimonio faceva parte dei miei progetti e te lo avrei chiesto dopo la laurea, devo dire che Silvia ci tiene molto a te, forse più che a me, comincio ad essere geloso», disse scherzando e continuò «però non hai risposto alla mia domanda, forse devo chiedertelo nel modo tradizionale?».

Alessandro allora si inginocchiò:

«Mi vuoi sposare?».

«Ma certo che lo voglio, non aspettavo altro, quando?».

«Giusto il tempo dei preparativi, ti va o è troppo presto?».

«È perfetto!».

Lo abbracciai, lui mi prese in braccio e ce ne andammo nella nostra camera. La serata passò nel migliore dei modi.

Non avendo potuto dire a Silvia la splendida notizia perché era andata a cena fuori con degli amici, lo feci la mattina dopo.

Fu felicissima, e prima che andasse in negozio, mi accompagnò a fare i certificati.

Quel giorno stesso informai anche Claudio dell'evento e gli comunicai la data che avevamo deciso la sera prima:

«Congratulazioni! Sono contentissimo, non riesco a credere che ti sposerai».

«Hai ragione, devo realizzare anche io, sono al settimo cielo! Mi raccomando, dai la notizia del mio matrimonio alle persone che ritieni più opportune, e informami sulla loro reazione, più che altro per regolarmi se spedire o meno la partecipazione».

«Va bene, ci penso io, non preoccuparti ti farò sapere».

«Grazie fratellone a prestissimo», lo salutai e attaccai.

Il giorno dopo andai da Elettra per comunicarle il lieto evento e lei, con tanto piacere, mi disse subito che avrebbe partecipato alla cerimonia.

I preparativi ebbero così inizio, i pomeriggi ormai erano dedicati solamente a questo, fortuna che con me c'era sempre Silvia, per aiutarmi trascurò anche il negozio, meno male che aveva trovato una commessa veramente in gamba, senza di lei avrei dovuto fare tutto da sola e non sarebbe stato facile, avrei sentito ancora di più la mancanza di mia madre; quanto sarebbe stato bello averla accanto, specialmente quando mi comperai l'abito da sposa.

Era bellissimo, nella sua semplicità, mi colpì subito come lo vidi.

Per le bomboniere mi accompagnò Alessandro, così finalmente Silvia avrebbe avuto un pomeriggio libero!

Girammo molti negozi del centro, non riuscivamo a trovare bomboniere che soddisfacessero entrambi quando finalmente, all'ennesimo giro, trovammo ciò che ci piaceva.

Alessandro era esausto, odiava fare shopping, avrebbe delegato me persino per il suo abito, fortuna che la settimana prima, con l'aiuto della sorella ne aveva trovato uno di suo gradimento senza dover girare molto.

Tornando a casa chiesi ad Alessandro di fermarsi dal panettiere, quando entrai mi trovai faccia a faccia con mia madre, io entravo e lei usciva.

D'istinto esclamai:

«Mamma!».

Avrei voluto abbracciarla, baciarla e probabilmente anche lei lo avrebbe fatto, ma vedere Alessandro, che nel frattempo mi aveva raggiunto, la fece irrigidire e senza voltarsi, disse:

«Io non ho nessuna figlia».

Mi sentii gelare e me ne andai in macchina piangendo.

Lungo il tragitto non dissi una parola, anche Alessandro non commentò, sarebbe stato inutile.

A cena mangiai poco, ero veramente giù, Silvia mi chiese cos'avevo e le raccontai ogni cosa.

«Immagino quanto questo comportamento ti ferisca ma c'era da aspettarselo, ora però non cancellare dal viso la gioia che hai per questo futuro evento, è così bello vederti felice, dai, pensa che tra pochi giorni coronerai il tuo sogno», disse dolcemente lei.

«Hai ragione, non devo farmi rovinare questi momenti da nessuno, nemmeno da mia madre, non sarebbe giusto».

C'erano molte cose di Silvia che apprezzavo, specialmente la sua discrezione, in tutto questo tempo non mi aveva mai chiesto il perché di tanta ostilità di mia mamma nei confronti di suo fratello.

~

Il giorno dopo telefonai a Claudio per metterlo al corrente di ciò che era accaduto con mamma e di quanto ci fossi rimasta male:

«Ti capisco, a nostra madre infatti non ho detto nulla del matrimonio mentre a papà sì».

«E cosa ha detto?».

«Nulla, ha voluto solo sapere la data».

«A chi altri l'hai detto?».

«Ti consiglio di invitare solo i nonni paterni e zia Lara, loro hanno avuto una buona reazione mentre gli altri no; l'ho detto anche a Brigida, è stata contenta per te ma ha detto che non sarebbe venuta per rispetto nei confronti di mamma, non avvilirti Mavi, meglio pochi ma buoni e poi ci sono io, non ti basta?».

«Tu vieni?».

«Ma certo che vengo, non potrei mai mancare!».

«Sono contenta, ci speravo, allora posso chiederti un favore?».

«Se posso, certo».

«Tu e Marina vorreste essere i miei testimoni di nozze?».

«Certamente sì! Molto volentieri, ora lo dirò anche a Marina e sono sicuro che anche lei accetterà con molto piacere».

«Grazie Claudio, mi hai reso doppiamente felice, ora ti lascio, ci vediamo al matrimonio, un bacio», e attaccai.

Il pomeriggio andai a casa di zia Lara per invitarla formalmente:

«Ma certo tesoro che veniamo, come potremmo mancare? So già che venendo io insieme ai nonni avremo tua madre contro ma non importa, ognuno di noi è libero di fare le proprie scelte, se belle o brutte è solo opinabile, perciò non posso essere io in grado di giudicare il tuo operato, sei nostra nipote, non possiamo non partecipare ad una tua così grande gioia».

«Grazie zia, mi dispiace non aver avuto la possibilità di farti conoscere Alessandro, ma non sapevo cosa fare, scusami per questo».

«Non preoccuparti, anche se devo dire che di curiosità ne ho tanta, Elettra mi ha detto che è veramente un bel giovane».

«Sì zia è vero, ma non è solo quello che mi piace di lui, anche se indubbiamente all'inizio l'aspetto fisico è stato basilare; come ben sai ha avuto un passato brutto, però adesso sta rimediando, ha aperto un azienda, si è laureato… insomma, è tutta un'altra persona», dissi con orgoglio.

«A maggior ragione non vedo l'ora di conoscerlo, manca pochissimo, sei emozionata?».

«Tanto e anche molto agitata, spero vada tutto bene».

«Vedrai che andrà tutto per il meglio, stai tranquilla».

La salutai, ringraziandola ancora per aver accettato l'invito, e me ne andai.

Passai poi da Elettra, e anche lei assieme al marito accettarono con gioia il mio invito.

~

La sera prima del mio matrimonio Silvia, coinvolgendo anche Marina e le sue amiche, mi organizzò l'addio al nubilato.

Andammo in una pizzeria del centro dove ci divertimmo tantissimo; mentre stavamo continuando a festeggiare, scorsi Virginia entrare con alcune sue amiche, tra cui alcune mie ex compagne di classe.

Come la vidi mi rabbuiai, Silvia mi chiese cos'avessi e io le spiegai.

Allora lei d'improvviso si alzò dalla sedia e, ad alta voce, disse:

«Ragazze alziamoci in piedi e brindiamo a Mavi che coronerà il suo sogno con Alessandro, l'uomo che ama. A Mavi che domani si sposa, viva Mavi e tanta tanta fortuna!».

Tutte quante ci alzammo e brindammo.

Virginia, che aveva assistito alla scena, era rossa furente.

Silvia si avvicinò e a bassa voce mi disse:

«Penso che stavolta siamo riuscite a far scoppiare quella spiona!».

La ringraziai, per merito suo mi ero tolta una grande soddisfazione.

Tornai a casa che ero un po' brilla, Alessandro non c'era, come da tradizione la sera prima del matrimonio gli sposi non dovevano vedersi, per questo lui andò a dormire da un suo amico.

Al contrario di come pensavo, mi addormentai subito, forse anche grazie ai fumi della birra.

Il mattino dopo fu Silvia a svegliarmi, ricordandomi che da lì a poco sarebbe venuta la parrucchiera.

Mi alzai di scatto, presi il caffè e mi feci una doccia.

Poco dopo arrivò la parrucchiera che, oltre a sistemarmi i capelli, mi truccò.

Fatto questo, Silvia mi aiutò ad indossare l'abito da sposa e quando mi guardai allo specchio, stentai a credere che quella persona ero io.

«Sei bellissima, quando mio fratello ti vedrà rimarrà a bocca aperta, ora però dobbiamo andare, c'è l'autista che ti aspetta».

«Tu vieni in macchina con me?»

«No, ma ti seguo con la macchina di Christian (il suo fidanzato, un notaio, che insieme a lei sarebbe stato il testimone di nozze di Alessandro)».

Stare in macchina da sola mi rattristava molto, in genere non è così, si ha sempre un genitore accanto; tuttavia, feci appena in tempo a sedermi che ebbi la sorpresa di vedere entrare mio fratello:

«Claudio, che ci fai qui!», esclamai gioiosa.

«Pensavi che ti avrei lasciata andare in auto da sola? Dimentichi che, oltre ad essere tuo fratello, sono anche il tuo testimone, perciò doppio impegno».

«Sei adorabile Claudio, che splendida sorpresa, vieni qui fatti abbracciare!», e lo strinsi forte forte.

«Senti futura sposa, va bene che è di norma che la donna arrivi in ritardo all'altare, ma se continuiamo così, ci daranno per dispersi!», disse ridendo mio fratello.

«Hai ragione, andiamo, sono così emozionata…».

Arrivati davanti alla chiesa, Claudio mi aiutò a scendere, c'erano parecchie persone che conoscevo, anche solo di vista.

Giunti davanti all'entrata, Claudio tolse il suo braccio dal mio, ma cosa stava facendo? Non mi accompagnava davanti all'altare? Pensai tra me e me; stavo per chiedergli come mai se ne stesse andando che sentii dire:

«Ti dispiace se prendo io il suo posto?».

Mi voltai, era mio padre.

«Papà, non ci posso credere, sei venuto!», dissi abbracciandolo e riempendolo di baci, «non c'è regalo più bello di questo!», dissi con gli occhi sempre più lucidi.

«Se non fossi venuto non me lo sarei mai perdonato, ora andiamo e non far scendere neanche una lacrima, altrimenti addio trucco».

Quante emozioni nel giro di poco! Non mi sembrava vero averlo accanto.

Giunta all'altare, vidi Alessandro, il cuore batteva a mille.

Era elegantissimo nel suo abito blu, rimasi sbalordita dei capelli, da lunghi e un po' selvaggi che erano li aveva tagliati corti e ciò faceva risaltare ancor di più i suoi bei occhi verdi; l'immagine che aveva sempre avuto, del ragazzo bello ma inaffidabile, era scomparsa, ora era un uomo, un gran bell'uomo e devo dire che questo suo nuovo aspetto mi intrigava ancora di più.

Quando mi avvicinai all'altare, papà, prima di lasciarmi nelle sue mani, si avvicinò ad Alessandro:

«Ti ho dato fiducia, continua a darmela, non deludere mai mia figlia perché non te lo perdonerei, non puoi immaginare quanto la amo».

«L'amo anch'io e le assicuro che non accadrà», rispose lui che, prendendomi la mano continuò, «sei incantevole, ti amo».

Sorrisi entusiasta, poi il prete arrivò e la cerimonia ebbe inizio.

Onestamente non ascoltai molto l'omelia, mille pensieri mi ronzavano per la testa, non riuscivo a credere che quella ragazza ero io.

Solo nel momento in cui Alessandro mi mise la fede al dito, mi "svegliai", ora quell'uomo davanti a me era mio marito. Che gioia!

Finito il rito nuziale, Alessandro mi prese in braccio:

«Ci pensi, sei mia moglie, ciao moglie!».

«Già! Ciao marito!».

Ci baciammo e uscimmo sul sagrato dove c'erano molte persone ad attenderci.

Dopo aver fatto alcune foto ce ne andammo tutti al ristorante, tranne papà:

«A malincuore piccola mia me ne devo andare, non posso fare altrimenti, non voglio avere più problemi di quanti già non ne abbia, sono soddisfatto, è stato tutto molto bello, ti voglio bene».

«Anch'io papà, averti oggi qui con me è stato stupendo, grazie».

Papà salutò me, Alessandro e gli altri invitati e si avviò verso la macchina.

Stava per entrare in auto, quando lo fermai:

«Papà, salutami tanto la mamma, dalle un bacio da parte mia e dille che oggi mi è mancata tanto».

«Sarà fatto tesoro, a presto», mise in moto l'auto e se ne andò.

Al ristorante si notò molto di quanti pochi invitati ci fossero ma ero felice lo stesso, come aveva detto giustamente mio fratello, meglio pochi ma buoni.

Tutti si divertirono e si congratularono con noi.

I nonni furono tenerissimi, i loro occhi erano colmi di gioia; quando, prima di andarcene, io e Alessandro ci avvicinammo a loro per salutarli, nonno disse:

«Siete una splendida coppia, vedo che sei serena e ciò mi riempie di allegria e per questo devo ringraziare tuo marito (come mi suonava strano sentire quella parola!) gran parte della tua felicità è merito suo, mi raccomando Alessandro, continua così, sappiamo i grandi progressi che da solo sei riuscito a fare e per questo hai tutta la nostra stima».

Alessandro lo ringraziò e li abbracciò entrambi e io feci altrettanto.

Finito di salutare tutti gli ospiti io e Alessandro andammo via.

Non essendo mai stati fin dall'inizio una coppia tradizionale anziché partire passammo la nostra prima notte da sposati a casa nostra e devo dire che aveva tutto un altro fascino.

Stare con Alessandro fu ancora più incantevole, sembrerà strano, ma ora che era diventato mio marito era più eccitante e poi, con quel nuovo taglio di capelli che lo rendevano più maturo, mi stuzzicava ancora di più e glielo dissi:

«A sii, ti stuzzico? Bene, mi fa piacere, ne approfitterò, sei felice?».

«Sì molto, e tu?».

«Come non lo sono mai stato, ho passato una giornata fantastica, è stato solo un po' imbarazzante avere gli sguardi di tutti addosso».

«È vero, me ne sono accorta anch'io, ma sai, quando si è belli… capita», dissi ridendo.

Lui allora iniziò a farmi il solletico, giocavamo come due bambini, fu una notte fantastica, indimenticabile.

Il giorno dopo partimmo ma non per un lungo viaggio, bensì per un fine settimana, Alessandro non poteva assentarsi troppo tempo per via dell'azienda.

Mi portò a visitare la città dove era nato e dove aveva vissuto parte della sua infanzia, fui molto contenta di questa scelta, avrei avuto modo così di conoscere qualcosa in più di lui.

Incontrammo anche alcuni suoi amici del passato, ad Alessandro fece molto piacere e con grande orgoglio mi presentò a loro. Si parlò del più e del meno, venne a sapere di alcuni amici che non avevano fatto una bella fine, chi era stato ucciso o chi era in galera; queste notizie lo rattristarono molto:

«So di non essere stato uno stinco di santo e di avere ancora tanti scheletri nell'armadio ma devo dire grazie a te se sto rinascendo, non abbandonarmi mai, qualsiasi cosa dovesse accadere, promettimelo».

«Te lo prometto».

Continuò ad abbracciarmi come se avesse bisogno di protezione.

Tornammo a casa dal viaggio più affiatati che mai, tutto sembrava andare a gonfie vele, ma era solo un illusione.

Il peggio doveva ancora accadere.

~

Un pomeriggio, mentre stavo sistemando alcune cose in casa, suonarono alla porta, andai ad aprire ed era un ragazzo che cercava Alessandro, vicino a lui ce n'era un altro sulla moto, nessuno dei due aveva un aspetto rassicurante, lo capì anche Saetta che cominciò ad abbaiare e ringhiare, così li liquidai in fretta dicendo che Alessandro non c'era:

«Gli dica che Giuseppe e Vincenzo lo hanno cercato», disse il tizio.

Mentre se ne stava andando, l'altro, che era sulla moto, si voltò verso di lui e fu in quel preciso istante che gli notai una bruciatura tra il collo e l'orecchio, ricordai immediatamente dove avevo visto quella scottatura, era la stessa che aveva il rapinatore del supermercato dove morì la signora Erminia ed era stato proprio lui a sparare il colpo che poi l'avrebbe uccisa.

Che volevano da Alessandro? Perché lo cercavano di nuovo?

Il passato stava ritornando, cominciai ad agitarmi, avevo bisogno di parlare con qualcuno.

Mi vestii e andai in negozio da Silvia, era l'unica a cui potevo raccontare certe cose.

Come mi vide capì subito che era successo qualcosa, ci sedemmo e le raccontai tutto.

«Beh, non capisco perché ti sei agitata così, avevano delle brutte facce, non tutti possono essere belli», disse Silvia ridendo.

Da lì capii che del passato turbolento di Alessandro era ignara, infatti continuò:

«Non penserai per caso che, per via delle loro brutte facce, siano dei delinquenti e che mio fratello abbia a che fare con loro? Io e mia madre abbiamo sempre saputo che Alessandro è un po' una testa calda e che non tutti gli amici che aveva erano persone perbene, quando poi si è trasferito qui, eravamo a conoscenza del fatto che faceva parecchi lavori per aiutarci e che conduceva una vita abbastanza ritirata, ecco questo è tutto quello che so di mio fratello, non penso possa avere a che fare con gente disonesta, al limite può conoscerla di vista».

«Mi prometti che non farai parola con Alessandro di tutto quello che tra poco ti dirò?».

«Hai la mia parola, dimmi tutto», rispose Silvia.

Sapevo che di lei mi potevo fidare così le raccontai ogni cosa, fin nei minimi particolari.

Era sconvolta.

«Sono allibita, ora capisco perché tua madre ha osteggiato così tanto il tuo rapporto con lui, io per delicatezza non vi ho mai chiesto il perché di questo atteggiamento, avevo fatto delle supposizioni, avevo pensato che la sua ostilità nasceva dal fatto Alessandro veniva da un'altra città, con una mentalità diversa, oppure perché non era realizzato nel campo lavorativo, ma non sono mai arrivata a pensare tutto questo, ora che so, di certo non la biasimo, non avrei mai immaginato mio fratello così. Ma la colpa di questo suo comportamento in gran parte è di nostro padre e credimi non lo dico per scusarlo; ti ha mai parlato della nostra infanzia?».

«Sì, ma poco e quando qualche volta ho provato a chiedergli qualcosa in più iniziava a tergiversare, ho sempre capito che era un tasto doloroso».

«Bene, allora te la racconto io. Nostro padre proveniva da una famiglia molto benestante. Mia madre si innamorò di lui per la sua gentilezza e la sua cultura. Si dovettero sposare in fretta perché mamma rimase incinta, non ebbe così modo di conoscerlo a fondo. Non sapeva che aveva il vizio del gioco e del bere, ma se ne accorse presto. Ogni volta che mamma tentava di frenarlo in questi due maledetti vizi, facendogli capire che se continuava così si sarebbe e ci avrebbe rovinato, iniziava a picchiarla e come finiva con lei, iniziava con noi.

Una volta Alessandro, per difendere nostra madre, si mise tra loro, papà gli diede una spinta e lo fece cadere dalle scale, rompendogli tre costole.

Dilapidò tutti i suoi averi, la sua famiglia lo ripudiò, mamma purtroppo era orfana e non aveva nessuno a cui poter chiedere aiuto, eravamo soli.

Fin quando una sera papà non rientrò a casa, la mattina dopo la polizia ci disse che aveva avuto un incidente con la macchina, essendo ubriaco, non aveva visto il guardrail ed era finito in un burrone morendo sul colpo.

Né io né mio fratello soffrimmo per questa notizia, ci aveva fatto troppo male, ci aveva rubato l'infanzia; mamma, al contrario, patì molto, era stato il suo primo grande amore e, anche se da lui aveva subito tanto, il dolore era grande.

Dopo morto venimmo a sapere che aveva sparso debiti ovunque e che la casa dove abitavamo l'aveva persa al gioco; che si era rovinato lo sapevamo ma mai fino a quel punto.

Ci saremmo trovati in mezzo ad una strada se non fosse stato per mamma che si dovette rimboccare le maniche e andare a fare i più umili lavori, io e Alessandro dovemmo smettere di studiare, non ce lo potevamo più permettere, fu allora che mio fratello decise di cambiare città per trovare fortuna. Ecco, ora sai tutto e forse comprenderai il perché del suo comportamento».

Eravamo tutte e due sconcertate, quello che da entrambe avevamo saputo non era certo piacevole, l'unica cosa positiva era quella di esserci finalmente liberate da fatti pesanti come macigni.

«Ora cosa pensi di fare? Dirgli solamente che sono venuti a cercarlo quei due balordi o parlargli anche di tutto il resto?», domandò Silvia.

«Non lo so, l'istinto mi porterebbe a dire ogni cosa, ma ho paura della sua reazione, cosa mi consigli?».

«Segui il tuo istinto, è la cosa più giusta, penso che essere diretti sia sempre la cosa migliore».

«Farò così, stasera come rientra gliene parlerò».

«Io stasera andrò a cena fuori, devo dire che l'invito di Christian viene proprio al momento giusto, così potrete parlare senza problemi, con me presente non potresti farlo, mio fratello non immaginerebbe mai che sono venuta a conoscenza di tutto questo».

Stetti con lei ancora un po', dopodiché la salutai e mi avviai verso casa; prima però passai dal lattaio dove incontrai Virginia, era imbarazzatissima, non sapeva cosa fare, dove andare.

Io, accortami del suo disagio, ne approfittai:

«Non sentirti a disagio nel vedermi, non ce l'ho con te per il comportamento a dir poco schifoso che hai avuto, anzi, devo ringraziarti, perché è anche merito tuo se ho potuto godere e poi sposare un uomo meraviglioso, grazie mille Virginia, spero ora però di non vedere mai più il tuo viso, mi nausea, addio cara».

Presi il latte, pagai e con aria tronfia me ne andai.

Arrivai a casa e vidi che Alessandro era già rientrato:

«Ciao mogliettina, come va?».

«Bene, strano che non sei nervoso per non avermi trovata a casa, come mai?», dissi a mo' di presa in giro.

«Ah ah ah prendi in giro eh? Non mi sono agitato perché ho telefonato a Silvia e mi ha detto che te ne eri andata dal negozio da poco».

«Ah, ecco perché!», dissi ridendo.

Lui si mise comodo sul divano mentre io andai a preparare la cena e ad apparecchiare la tavola:

«Come va in azienda, tutto bene? È successo qualcosa oggi?».

«Devo dire che tutto sta procedendo per il meglio, ho trovato degli ottimi collaboratori, ma come mai mi chiedi se è successo qualcosa? Ti vedo strana, comunque non è accaduto nulla».

«Oggi sono venuti due brutti ceffi a cercarti, hanno detto di chiamarsi Vincenzo e Giuseppe».

Come sentì quei nomi cambiò viso:

«E tu cosa gli hai detto?».

«Gli ho detto che non c'eri e sono andati via, chi sono?», domandai sperando mi dicesse qualcosa.

«Sono persone del passato che voglio dimenticare, ma come vedo, sono loro a non scordarsi di me».

«Sono quelli con cui facevi le rapine vero? Uno di loro l'ho riconosciuto dalla cicatrice che ha sul collo, è lo stesso che ha ucciso quella donna al supermercato, giusto?».

«Sì, sono loro e so già cosa vogliono».

«E cosa vogliono Alessandro?», chiesi allarmata.

«Hanno saputo che ho aperto l'azienda e vorranno da me un aiuto, ma stai tranquilla, con il passato ho chiuso, è troppo bello il presente con te e non posso rovinarlo, ora vieni qui e abbracciami che ne ho bisogno».

Mi abbracciò cercando di tranquillizzarmi, ma sentivo che era preoccupato, sapeva anche lui che il ritorno di quei due delinquenti gli avrebbe potuto creare non pochi problemi.

E così fu.

~

Un pomeriggio mi feci prestare la macchina da Silvia e andai a trovarlo in azienda, parcheggiai e mi diressi verso il suo ufficio.

Stavo per bussare quando mi accorsi che non era solo, c'erano alcune persone con cui stava discutendo animatamente, quando capii che stavano per uscire, mi nascosi.

Rabbrividii quando vidi che le persone con cui parlava erano proprio Vincenzo e Giuseppe; prima di andarsene, uno di loro disse:

«Conviene anche a te tutto questo, non scordarlo, ci vediamo domattina».

Non appena andarono via, entrai in ufficio:

«E tu che ci fai qui? Da quant'è che sei arrivata?».

«Il tempo necessario per vedere e sentire quanto basta», risposi nervosamente.

«Te l'avevo detto che si sarebbero fatti rivedere».

«E perché torneranno anche domattina?».

«Perché da domani verranno a lavorare qui, è questo che hanno voluto in cambio del loro silenzio, capisci che mi stanno ricattando? Se non li assecondo mi denunciano, andranno dai carabinieri e diranno tutto, che c'ero anch'io con loro durante le rapine, loro non hanno niente da perdere, ma io sì, sarebbe la fine, è questo quello che vuoi?», disse esasperato.

«No, no, è ovvio, ma non voglio nemmeno che quei delinquenti ti ricattino a vita, il pensiero che tu ogni giorno li debba vedere, mi impaurisce».

«Hai un'alternativa? Se ce l'hai dimmela!», disse furioso.

Non risposi, non avevo una soluzione, o meglio, l'avrei avuta ma non potevo farlo, avevamo le mani legate. Così ce ne andammo a casa senza dirci una parola.

Ero distrutta, sentivo che quel castello di sogni cominciava a sgretolarsi.

~

La mattina dopo andai ad iscrivermi all'università, avevo bisogno di fare qualcosa per distrarmi e quando tornai a casa per pranzo lo dissi.

Alessandro si alzò da tavola senza neanche finire di mangiare, Silvia invece fu molto contenta.

Immaginavo che avrebbe avuto una brutta reazione, cercai di non dargli peso ma non era facile.

Era diventato sfuggente, a stento mi salutava, ogni volta che mi vedeva studiare trovava l'appiglio per discutere, anche solo per delle banalità.

Erano giorni che andavamo avanti così e ciò mi faceva soffrire:

«Secondo te è normale che da quando ho ripreso a studiare non mi saluti più e non mi parli se non per litigare? Perché vuoi punirmi così? Non penso di meritarlo».

«Non ti sto punendo, ma se credi che lo stia facendo allora è solo un tuo problema, il mio comportamento è spontaneo e poi hai sempre saputo qual è il mio modo di pensare quindi non cadere dalle nuvole».

«Ma quale modo di pensare? Ancora? Non fai altro che dettare regole e qui non stiamo a scuola, io in un matrimonio di regole ne conosco solo due, rispetto e sincerità, le altre non mi sovvengono!».

«Da quando mi conosci sai quali sono le mie idee, sono sospettoso e diffidente, sai anche che non ti manderei mai a lavorare, quindi mi dici a cosa ti serve studiare?».

«Studio perché mi piace, è una mia soddisfazione personale, lo capisci, ci arrivi? E poi dove sta scritto che non devo lavorare?», dissi alzando la voce.

«Capisco, vorrà dire che finché tu studierai, staremo in guerra», disse con un tono di voce più dolce e accarezzandomi il viso continuò «non voglio discutere per queste sciocchezze, ho già tanti pensieri, ti prego, non ti ci mettere anche tu, non sai quanto mi sia costato in questi giorni essere freddo con te e non stare insieme, smettiamola per favore».

Io, come al solito, dopo tutta questa dolcezza, ci cascai come una pera cotta.

Ciò non volle comunque significare demordere con gli studi universitari, non lo avrei mai permesso, ma per quieto vivere evitai di farmi vedere sui libri; so che non era bello agire così, ma cosa dovevo fare? L'unica da cui non mi nascondevo era Silvia e infatti, quando diedi il mio primo esame, solo io e lei gioimmo del bel voto.

~

Un pomeriggio, approfittando del fatto che Silvia non sarebbe andata in negozio, decidemmo di sistemare la soffitta ed eliminare le cose che non servivano.

Nel mettere in ordine, trovammo una scatola di ferro, l'attenzione cadde lì perché, oltre ad essere chiusa con del nastro adesivo, come per paura che si potesse aprire, era stata infilata sotto alcuni vestiti vecchi, come per volerla nascondere.

«Io questa scatola non l'ho mai vista, non la ricordo proprio, ed è strano perché la maggior parte delle cose che sono qui sono di tanti anni fa e sono stata proprio io a portarle dopo la morte di mamma».

«Vuoi vedere che c'è nascosto un tesoro?», dissi scherzando.

«Magari! Perché non l'apriamo?».

«Non lo so, a questo punto se tu non la ricordi, di sicuro l'avrà messa Alessandro e penso che debba contenere qualcosa di molto privato, si vede da come è stata chiusa e nascosta, quindi non credo sia giusto aprirla».

«Ma non penso, forse è stata chiusa così solo perché la cerniera è rotta e senza nastro adesivo si sarebbe aperta, tutto qui e poi senti, io sono curiosa, non credo che Alessandro abbia dei segreti, perciò dai, io la apro», insistette Silvia.

Eravamo tutte e due trepidanti come delle bambine che scoprono la scatola dei balocchi.

Silvia l'aprì e le prime cose che vedemmo furono delle foto.

«Ma questo è mio padre!», esclamò Silvia.

Erano tutte fotografie del padre e di loro quando erano piccoli.

«Queste foto può averle messe via solo Alessandro, mi ricordo che mamma per un po' le aveva cercate, poi si rassegnò pensando di averle smarrite durante la ristrutturazione della casa».

Nel togliere tutte le foto, notammo che in fondo alla scatola c'era un sacchetto di stoffa.

«E quello cos'è?», dissi.

«Ah non lo so, vediamo, sarà un'altra sorpresa», disse Silvia, che lo prese e l'aprì.

«No, non è possibile, non è possibile, non può essere vero!», esclamai ad alta voce.

«Mavi, che c'è, sei terrorizzata, cosa hai visto? È solo un orologio!», disse lei stupita del mio atteggiamento.

«Quell'orologio è uguale a quello che aveva mio fratello Andrea e quando è morto quei delinquenti che l'hanno investito glielo hanno rubato».

«Beh, ma di orologi così ce ne sono parecchi, come puoi pensare che questo sia di tuo fratello?».

«C'è solo un modo per saperlo, dammelo», dissi allungando la mano.

Silvia me lo diede e io lo girai subito, in quel momento mi sentii gelare, c'era la dedica che papà e mamma avevano fatto incidere: *"Ad Andrea, con amore mamma e papà"*.

Non era possibile, era l'orologio di mio fratello Andrea, mi sentivo morire, sentivo che le forze cominciavano a mancarmi.

«Mavi, ma che hai, sei pallida, parla, dì qualcosa!».

«Quest'orologio è di mio fratello Andrea, guarda», dissi con un filo di voce mostrandole la dedica che era incisa.

«E perché sta qui, chi ce l'ha messo?», chiese lei incredula.

«Tuo fratello, solo lui può averlo fatto e so anche il perché», dissi sgomenta.

«Vuoi dire che…», disse Silvia senza riuscire a completare la frase, stava iniziando a capire.

«Che tuo fratello ha ucciso mio fratello ecco cosa voglio dire!».

«No, non ci credo, Alessandro non sarebbe mai capace di uccidere».

«Anch'io lo pensavo, ma questa ne è la prova, ho sposato l'assassino di mio fratello!», dissi con profonda disperazione mettendomi le mani tra i capelli.

Stemmo per un po' senza parlare ma era inutile, era impossibile non pensare; i dubbi mi stavano distruggendo.

Non volevo credere che Alessandro avesse ucciso Andrea, ma quell'orologio diceva il contrario.

Iniziarono a venirmi in mente tutte le frasi che spesso mi diceva, e cioè che aveva ancora tanti scheletri nell'armadio, di perdonarlo e non abbandonarlo mai qualsiasi cosa sarebbe accaduta; era questo a cui lui faceva riferimento?

Probabilmente sì, ma solo lui poteva confermarlo.

Presi l'orologio e scesi giù insieme a Silvia che nel frattempo non aveva più detto una parola; si vergognava al pensiero che il fratello avesse potuto commettere un atto così tremendo, io allora, accortami di questo suo disagio, mi avvicinai:

«È con tuo fratello che ce l'ho non con te, è lui che deve dare delle spiegazioni».

«Lo so, ma il pensiero che si sia sporcato le mani in tale modo, mi fa rabbrividire».

«Aspettiamo e tra poco lo sapremo».

Ci mettemmo sedute in salotto in attesa del suo arrivo che non tardò.

Come ci vide, capì immediatamente che era successo qualcosa, salutò Silvia, poi venne vicino a me per baciarmi, ma io mi scansai:

«Perché fai così, non mi sembra di averti fatto qualcosa?».

Non gli risposi, ma lo fece Silvia per me:

«Guarda cosa c'è sul tavolo».

Alessandro si voltò e quando vide l'orologio sbiancò:

«Allora? Non hai niente da dire?», domandai.

«Chi l'ha trovato?», chiese tenendo in mano l'orologio.

«È solo questo che sai dire? Non ha importanza chi l'abbia trovato, io voglio sapere perché l'orologio di Andrea ce l'hai tu! E per favore, almeno stavolta, cerca di essere sincero!», dissi alzando la voce.

«Mavi, io non ti ho mai mentito, non ti ho mai parlato dell'orologio perché avevo paura di perderti, sapevo che questa sarebbe stata la tua reazione», disse con profondo dolore.

«Per caso pensi che la mia reazione sia eccessiva? Rendersi conto di aver sposato l'assassino del proprio fratello, pensi sia una cosa di poca importanza, da prendere con leggerezza?», dissi con cattiva ironia ma con un dolore che mi lacerava il cuore.

«Ma cosa dici? Io non sono un assassino!», disse lui cercando di prendermi la mano, ma io mi scostai:

«Non ti avvicinare, mi fai schifo!».

«Mavi, lascia che ti spieghi come sono andate le cose, non colpevolizzarmi per qualcosa che non ho commesso, ti prego, ascoltami!».

«Basta, basta, non voglio più sentire le tue falsità, aveva ragione mia madre, sei solo un delinquente, un lurido verme, che ha approfittato dell'amore che avevo per te, ti odio, ti odio!», dissi con tutta la cattiveria che la sofferenza mi faceva sprigionare.

Poi scoppiai a piangere disperatamente e Silvia mi venne vicino cercando di consolarmi.

«Assassino, hai ucciso il mio fratellino, vergognati!», continuai con la voce rotta dal pianto.

A quest'ultime parole Alessandro mi venne vicino e, tenendomi forte per evitare che mi scansassi, disse:

«Ora basta con le offese, posso accettare che tu mi dica che sono stato un delinquente, ma non posso accettare, né da te né da nessun altro che mi si dia dell'assassino, non ho mai approfittato di te, ti ho sempre amata dal primo giorno che ti ho vista, ed è per l'amore che ho per te che sono diventato l'uomo di adesso e ora apri bene le orecchie perché ti dirò come sono andate veramente le cose», disse lui adirato.

Io e Silvia allora ci mettemmo sedute sul divano e Alessandro cominciò a parlare:

«Il giorno prima che Andrea venisse ucciso, quelli avevano progettato una rapina un po' lontano da qui, insistettero perché andassi anch'io con loro, ma non accettai, iniziavo a non avere più voglia di quel mondo balordo e questo grazie a te che eri già entrata nella mia vita; così, dopo essersi convinti che avrebbero dovuto fare a meno di me, ci demmo appuntamento per il giorno seguente. Quando arrivarono erano sconvolti, gli chiesi cosa era successo e loro mi dissero che andando ad alta velocità, avevano investito un ragazzino sulla bicicletta, chiesi subito se lo avevano soccorso e loro mi dissero che erano scesi un attimo per vedere se era ancora vivo, e lo era. Poi uno di loro tirò fuori i gioielli che avevano rubato e, a parte, mi fecero vedere un orologio. Chiesi come mai non era insieme all'altra refurtiva e loro mi dissero di averlo preso dal ragazzino che avevano investito. Nel sentire questo, li riempii di ingiurie, mi stavo accorgendo sempre più con che schifo di persone avevo avuto a che fare. Quando venni a sapere della disgrazia di tuo fratello e del modo in cui era morto, ricollegai tutto, andai a prendere l'orologio e solo allora vidi che dietro c'era incisa una dedica.

Erano stati loro ad ucciderlo e a rubargli l'orologio, credimi Mavi, in quel momento, avrei voluto morire. Sarei voluto venire da te, raccontarti tutto, ma non potevo, se lo avessi fatto, giustamente mi avresti denunciato e io avrei dovuto farlo nei confronti dei miei complici, ma non ci riuscii.

E non per vigliaccheria, ma per paura di perderti, di non poterti vivere. È da allora che mi sto portando dietro questo macigno, che giorno dopo giorno mi sta logorando. Ecco, la verità è questa, è atroce, ma non sono un assassino».

Quello che avevo sentito mi aveva sconvolto, non riuscivo più né a parlare né a pensare.

«Ti prego Mavi, di qualcosa, insultami pure, ma parla» continuò lui.

«Non so che dirti, l'unica cosa che mi consola è che non sei stato tu a uccidere Andrea, ma sei stato pur sempre complice di due assassini e questo è grave, insopportabile da accettare, ma ora dimmi, quei due che hai preso a lavorare sono gli stessi che hanno ucciso Andrea?».

«Sì e sono stato costretto a farlo, te l'ho già detto, mi stanno ricattando; sai, ti sembrerà inverosimile, ma ora sono sereno, ho svelato un segreto che non mi dava più pace, adesso puoi fare ciò che vuoi, solo una cosa mi preme sapere, riuscirai mai a perdonarmi?».

«Non lo so, è troppo presto per dirlo, ma so cosa fare».

Me ne andai in camera e dopo poco Alessandro mi raggiunse, ci guardammo e ci stringemmo l'un l'altro, consapevoli che ci saremmo allontanati.

Sembrerà paradossale, ma continuavo ad amarlo, neanche per un attimo riuscii ad odiarlo.

~

La mattina seguente mi alzai presto, non avevo dormito, ma solo pensato.

Silvia era già in piedi, prendemmo il caffè e dopo poco scese anche Alessandro, mi diede un bacio e poi, vedendo che stavo per uscire disse solamente:

«Stai andando…?».

Io lo guardai, non gli risposi e uscii piangendo.

Giunta davanti al commissariato ebbi un momento di esitazione, ma fu solo un attimo.

Quando fui davanti al commissario, con una forza che non pensavo di poter avere, raccontai ogni cosa, facendo nomi e cognomi degli assassini, compreso quello di mio marito, dissi anche dove avrebbero trovato quei mascalzoni.

Dopodiché salii con gli agenti e il commissario sulla volante e andammo a casa.

Ci aprì Alessandro, per nulla stupito nel vedermi con loro, lo sapeva già, senza che glielo dicessi, lo aveva intuito, Silvia era seduta in un angolo che piangeva.

«Dovevo, non me ne volere», dissi avvicinandomi a lei.

«Non te ne vorrò mai, lo avrei fatto anch'io, ma non avrei mai pensato di vivere un momento simile».

«Lo so, lo so», dissi piangendo.

Mentre Alessandro si stava mettendo la giacca, chiese al commissario se poteva stare alcuni minuti solo con me.

Il commissario accettò, Alessandro mi chiese di seguirlo in camera, una volta soli ci abbracciammo, avrei tanto voluto che quell'abbraccio non avesse mai fine.

«Perdonami, ma dovevo, non sarei mai riuscita ad andare avanti facendo finta di niente, ti amo e non sai quanto mi sia costato doverlo fare», dissi singhiozzando.

Alessandro mi prese il viso tra le sue mani e guardandomi con amore disse:

«Ti ringrazio per quello che hai fatto, mi hai liberato dall'angoscia, solo ora sento che la mia vita è cambiata, ora mi sento pulito, non so quanto tempo starò lontano, non pretendo che tu mi aspetti né tanto meno che mi perdoni, però ti chiedo un favore, ricordati che ti amo e ti amerò per sempre e che non ti ho mai mentito, ho solo omesso, ma per amore».

Non dissi nulla, lo guardai e lo baciai, poi scendemmo giù e Alessandro, dopo aver salutato Silvia, se ne andò.

Prima che la macchina dei carabinieri partisse, mi avvicinai al finestrino dicendogli che lo avrei aspettato.

Lui mi guardò, mi mandò un bacio e se ne andò.

Rimasi a guardarlo fino a quando l'auto non si vide più.

Avevo il cuore a pezzi, entrai in casa e vidi Silvia che stava accanto alla finestra, piangeva, le andai vicino, l'abbracciai e continuammo a piangere come due bambine.

«Mi mancherà», disse.

«Anche a me e non sai quanto, ma era l'unica cosa giusta da fare, per il suo e il nostro bene, ora siamo rimaste sole, dobbiamo cercare di restare unite, è questo ciò che Alessandro vorrebbe».

«È quello che voglio anch'io, abbiamo molte cose da fare e molti interessi da curare per quando tornerà mio fratello, quindi basta piangere e diamoci da fare», disse Silvia dandosi forza.

«Mi fa felice sentirti parlare così, è vero, ci sono molte cose da fare, prima di tutto devo andare in un posto, ci vediamo più tardi».

«Vuoi che ti accompagno?»

«No, ti ringrazio, devo farlo da sola, a tra poco».

«Ti aspetto in negozio, così poi ci mettiamo d'accordo sul da farsi».

Presi il motorino e andai al cimitero, diedi un bacio sulla foto di Andrea e sistemai un po' i fiori, ora il mio fratellino aveva avuto giustizia, adesso però era lui a dover aiutare me e darmi la forza di andare avanti, ne avevo un estremo bisogno.

Forse stavo impazzendo, ma avevo come l'impressione che il volto di Andrea fosse più sorridente.

Ero veramente esaurita.

Arrivata al negozio di Silvia, decidemmo di andare subito in azienda, dove ci venne incontro il Sig. Lino, il capo reparto, dicendoci di aver saputo tutto quando i carabinieri erano venuti ad arrestare quei delinquenti.

«Mi dispiace per Alessandro, è un bravo ragazzo e supererà anche questo», disse il signor Lino.

«Grazie, immagino lei sappia che finché mio marito non ritorna, saremo io e mia cognata a mandare avanti l'azienda, il problema è che non ci capiamo un gran ché, sarebbe disposto ad aiutarci?», chiesi.

«Ma certo, non vi preoccupate, lo farò con tutto il cuore, io devo molto ad Alessandro, non dimentico quello che ha fatto per me, è come un figlio, state tranquille, Alessandro sarà fiero di noi», disse tutto pieno di sé.

Lo ringraziammo, era veramente un brav'uomo.

Ora dovevamo cercare un avvocato per Alessandro e Silvia pensò che la persona migliore a cui rivolgersi era Christian, così andammo nel suo studio e, dopo avergli raccontato ogni cosa, ci rassicurò dicendoci che avrebbe pensato lui a contattare un ottimo avvocato.

Tornammo a casa esauste ma soddisfatte, avevamo iniziato a risolvere i primi problemi.

Verso le quindici suonarono alla porta, era Claudio:

«Ciao Claudio, come mai qui a quest'ora? È successo qualcosa?».

«Sì, all'ora di pranzo sono venuti i carabinieri informandoci che avevano preso gli assassini di Andrea, il maresciallo Tomasi ci ha anche spiegato come sono arrivati a questo».

«Come l'hanno presa papà e mamma?».

«Mah, contenti, perché finalmente quei criminali pagheranno, fieri per quello che hai fatto, ma anche molto preoccupati per te, come stai?».

«Come vuoi che stia, onestamente bene, sentimentalmente male, ora mamma avrà un motivo in più per odiare Alessandro».

«Non lo so, non ha fatto commenti al riguardo, so solo che entrambi erano preoccupati per te».

«È già qualcosa».

«Perché non provi a venire a casa?».

«No, aspetto che sia mamma a chiederlo, solo allora verrò e solo quando accetterà mio marito, ha sbagliato ma sta pagando anzi, vorrei una cortesia da te, se vi capiterà di entrare nel discorso, dille tutto questo e aggiungi anche che non sono pentita né di averlo denunciato e né tanto meno di averlo sposato».

Claudio annuì, rimase ancora un po' con me e poi se ne andò.

D'improvviso mi sentivo forte, battagliera, come se fossi cresciuta di vent'anni.

La sera quando andai a letto, piansi molto, Alessandro mi mancava, mi mancavano i suoi baci, i suoi abbracci e la sua buonanotte, conscia anche che avrei dovuto farne a meno per un bel po'.

~

Nei giorni a venire ebbi tanto da fare, riuscii, grazie all'avvocato, a vedere

Alessandro.

Mi fece molto effetto vederlo in prigione, ma non glielo diedi a vedere.

Quando mi vide era emozionato, aveva gli occhi lucidi, non credeva che sarei andata a trovarlo così presto.

Gli raccontai tutto quello che io e Silvia avevamo fatto e di come eravamo soddisfatte del signor Lino.

«Ti ha fatto una buona impressione vero? È un brav'uomo, aveva problemi economici perché la fabbrica dove lavorava era fallita, non essendo più giovanissimo non riusciva a trovare lavoro, solo io gli diedi fiducia e da allora è diventato il mio braccio destro, il mio uomo di fiducia».

«Sì, è davvero una brava persona».

Poi mi raccontò di come passava le giornate, leggeva molto, era l'unico modo per far passare il tempo.

Avrei voluto stringerlo a me, ma non si poteva, quando il tempo per il colloquio finì, lo salutai mandandogli un bacio.

Le mie giornate ormai andavano a ritmo pieno, la casa, l'azienda (meno male che avevo un enorme aiuto da Silvia) l'università, dove fortunatamente stavo andando molto bene, ero riuscita a dare anche alcuni esami.

Come avevo detto a Claudio, non sarei più andata a casa dei miei, fino a quando non sarebbe stata mamma a volerlo, però avevo necessità di vederla, dovevo darle una cosa che era giusto riavesse.

Così, un pomeriggio passai nel suo negozio, al contrario delle altre volte, non avevo alcun timore di una sua reazione nel vedermi, avevo dentro di me una grande serenità.

Quando entrai, lei era di spalle, stava visitando un cagnolino:

«Ciao mamma».

«Mavi, tu qui?», sclamò lei.

Dal tono della sua voce, non mi sembrava nervosa, era un buon inizio:

«Scusa mamma se sono qui, so che non ti fa piacere vedermi ma devo darti una cosa e vado via subito».

Presi dalla borsa una scatola e gliela posai sulla scrivania.

Mamma l'aprì, e con stupore disse:

«Ma questo è l'orologio di Andrea!».

«Sì».

«Da quanto tempo desideravo riaverlo, come hai fatto?», chiese stringendolo tra le mani.

«È stato Alessandro a custodirlo, è solo grazie a lui che abbiamo potuto riaverlo, ora però me ne vado, non voglio arrecarti altro disturbo».

Stavo per andarmene quando mi fermò:

«Perché te ne vai così di corsa, ti da così tanto fastidio stare qui?», disse dolcemente.

«No, anzi, ma so che a te non fa piacere la mia presenza, è solo per questo che vado così di fretta».

«Vieni qui, fatti abbracciare».

Non le diedi neanche il tempo di finire la frase che già ero tra le sue braccia:

«Mamma, quanto mi sei mancata, pensavo che questo giorno non sarebbe mai arrivato», dissi piangendo.

«Ero troppo arrabbiata, mi sentivo delusa, tradita, so di avere esagerato, ma fa parte del mio carattere sono impulsiva, come vedi però so anche tornare indietro sui miei passi», disse guardandomi con gli occhi della mamma di un tempo, poi continuò «sono molto fiera di te, per quello che hai fatto, hai avuto molto coraggio, brava, ora però basta, non parliamo più del passato, pensiamo al presente, vuoi venire a cena da noi stasera?».

«Mamma, non sai quanto mi farebbe piacere, ma...».

Non mi fece neanche finire di parlare che disse:

«Claudio mi ha detto tutto, anche delle condizioni che hai posto, non ti nascondo che c'è stato un periodo che sono riuscita ad odiare tuo marito per mille ragioni che sappiamo entrambe, ma specialmente perché ero convinta, e questo è la prima volta che lo dico, che fosse stato lui ad uccidere Andrea, poi, quando il maresciallo ci ha comunicato come erano veramente andate le cose, ho tirato un sospiro di sollievo, il marito di mia figlia non era un assassino, è da lì che ho cominciato a rivalutarlo, a comprenderlo e a capirlo. Capire che qualche causa scatenante ci sarà pur stata se la sua vita era stata così burrascosa e l'ho apprezzato infine, perché è riuscito a costruirsi dal nulla, ho saputo inoltre che si è laureato e, cosa più importante, ho capito quanto ti ama, detto questo, come puoi ben immaginare, le tue condizioni sono ben accette».

«Grazie mamma, grazie, ora la mia felicità è completa», dissi riempiendola di baci.

«Piano, piano, se continui così, mi rompi una costola!», disse ridendo.

Aspettai con lei la chiusura del negozio e insieme andammo a casa dove l'aiutai a preparare una bella cenetta.

Tutto questo non mi sembrava vero.

Quando papà e Claudio tornarono, rimasero a bocca aperta, stentavano a credere che stessi lì con loro.

Papà mi strinse forte e Claudio, dandomi una pacca sulla spalla, disse:

«Ben tornata tra noi».

Finalmente eravamo tornati ad essere una famiglia unita e di questo dovevo ringraziare il mio angelo, Andrea, che aveva ascoltato le mie accorate richieste.

Alla prima possibilità che ebbi di incontrare Alessandro, gli raccontai subito della splendida notizia e fu molto contento:

«Spero che arrivi presto il giorno in cui potrò conoscerli e farmi conoscere».

Quel giorno non tardò molto ad arrivare.

Ad uno dei tanti colloqui, vidi Alessandro particolarmente emozionato:

«Che hai? Come mai così euforico?»

«Scommetto che non arriveresti mai ad immaginare chi è venuto a trovarmi stamattina».

«Chi è venuto, una tua ammiratrice?», dissi scherzando.

«Che scema che sei, tieniti forte, oggi sono venuti a trovarmi i tuoi genitori».

«No, non ci posso credere! Non mi hanno detto nulla e tu, come ti sei sentito?».

«Emozionato, felice, imbarazzato, un po' di tutto, ho avuto di loro una splendida impressione, e penso anche loro di me».

«E mia madre, dimmi di mia madre, come si è comportata?», chiesi impaziente.

«All'inizio era un po' tesa, sulle sue, ma poi, piano piano, si è lasciata andare e devo dire che sono due persone deliziose, non vedo l'ora di uscire e vivere tutta questa gioia».

«Quel momento arriverà Alessandro, presto torneremo a stare insieme, anche meglio di prima».

~

La vita, dopo tante peripezie, stava prendendo la strada giusta.

Grazie alla vicinanza dei miei, riuscii ancora meglio a superare tante cose.

Mamma cominciò a venirmi a trovare a casa, spesso con papà rimanevano anche a cena e instaurarono un bel rapporto con Silvia.

Con l'aiuto fondamentale del signor Lino, l'azienda stava andando a gonfie vele.

Da allora sono trascorsi un po' di anni, alcune cose sono cambiate e fortunatamente in positivo.

La mia famiglia continua ad essere meravigliosamente unita, papà e mamma proseguono il loro lavoro con grande passione, Claudio, dopo essersi laureato, ha trovato un ottimo lavoro, con Marina va sempre alla grande, ma di matrimonio, per il momento, non ne vuole proprio sapere.

I nonni, anche se con qualche acciacco tirano avanti, mentre nella vita di Brigida non ci sono stati cambiamenti, ma è serena e questo è basilare.

Zia Lara e zio Flavio si stanno godendo appieno il ruolo di nonni, impazziscono per il loro nipotino Gioacchino.

Elettra, dopo aver fatto la mamma a tempo pieno, ha ripreso a lavorare; con il marito sta già pensando di dare una sorellina a Gioacchino.

Silvia continua a lavorare nel suo negozio che le da molte soddisfazioni, con Christian è diventata una cosa seria tanto che parlano di andare a convivere (lui vorrebbe sposarsi, ma lei vuole attendere, è un po' uno spirito libero come il fratello, ma cederà, cederà, l'amore lo fa fare).

Che dire di me.

Dopo non pochi sacrifici sono riuscita a laurearmi in giurisprudenza con grande gioia anche di Alessandro, strano vero? Ma lo dicevo io che era cambiato!

~

Oggi Alessandro esce di prigione (con l'aiuto della mia grande famiglia abbiamo organizzato una splendida festa) i giudici gli hanno concesso i domiciliari e io sto qui ad aspettare con fervore di vedere aprire quelle porte.

Finalmente le porte si aprono e lo vedo, è più bello di sempre; gli corro incontro e ci abbracciamo e baciamo intensamente:

«Mi sei mancata, ho contato i giorni perché questo momento arrivasse».

«Te l'avevo detto che ti avrei aspettato per sempre, ti amo».

«Ti amo anch' io».

Questa forzata lontananza ha fatto bene a entrambi, ci ha maturato molto, ci ha fatto capire ancora di più, quanto sia forte il nostro amore che è riuscito a superare ostacoli enormi.

Come ho detto all'inizio della mia storia, l'intento nel raccontarvi di me e delle mie vicissitudini, era solo quello di far trarre a voi pillole di ottimismo, che spero abbiate tratto.

Non demordete mai su qualsiasi cosa vi stia a cuore, se ci credete ed è per voi importante, prima o poi riuscirete, basta vedere me.

Siate ottimisti, anche dopo tanto buio, arriva sempre il sereno.

Ah, dimenticavo di dirvi una cosa importante! Saetta si è ""fidanzato", e ora con la sua "compagna" hanno 4 magnifici cuccioli.

Chissà, forse ora sarà la volta mia e di Alessandro.

FINE

Chissà, forse ora sarà la volta mia e di Alessandro.